살아지는 인생 vs. 사는 인생

살아지는 인생 vs. 사는 인생

ⓒ 문화영, 2007

1판 1쇄 | 2007년 5월 30일
2판 1쇄 | 2010년 12월 21일
2판 2쇄 | 2011년 1월 19일

수선재 선서연구실 엮음

기　획 | 문선미
편　집 | 김동철, 윤양순
마케팅 | 서대완

펴낸곳 | 도서출판 수선재
펴낸이 | 이혜선

출판등록 | 1999년 3월 22일 (제 1-2469호)
주소 | 서울 종로구 가회동 172-1 3층
전화 | 02) 737-9454 팩스 | 02) 737-9456
홈페이지 | www.suseonjaebooks.com
블로그 | http://blog.naver.com/ssj_books
전자우편 | will@suseonjae.org

ISBN 978-89-89150-71-8 04810
978-89-89150-49-7 04810(세트)

- 이 책은 『목적 있게 사는 법』의 개정판입니다.
- 책의 내용에 대해 궁금한 점이 있으시면
  수선재 선서연구실(010-7502-2727)로 문의 바랍니다.

• 무 심

방송과 언론에서 극찬한 스테디셀러 명상서! 하루하루가 왜 스트레스인가? '무심' 하나만 터득하면 행복할 수 있다. 무심은 아무 생각이 없는 것이 아니라 한 번에 한 가지만 하는 것이라는데...
(문화영 지음 | 9,000원)

• 여 유

여유가 있는 한 기회는 있다! 급하기만 한 세상살이에서 어떻게 하면 여유를 찾을 수 있을까? 바쁜 현대인에게 365일 하루에 한 줄로 마음의 여유를 찾게 해주는 책. (문화영 지음 | 8,000원)

• 내 인생은 내 뜻대로

명상학교에서 스승과 제자가 나눈 깨달음의 이야기! 명상을 하면 심력(心力)이 생겨 작은 일부터 큰 일까지 뜻하는 대로 할 수 있다. 내 인생을 보다 지혜로운 삶으로 안내하는 지침서.
(수선재 엮음 | 10,800원)

• 다큐멘터리 한국의 선인들 (전2권)

황진이, 서경덕, 남사고, 이지함, 이율곡, 신사임당 등 역사에 자취를 남기신 많은 분들은 선계에서 온 선인들이었다. 그분들이 전해주는 깨달음의 이야기. (문화영 지음 | 각 7,500원)

• 명상학교 수선재

수선재(樹仙齋)는 참된 깨달음의 길을 안내하는 명상학교입니다. 깨달음이란 인간으로 태어나 자신이 누구인지, 어떻게 살아야 하는지, 죽으면 어디로 가는지 확실히 아는 것이며, 이를 통해 자유롭고 아름답고 보람 있는 삶을 사는 것이 참된 깨달음의 길입니다.

수선재가 제시하는 깨달음으로 가는 방법은 선계수련입니다. 수선재의 회원들은 선계수련을 통해 자신을 갈고 닦음으로써 주변을 맑고 밝고 따뜻하게 만들고자 하며, 이를 구체적으로 실천하기 위해 11가지 건강지침과 18가지 행동지침을 정해놓고 실천하고 있습니다.

또한 지구사랑을 위해 채식 캠페인과 생태공동체 운동을 전개하고 있습니다.

홈페이지: www.suseonjae.org 대표전화: 1544-1150

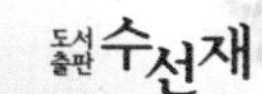

Tel. 02-737-9454 홈페이지: www.suseonjaebooks.com

수선재는 독자의 마음을
편안하고 건강하게 하는 선仙한 책을 만듭니다.

수선재

수선재 스테디셀러_

• 선계에 가고 싶다 (전 2권)
깨달음의 최고 경지인 선계에 도달하는 방법을 알려주는 선계수련의 바이블! 사회적으로 성공가도를 달리던 저자가 정상에서 모든 것을 버리고 호흡과 명상을 통해 본성을 만나는 과정이 생생하게 펼쳐진다. (문화영 지음 | 각 12,000원)

• 본성과의 대화 (전 4권)
〈선계에 가고 싶다〉 이후에도 계속되어지는 저자의 심도 있는 고난도 금촉수련 과정과 인간의 공통된 뿌리가 위치한 우주본체인 본성과 만나 대화한 내용, 수련원 개원 과정이 담겨 있다. (문화영 지음 | 각 15,000원)

• 천서 0.0001 (전 4권)
인간이 닿을 수 있는 가장 미세한 파장-0.0001의 알파파장 상태에서 밝혀낸 우주와 하늘과 인간의 모든 것! 천지창조에서 우주의 목적, 동이족의 시원, 지구의 미래 등 시공을 넘나드는 대서사시. (문화영 지음 | 각 12,500원)

• 소설 선(仙) (전 3권)
조선 중기의 대선인 토정 이지함의 3대에 걸친 구도기. 우리 고유의 선(仙)의 세계가 전 우주를 배경으로 아름답게 펼쳐진다. 선인이 되는 수련과정의 모든 것이 들어있다. (문화영 지음 | 각 8,500원)

• 살아지는 인생 vs. 사는 인생
인간은 어떤 존재이며, 무엇을 위해 살아가야 하는가? 어떻게 태어났으며, 왜 생로병사를 겪는가? 진정한 자유는 무엇이며, 어떻게 얻을 수 있는가? 깨달음이란 무엇이며, 깨달으면 무엇이 달라지는가? (수선재 엮음 | 12,000원)

• 사랑의 상처를 달래는 법
무엇이 서로를 얽매는 사랑이며, 서로를 진화시키는 사랑인가? 배우자를 고르는 선택 기준은? 어떻게 하면 나 자신을 사랑할 수 있을까? 같은 하늘 아래 숨 쉬는 것만으로도 행복하다는 사랑을 하려면? (수선재 엮음 | 12,000원)

• 행복하게 일하는 법
내가 진심으로 하고 싶은 일은 무엇이며, 해야 하는 일은 무엇인가? 감정이입 하지 않고 편안하게 일하는 방법은? 갈등에 휘둘리지 않고 즐겁게 사는 방법은? 일과 생활의 균형을 찾는 길은? (수선재 엮음 | 12,000원)

• 죽음의 두려움에서 벗어나는 법
사람은 죽은 후에 어떤 일을 겪게 되는가? 사람마다 죽은 후에 가는 곳이 다른 이유는 무엇인가? 어떻게 죽음을 준비할 것이며, 어떻게 웰다잉(well-dying)을 이룰 것인가? (수선재 엮음 | 12,000원)

• 내가 고치는 자가치유 건강법
우주만큼 복잡하다는 인체에 숨어있는 비밀은 무엇인가? 몸과 마음이 조화를 이루어 건강해지는 방법은? 마음을 몸의 병을 푸는 이치는? 스스로 건강을 지킬 수 있는 11가지 건강지침은? (수선재 엮음 | 12,000원)

• 황진이, 선악과를 말하다
황진이의 숨겨진 진면목! 황진이는 사실 수련을 통해 깨달음에 이른 선인이었다. 황진이에게 직접 들어보는 남자, 사랑, 금지된 선악과에 대한 솔직한 이야기.(문화영 지음 | 9,800원)

• 예수 인터뷰
정말 궁금했던 예수님에 관한 100문100답. 예수와의 대화를 통해 탄생과 죽음의 비밀, 막달라 마리아, 지구의 미래, 종교의 역할 등 오랜 물음에 종지부를 찍었다. (문화영 지음 | 9,000원)

• 작고 소중한 나눔의 책 (전 10종)
풍부한 자극과 영감을 주는 내용으로 구성되어 있어 취향과 선물하고픈 사람에 따라 선택의 폭이 넓다. [여유], [무심], [건강하게 사는 지혜], [당신이 있기에 내가 있습니다], [행복을 선물하는 사람들] 등. (각 2,800원)

| 명상학교 교과서 시리즈 01 |

살아지는 인생 vs. 사는 인생

참 수행과 깨달음의 길

— 수선재 엮음

수선재

사는 것과 살아지는 것의 차이를 아십니까?
'산다' 는 것은 자신의 의사가 개입된 적극적인 행동이고,
'살아진다' 는 것은 수동적으로 끌려가는 것입니다.

명상을 시작한 지 7년째입니다.
아직도 '명상' 하면 너무 거창하게 느껴지는 단어라
스스로에게서 거품과 힘을 빼느라 노력하고 있습니다.

제가 경험한 '명상'은 무거운 것이 아니라 가벼워지는 법이었고,
환경은 그대로이되 마음이 편안해지는 법이었으며,
스스로를 자유롭게 만드는 법이었습니다.
가장 기본적으로는 자신의 몸에 대해 관심을 가지고
스스로 관리할 줄 아는 법을 배우게 되었습니다.

명상을 통해 '홀로 서는 법'을 배워가고 있습니다.
밖에서 구하기보다는 내 안의 어느 한 구석에서 필요한 것을 찾아내어 갈고 닦아 스스로를 빛나게 할 수 있는 법을 조금씩 익혀가고 있습니다.
자신을 사랑할 줄 아는 사람이 다른 사람에게도 넉넉해지고 여유로워지는 것 같았습니다.

인간은 원래 불완전하게 창조된 존재라는 사실도 알게 되었습니다.

하지만 보다 나은 존재가 될 수 있는 씨앗을 가지고 있기에
현실은 부족해도 더 없이 귀한 존재라는 사실을 알게 되었지요.
진화란 변하되 우주의 입장에서 좀 더 나은 존재로 변하는 것이었습니다.
명상학교 수선재를 통하여 스스로가 진화했음을 느낍니다.

진화할 수 있도록 영양분이 되었던
그동안의 명상학교 수선재 말씀을 엮었습니다.

혹 말씀을 해석하고 재구성하는 과정에서
오류가 발생되지 않도록 각별히 하였습니다.
어느 누구 하나 똑같지 않은,
지구에서 자신만의 길을 잘 찾아갈 수 있도록
작지만 정확한 나침반을 만들고자 했습니다.
그럼에도 부족한 부분에 대해서는 깊은 양해를 부탁드립니다.

잘 살고 잘 죽고자 하는 바람이
세상 모든 이들의 공통적인 화두라 생각하여

진화, 사랑, 일, 죽음, 건강 등
삶의 주제들을 하나씩 풀어내고 있습니다.

금번의 〈살아지는 인생 vs. 사는 인생〉을 통하여
인간은 왜 태어나는지, 지구란 곳은 어떠한 곳인지,
인간의 진화를 위해서는 무엇이 필요한지……
혹 가지고 계셨던 삶의 질문들을 해결하실 수 있게 되기를 소망해봅니다.

책이 나오기까지 즐거움 가운데 함께 작업을 해주신 선서연구실 도반님들과 노고가 많으셨던 출판사 사장님과 직원 분들께 감사드립니다.

세상의 수많은 길 중에서 '가운데 길'을 열어주신
선생님께 깊이 감사드립니다.

2007년 5월

선서연구실 문선미

차례

… 지감과 금촉으로

… 깨달음으로의 진입

1

인간,
불완전하게
창조된 존재

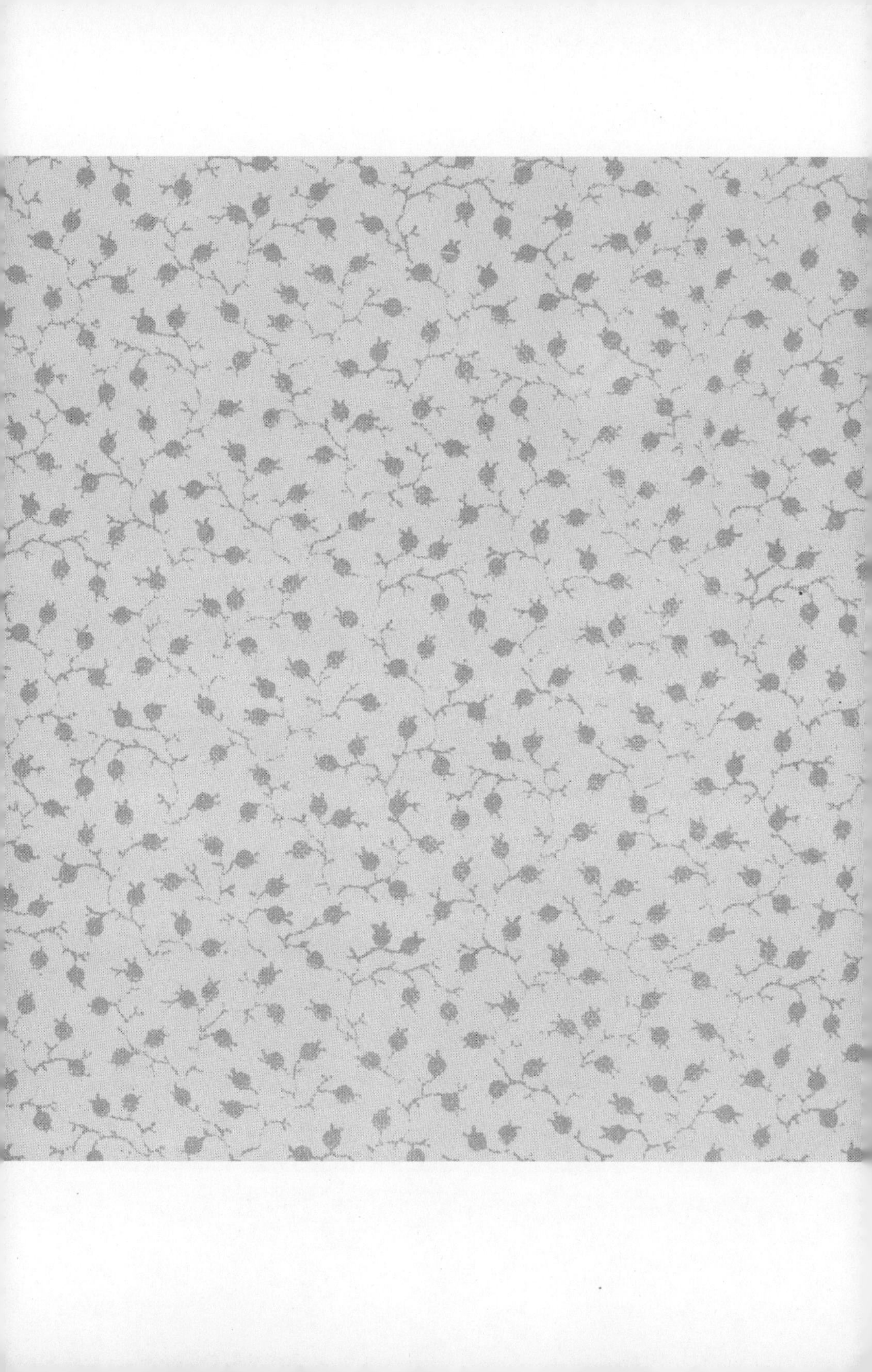

• • • 인간은 어떤 존재인가?

❁ 하느님의 다양한 모습

예전에 이런 우화를 들은 적 있습니다.

> 하느님께 그 모습을 한 번만 보여 달라고 매일 기도드린 사내가 있었습니다. 모습을 보여주셔야만 더 잘 믿을 수 있겠다고 했습니다.
>
> 그러던 어느 날, 하느님은 "오늘 네게 내 모습을 보여주겠다"고 하셨습니다.
>
> 너무 기쁜 사내는 정성 들여 준비를 끝내고 하루 종일 기다렸으나, 하느님은 좀처럼 나타나 주지 않으셨습니다.
>
> 눈 빠지게 하느님을 기다리는 동안 한 명의 거지가 동냥을 구걸했으나 쫓아 보냈고,

한 명의 소녀가 성냥을 팔아달라고 문을 두드렸으나 거절했고, 한 명의 술주정뱅이가 집 앞 벤치에서 고래고래 소리를 지르며 누워 있기에 오늘 귀한 손님이 오시니까 제발 꺼져달라면서 호통을 쳐 쫓아버린 일이 있었지요.

밤이 되어도 나타나 주지 않으시는 하느님을 원망하며 사내는 울부짖었습니다.

왜 제게 거짓말을 하셨느냐고요.

하느님은 대답하셨습니다.

"아들아! 왜 나를 원망하느냐?

나는 오늘 네게 세 번이나 임했으나 네가 나를 알아보지 못하고 박정하게 쫓아내었다.

나는 몹시 슬프구나."

조물주님에 대해 설명할 때면 저는 이 이야기를 많이 인용합니다. 다른 무엇보다 그 표현이 참 좋기 때문입니다. 조물주님은 그냥 나타나고 싶은 모습으로 나타난다는 얘기지요. 반드시 귀하고 그럴듯한 모습만 조물주님이지는 않다는 것이지요. 저같이 평범한 모습으로 나타날 수도 있고, 이 앞에 앉아계신 나이 어린 회원님의 모습으로 나타날 수도 있습니다.

❄ 조물주님의 씨앗을 부여받은 인간

조물주님은 하늘이기도 하고, 벌레이기도 하고, 땅이기도 하고, 흙이기도 합니다. 조물주님은 우주 만물에 들어 있습니다. 그중에서도 인간은 조물주님의 분신인 '본성本性'을 지니고 태어났습니다. 가능성의 씨를 심어 놓으신 것입니다. 조물주의 반열에 오를 수도, 미물보다 못한 존재가 될 수도 있는 아주 신축성 있는 씨입니다. 그 씨가 제대로 발아하면 조물주가 될 수 있습니다. 영양분이니 햇볕이니 하는 조건이 좋으면 조물주의 자질을 드러낼 수 있는 것이지요. 어쩌다 보면 꽃도 못 피우고 쭉정이가 될 수도 있는 것이고요.

그렇게 부여받은 씨앗을 '신성神性'이라고 표현하기도 합니다. 이런 얘기가 있습니다. 하느님께서 인간에게 가장 귀한 보물을 주려고 하셨답니다. 원래는 그냥 주려고 하셨는데, 보니까 인간들이 너무 말썽을 일으키고 괘씸하더래요. 그래서 그 보물을 어딘가 찾을 수 없는 곳에 숨겨 놓으셨는데 바로 인간의 마음속이었답니다. 인간들이 마음을 들여다보지 않기 때문에 이건 절대로 찾을 수 없을 것이다, 마음을 들여다보는 인간만 찾아라, 하고 그 귀한 보물을 마음속에 숨겨놓으셨답니다.

그 보물이 곧 신성입니다. 어떤 대단한 신도, 조물주님조차도 인간의 마음을 좌지우지할 수는 없는 것은 각자의 내부에 잠재되어 있는 신성 때문입니다. 조물주님이 인간을 마음대로 하시지 못합니다. 부모가 자기 아이를 마음대로 하지 못하는 것과 같습니다. 인간은 다 의사가 있습니다. 어린 아이조차도 자기 의사가 있습니다. 이렇게 저렇게 하기를 바랄 수는 있지만 조정할 수는 없습니다.

그러기에 인간은 자기 마음에 있는 신성이 밝혀져야만 조물주의 뜻을 따릅니다. 신성을 밝히기 전에는 조물주님이 와도, 신들이 수백 명 와도 안 됩니다. 신성이 변화되어 스스로 알아서 하기 전에는 삼천포로 빠지는 인간을 어쩌지 못합니다. 바라볼 뿐이지요. 저 또한 "이렇게 신성을 밝혀라" 하고 방법을 알려드릴 뿐입니다.

신성과 동물의 속성이 반반

그런데 인간은 반반입니다. 반은 신이고 반은 동물입니다. 몸은 동물의 속성을, 마음은 신의 신성을 지니고 태어납니다. 마음을 담을 그릇이 필요하니까 동물과 같은 속성의 몸을 만든 것입니다.

조물주님과 같이 될 수 있는, 완벽해질 수 있는 자질을 부여하면서 그 내용 자체는 완벽하지 않은 인간을 만들었습니다. 의도적으로 바람직한 것과 바람직하지 않은 것을 반반으로 창조했습니다. 우주의 스케줄은 모든 것을 반반으로 구성하는 것이기 때문입니다.

인간은 원래 불완전하게 창조되었다는 것입니다. 조물주가 만든 것 중 가장 완벽한 것은 바로 조물주 자신이며, 자신을 제외한 다른 모든 것들은 얼마나 부족한가의 차이가 있을 뿐 완벽한 것은 없습니다. 지구 인류보다 많이 앞선 우주인들도 진화를 거듭하여 그렇게 된 것이지 원래 완벽하게 창조된 것은 아닙니다.

인간이 원래는 완전하게 태어났는데 중간에 타락을 해서 불완전하게 되었다고 가르치는 종교도 있더군요. 인간이 죄를 저질러 불완전하게 되었으므로 후손들이 그 잘못을 대신 갚아야 한다고 주장하기도 합니다.

저는 그러한 가르침이 참 이상했습니다. 왜 부모가 지은 죄를 대신 갚아야 하는가? 만일 아버지가 도둑질을 했다면 아버지 잘못인데 왜 자식들이 대신 갚아야 하는가? 참 의문이었습니다.

그런데 수련을 통해 깨닫고 보니까 인간이 공통적으로 받아야 하는 불행은 조상이 잘못해서 그 죄를 뒤집어쓴 게 아니더군요. 인간은 원래 불완전하게 창조되었던 것입니다.

왜 인간을 불완전하게 창조했을까?

그럼 조물주님은 왜 인간을 불완전하게 만들었을까요? 왜 인간을 이 모양으로 만들어서 고통, 슬픔, 비애를 겪게 하는 것일까요? 조물주님은 인간을 어떻게 만들었으며 어디까지 관여한 것일까요?

조물주造物主라고 하면 '만들 조造' 자를 써서 '물건을 만든

분' 이라는 뜻입니다. 그런데 우리가 물건을 만들 때는 항상 목적을 염두에 둡니다. 내가 물건을 만들 능력이 있는 사람이라면 이 물건을 어떤 목적으로 어떤 수준에서 만들 것인지 생각하지 않습니까?

화가가 그림을 그릴 때를 예로 들면 두 가지 경우가 있을 것입니다. 첫째, 능력이 부족해서 잘 그리고 싶어도 어느 정도로밖에 못 그리는 경우입니다. 둘째, 대상에 따라 초등학생 대상의 그림은 초등학생 수준에서, 박사 대상의 그림은 박사 수준에서 그리는 경우입니다. 능력 있는 화가라면 붓을 자유자재로 구사할 수 있는 것이지요.

그렇다면 조물주님은 어떻게 했을까요? 능력이 없어서 인간을 이 정도로 불완전하게 만들었을까요? 아니면 어떤 의도를 가지고 불완전하게 만들었을까요? 의도가 있었다면 어떤 의도였을까요? 어떤 의도로 인간을 이 정도 수준에서 창조했을까요?

❁ 만일 완벽한 인간만 있다면?

만일 인간이 완전하게 창조되었다면, 태어나는 아기들이 다 완전하다면 이 우주는 어떠할까요? 완전한 상태로 수억 년, 수십억 년 유지된다면 어떠할까요? 그 세계를 한번 상상해 보십시오. 다 조물주님 같은 분만 사는 세상이라면 너무 재미없지 않을까요?

우리가 살면서 '저 사람보다는 내가 조금 더 나으니까' 하는 것 때문에 조금 기쁘고 한 것이 있지 않습니까? 비교해서 상대적으로 기쁘고 상대적으로 슬프고, 그러잖습니까? 다 완벽하고, 다 미남미녀이고, 다 부자이고, 다 화가이고, 다 작가이고, 다 예술가이고……, 이렇게 완벽한 세계가 펼쳐져 있다면 살고 싶은 욕구, 발전하고 싶은 욕구가 있을까요?

각각 다른 수준에서 창조됐다

조물주님은 어떤 수준에서 인간을 만들었는가? 완벽한 수준에서 만들었는가? 동물 수준에서 만들었는가? 곤충 수준에서 만들었는가? 조물주를 도와서 뭘 하려고 하면 어느 정도의 수준은 있어야 한다고 판단했습니다. 그래서 어느 정도의 지능을 지닌 영장류로 만들었습니다.

그런데 처음부터 차등差等을 두고 만들었습니다. 어떤 인간은 처음부터 동물 수준으로, 어떤 인간은 처음부터 신의 수준으로 만들었습니다. 또 어떤 인간은 아이큐를 굉장히 높게 부여해서 만들었습니다. 천차만별로 만든 것입니다.

처음부터 진화할 수 있는 여지를 많이 부여받은 인간이 있고, 바닥부터 시작하여 아주 오랜 기간을 묵혀 지내야 하는 인간이 있습니다. 궁극적으로는 다 진화를 하는데 출발점이 다른 것입니다.

만든 인간이 앞으로 어떻게 될 것인지는 조물주님조차 모릅니다. 예측은 할 수 있어도 실제로 어떻게 될지는 모릅니다. 그래서 이런 수준의 인간도 만들어보고 저런 수준의 인간도 만들어보고 해서 여러 종의 인간을 만들었습니다. 불완전한 인간들이 어떻게 성장하고 완전해지는지, 어떻게 조물주의 반열에 오르는지 보면서 계속 프로그램을 개선합니다.

'이 부분은 좀 고쳐야겠구나', '이 부분은 너무 많이 들어갔으니까 좀 빼야겠구나' 하면서 계속 보완합니다. 한 번 만들고 나면 끝나는 게 아니라 실험을 거듭하면서 계속 만들고 있는 것입니다.

만일 출발점이 다 같다면?

그렇다면 왜 인간을 서로 다른 수준으로 만들었을까요? 인간이 다 조물주님의 작품이라면 왜 처음부터 다 같은 수준으로 만들지 않고 차등을 두어 만들었을까요?

이런 사람, 저런 사람이 골고루 섞여 있지 않고 모든 사람이 일률적으로 출발점이 같다면 그것 또한 의미가 없을 것입니다. 출발점이 달라야 재미도 있고 살아가는 보람도 있습니다. 한참 뒤에서 출발했지만 더 멀리 가는 재미도 있고, 바로 진화할 수 있는 지점에서 시작했지만 시행착오를 거쳐서 한없이 돌고 돌아 나락으로 떨어지는 경우도 있습니다. 짐승만도 못한 인간이 되는 것이지요. 그렇게 될 수도 있는 곳이 인간 세상입니다.

그리고 우주에는 인간만 있는 게 아닙니다. 인간 이외에도 수만 종의 다른 종이 있으며 종마다 존재 이유와 역할이 다릅니다. 그렇게 다양성을 구비한 것은 조물주님의 창조 테크닉이라고 볼 수 있습니다. 처음부터 같은 수준으로 만들어 놓으면 정체되고 발전하지 못합니다. 서로 다르고 차등이 있을 때라야 부딪히고 충돌하여 없어지거나, 정반합正反合해서 다른 물질이 생기거나 하는 일들이 벌어집니다.

그러면서 인간에게는 조물주님과 가장 가까운 자질인 신성을 부여했습니다. 조물주님이 될 수 있는 씨앗, 기적이고 영적인 조건이 갖추어지면 발아할 수 있는 씨앗을 모든 인간에게 동등하게 줬습니다.

극에 달하면 소멸로 이어져

처음부터 완벽하게 만들어 놓으면 극에 달하여 소멸되어 버리는 점도 있습니다. 끝에 다다르면 '무無'가 되어서 이 우주 자체가 없어져 버리는 것입니다.

조금씩 조금씩 발전을 거듭해야 하는 것입니다. 동물은 동물의 단계에서 식물은 식물의 단계에서 진화를 거듭하면서, 물질세계를 구현하면서 점차 무로 가야 합니다. 처음부터 너무 완벽하게 만들어 놓으면 우주 자체가 금방 무, 즉 없는 상태가 되어 버립니다.

그렇기 때문에 조금씩 계속 진화하도록 만들었습니다. 물질세계에 1% 정도의 비중을 두고 나머지 보이지 않는 기적인 세계에 99%의 비중을 두어, 그 1%를 통해서 진화하도록 프로그램했습니다.

비워진 부분으로 인한 혜택

인간이 근본적으로 불완전한 존재라는 것은 채우지 못한 공백 부분을 가지고 있다는 것인데 이러한 공백 부분이 있다는 것은 가장 값진 혜택일 수 있습니다. 전부 채워져 있다면 그 안에 무엇을 더 채워 넣는 것은 불가능하기 때문입니다. 비워져 있기에 그곳에 자신이 원하는 바를 채워 넣을 수 있습니다. 그렇게 함으로써 원래 존재하던 부분까지 변화시킬 수 있습니다. 불완전한 점이 있음으로써 오히려 발전할 수 있도록 만든 존재가 인간이라는 것입니다.

어느 분이 어려서부터 있어 온 열등감을 극복하려면 어떻게 해야 하느냐고 물어오셨습니다. 그런데 열등감이 없는 사람은 없습니다. 없는 것처럼 보일 뿐입니다. 부처님도 예수님도 인간의 모습으로 있을 때는 전부 가지고 있었던 것입니다.

극복하는 방법은 자신이 인간이며 불완전한 존재이고 아직 가야 할 길이 멀다는 것을 인정하는 것입니다. 그렇게 인정하고 나면 극복 방법이 생길 것입니다. 모든 것을 받아들일 수 있어야 합니다.

❁ 모두 완성을 향하여……

며칠 전 어느 분이 편지를 보내오셨습니다. 무슨 일일까 궁금해 하며 열어 보니, 본인의 귀가 잘 안 들리는 것이 주위 분들에게 폐가 된다면 명상을 하러 오지 않겠다는 내용이었습니다.

그간 이분에게는 "세상에는 들어야 할 소리가 그리 많지 않으며 내면의 소리를 들어야 하는 명상에서는 차라리 귀가 잘 안 들리는 것이 낫다, 그리고 육체의 장애는 마음의 장애에 비하면 축복이다, 명상을 할 수 있는 몸과 영성을 갖춰주심에 감사하라"는 내용의 말씀을 여러 차례 드리며 격려한 바 있습니다.

저는 그동안 이분이 건망증 환자가 되어 있기를 바랐습니다. 그래서 다른 사람이 물으면 "제 귀가 잘 안 들리나요?" 하고, 그러면 옆에 있던 다른 분은 "님의 귀가 잘 안 들리시나요? 그 사실을 잊어버려서 미안합니다" 이렇게 되도록.

이 세상에 기억해야 할 것이 얼마나 있을까요? 자신의 외모가 불구이거나 어디가 아픈 것, 대학을 안 나온 것, 지위와 돈이 없는 것……, 특히 타인의 잘못은 자나깨나 기억해야 하는 것일까요? 우리 모두 건망증 환자가 되어 누가 물으면 "제가 대학을 안 나왔나요? 제가 가난한가요? 제가 박사인가요? 누가 잘못했나요?" 하면 어떨까요?

우리가 기억해야 할 것은 하늘의 사랑, 땅의 고마움, 타인의 잘못에 앞서 내 마음의 불구. 허나 그럼에도 불구하고 인간은 불완전하므로 우리는 모두 완성을 향해 노력하고 있는 중이라는 것 – 그것 외에 또 무엇이 있겠는지요?

지구는 어떤 별인가?

우주를 통틀어 흔치 않은 별

예전에 텔레비전에서 물리학 박사 한 분이 나와서 강의를 하는 것을 보았습니다. 새로운 은하계를 발견한 분이랍니다. 50억 광년 떨어진 은하계의 사진을 보여주면서 "우리가 지금 보는 이 은하계는 50억 년 전의 모습입니다"라고 말씀하시더군요. 50억 광년이란 빛의 속도로 그 별에서 여기까지 오는 데 50억 년이 걸린다는 것입니다. 그러면서 우주에서 50억 광년은 이웃이라고 말씀하시더군요. 우주가 너무도 크기 때문이랍니다.

정말 그렇습니다. 그렇게 상상할 수 없을 만큼 큰 것이 우주입니다. 성단 하나만 봐도 알 수 있는 것이, 수천억 개의 별이 모인 것이 은하이고, 은하가 수없이 많이 모인 것이 은하계이며, 다시 은하계가 수백 개 이상 모인 것이 성단이지요. 성단 하나만 봐도 그 크기가 이루 말할 수 없이 크다는 것입니다.

그런데 그렇게 큰 우주를 통틀어 지구와 같은 별은 흔치가 않습니다. 우선 생물성生物星 자체가 흔하지 않아서 대부분의 별들은 무생물성無生物星입니다. 우주의 그 많은 별들 가운데 살아 움직이는 세계는 그리 많지 않다는 얘기입니다.

생물성이 있다 하더라도 대부분 곤충이면 곤충, 식물이면 식물, 이렇게 특정한 생물끼리 모여 사는 별들입니다. 지구처럼 아주 하등생물체에서부터 인간과 같은 고등생물체까지 어우러져 살고 있는 생물성은 극히 드물다고 할 수 있습니다.

다양한 것이 특징인 별

지구는 무엇보다 다양하다는 것이 특징입니다. 식물도 다양하고 동물도 다양하고 사람도 다양합니다.

한 생물학자가 아마존 강의 큰 나무를 조사해 봤더니 거기 2만여 종의 곤충이 살고 있더랍니다. 나무 한 그루에 달라붙은 곤충이 2만여 종일 정도니 엄청나게 다양한 것이지요. 지구가 그렇게 생명체가 다양한 별인 것입니다.

생물이 살 수 있는 조건인 무생물 또한 다양합니다. 숲에 가보면 땅 위에 낙엽이 두껍게 쌓여 있지 않습니까? 나무들이 그 낙엽 덕분에 잘 자라는 것인데 그 안에 보이지 않는 무생물이 엄청나게 많습니다.

사람도 다양합니다. 크게 보면 황인종, 백인종, 흑인종이지만 같은 인종끼리도 다 다릅니다. 우선 온 곳이 다른데, 사람마다 어떤 별을 대표해서 왔다고 해도 과언이 아닐 만큼 다양합니다. 또 높은 영성을 지닌 사람이 있는가 하면 동물 수준의 영성을 지닌 사람도 있습니다.

진화를 위해 창조된 수련별

지구가 창조된 목적은 '진화'입니다. 우주의 창조 목적은 진화인데 지구는 그 진화를 위한 학습장으로서 창조된 별입니다. 지구가 속한 성단에서는 지구가 우주의 진화라는 중책을 맡고 있는 별인 것입니다.

우주는 비슷한 요소를 지닌 별들을 모아 놓았고, 다시 그 별들을 은하계-은하-태양계 이런 식으로 묶어놓았습니다. 우주가 워낙 크다 보니 매우 다양한 인류가 있는데, 너무 다른 사람들을 한 곳에 모아 놓으면 같이 지내기가 힘들기 때문입니다. 그래서 같은 은하에 속한 사람들은 생김새와 지니고 있는 요소가 비슷하지만 다른 은하로 가면 많이 달라집니다.

그런데 지구에는 다양한 요소들이 한꺼번에 갖추어져 있습니다. 지구는 수련별이므로 많은 공부를 시키기 위해 다양한 요소들을 갖추어 놓은 것입니다. 우주의 모든 엑기스를 뽑아 놓은 별이라고 할 수 있습니다.

따라서 우주에서 바라볼 때 지구는 A급지입니다. 지구 사람들이 미국으로 유학 가는 것을 꿈꾸듯이 우주의 인류도 '지구로 유학 가고 싶다'고 꿈꿉니다. 지구는 고난도 수련별이어서 한 번 오면 공부를 마치기 전까지는 돌아갈 수 없습니다. 지구에서 윤회를 거듭하며 살아야 합니다. 그럼에도 지구에 오고 싶어 하는 것은 단기간에 많은 진화가 가능하기 때문입니다. 그래서 진화의 욕구가 크고 극적인 모험을 좋아하는 분들이 많이 옵니다.

그렇다고 지구에 다른 별에서 온 인류만 있는 것은 아닙니다. 지구에서 자연 발생한 종족도 있습니다. 아주 오래 전에 지구에 심어진 생명의 씨앗이 진화를 거듭하여 인류가 된 경우도 있는 것이지요. 다윈Darwin의 진화론은 이런 경우를 설명한 것입니다. 하지만 그분은 다른 별에서 이식해 온 것까지는 생각지 못했습니다. 영혼이 내려와서 지구의 기운으로 태어날 수 있다는 것은 생각지 못했던 것입니다.

우리나라의 건국 신화를 보면 천인天人이 지구의 여자와 결합하는 내용으로 되어 있습니다. 그 신화가 맞는 것이 실제로 그렇게 섞인 경우가 많습니다. 우주의 인류와 지구의 인류가 결합하여 천기天氣 반 지기地氣 반으로 태어나는 것입니다.

❁ 윤회가 있는 별

지구에는 '윤회'라는 법칙이 있어서 지구에 일단 몸을 받아 나오면 수련을 마치기 전까지는 떠나온 곳으로 돌아갈 수 없습니다. 윤회는 지구를 포함하여 수련을 위해 창조된 별에만 특별히 있는 법칙입니다.

지구라는 별이 오고 싶다고 쉽게 올 수 있는 곳이 아닙니다. 심사를 거쳐야 합니다. 그리고 지구에 올 때는 모든 것을 지우고 와야 합니다. 아무리 전에 다른 별에서 높은 등급이었던 분일지라도 지구에 태어날 때는 다 버리고 무無등급으로 와야 합니다. 기억도 다 지우고 백지 상태에서 출발해야 합니다.

그리고 일단 지구에 오면 자기가 온 자리보다 더 진화를 해야만 떠날 수 있습니다. 자신의 공부를 해내지 못하면 계속 지구에서 돌아야 합니다. 죽으면 영계에서 대기하고 있다가 다시 태어나고 다시 태어나고를 반복하는 것이지요. 그렇게 몇 생을 거듭하다 보면 자신이 떠나온 곳을 점차 잊어버리게 됩니다.

지구에서의 수련이 어려운 것은 바로 이런 이유 때문입니다. 올 때는 모든 것을 다 버리고 와야 하고, 떠날 때는 자기가 온 차원보다 높아져야만 떠날 수 있는 고난도의 스케줄이기 때문입니다. 심한 경우, 등급이 현저히 하강하여 떠나온 곳으로 복귀하지 못하기도 합니다. 지구에서도 다른 곳에 유학하여 성공하는 경우와 실패하는 경우가 있는 것과 같은 이치입니다.

❁ 감정의 기복이 극단을 달리는 별

지구는 감정의 기복이 큰 별입니다. 지구에서의 한평생을 가장 고난도 수련 과정으로 간주하는 이유는 감정의 기복이 극단을 달리기 때문입니다.

이 과정에서 깨달음을 얻을 수만 있다면 상당히 빠른 시일 내에 해탈이 가능합니다. 허나 감정의 기복에서 빠져나가지 못하거나 그 달콤함에 안주한다면 수없이 많은 세월을 끝없이 밀려오는 극단적인 괴로움 속에서 보내야 할 수도 있습니다. 일명 '지옥'이라고 말하기도 하는 것으로서 인간의 몸으로 있으면서 받는다면 생지옥이라 할 수 있습니다.

극단적인 감정의 기복이란 무엇을 말하는가? 우선 외로움을 들 수가 있습니다. 인간들로 하여금 방황하고 죄를 짓게 만드는 원초적인 문제가 바로 이 외로움입니다. 인간은 외롭게 태어났습니다. 원래부터 불완전하게 창조되었기에 외롭고, 본성을 잃어버린 상태로 태어났기에 외롭습니다. 거기다가 남녀가 분리가 되어 반쪽으로 태어났기에 외롭습니다. 불륜, 범죄, 마약……, 모두 외로움을 잊고자 하는 몸부림들입니다.

다음으로 사랑을 들 수 있습니다. 인간으로서 가장 강한 정신적 동기라는 사랑은 선악의 양면적인 속성을 가지고 있어서 온전하고 깊은 사랑은 진화에 긍정적인 영향을 미치지만 그렇지 않을 경우 사람을 파멸시킵니다.

로댕의 애인으로 알려진 까미유 끌로델이 그러한 예라고 할 수 있습니다. 로댕의 작품을 거의 다 만들었을 정도로 재능이 뛰어난 여자였습니다. 그런데 로댕이 계속 까미유 끌로델과 다른 여자 사이를 왔다 갔다 하니까 점점 불행해져서 말년에는 정신 병원에서 삼십 몇 년을 살다 죽었습니다.

급속 진화가 가능한 별

우주에서 지구만큼 진화가 빠른 별은 없습니다. 기적인 인류가 사는 다른 별들은 그렇게 빨리 진화할 필요가 없어서 상당히 서서히 움직입니다. 생물체도 종류가 매우 단순하고 사람들도 영적인 수준이 비슷한 사람끼리만 모여 있습니다.

그에 비해 지구는 전쟁터와 같습니다. 시간과 공간의 변화가 빠르고 기후도 급변합니다. 생물체의 종류도 너무나 다양합니다. 소용돌이치고 빨리 회전하는 별이며 번뇌에 집중적으로 빠져들 수 있는 별입니다. 그 속에서 살아남고 진화하면 60평생의 짧은 기간에 깨달음까지 갈 수도 있습니다. 그렇지 못했을 경우 그만큼 빨리 나락으로 떨어질 수도 있고요.

전선戰線이라고 생각하면 됩니다. 적과 대치하고 있다는 뜻도 있고 생사를 오가는 갈림길에 있다는 뜻도 있습니다. 그만큼 치열하고 격렬한 곳입니다.

우주의 잔잔한 별들에서는 몇 억 년씩 동일한 상태로 있습니다. 마냥 늘어지는 그런 곳에서 바라볼 때 지구는 마치 전쟁터같이 보입니다. 지구로 유학생들을 보낸 별들에서 바라볼 때는 자기네 유학생들이 전선에 나가 있는 것입니다. 그것 때문에 지구에 유학을 오는 것이고요.

복권 추첨할 때 통 속에 구슬을 넣고 마구 돌리듯이, 그렇게 바쁘게 돌아가는 별이 지구입니다. 지구에서 수련하시는 분들은 그렇게 바쁜 스케줄로 돌아가라고 나온 것입니다. 바쁘게 돌아가는 공부이기에 잘만 하면 백 년 할 공부를 십 년에 하거나 십 년 할 공부를 일 년에 할 수 있습니다.

지구의 역사와 인류의 시원

지구는 현재 우리가 알고 있는 바와는 다르게 우주에서 가장 오래된 별 중의 하나입니다. 지구의 나이는 학자들이 말하는 50억 년 정도가 아니라는 것이지요.

지구에 인간의 씨앗을 뿌린 역사는 수백억 년 전입니다. 바로 인간의 씨앗을 뿌린 것은 아니며 생명의 씨앗을 뿌렸는데 그것이 점차 진화를 거듭해가며 인간이 되었습니다. 따라서 세포 단계로 보면 수백억 년 전이라고 할 수 있습니다.

지구의 생명체가 인간으로 진화한 정확한 전환점은 한 마리의 유인원이 우주의 파장을 받으면서부터입니다. 이때가 8백만 년 전쯤이라고 볼 수 있습니다. 이 유인원은 밤하늘의 별을 쳐다보다가 우주의 파장을 받게 되었으며 매일 밤하늘을 바라보고 우주의 파장을 받는 것이 일과가 되었고, 그 파장을 동료들에게 전달하면서 나름대로 조직체계가 서게 되고 우주의 법리를 지상에 펴기 시작하였습니다.

이렇게 유인원이 파장을 받아서 어느 정도 영격 상승을 이루고 나자, 타 은하계의 영이 그 몸을 빌려 태어나게 되었습니다. 유인원의 몸이 어느 정도 진화하고 나니까 그 몸과 접합하여 씨를 뿌리게 된 것입니다.

지구 인류는 그 이후 번성했다가, 폐허가 되었다가, 다시 번성했다가 하는 과정을 반복했습니다. 현존 인류는 지금으로부터 약 일만 이천 년 정도 전에 중국의 황하 주변에 있는 '기상'이라는 곳에서 발원發源하였습니다.

❂ 지구가 속한 은하

지구가 속한 은하는 우주에서 부르는 호칭으로 하면 '아루이 은하'입니다. 아루이란 '항상 솟아오르는 샘물'을 뜻하는 말로서 우주에서도 기운이 항상 솟아오르는 곳, 즉 타 성단과 기운이 교류되는 곳입니다. 아루이 은하는 이렇게 기운을 받아들여서 나누어주는 역할을 하는 은하입니다.

아루이 은하가 속한 곳은 아류 은하계입니다. 아류 은하계는 '항상 빛이 비치고 있는 별'이라는 뜻입니다. 아류 은하계와 같은 은하가 500여 개(항상 새로 생기고 사라지므로 숫자는 유동적입니다) 모여서 이루어진 성단은 마린 성단입니다. 마린은 말 그대로 '바다'라는 뜻입니다.

따라서 지구의 주소를 정확히 말하자면 '마린 성단, 아류 은하계, 아루이 은하, 태양계의 제4성인 지구'입니다.(편집자 주 – 우주에서 볼 때 지구는 태양, 수성, 금성에 이은 네 번째 별이기에 제4성이 됨)

아루이 은하의 모양은 사람의 모양과 비슷합니다. 사람이 팔과 다리를 각각 45도 정도로 벌려서 오각형(편집자 주 – 팔다리와 머리를 각 꼭짓점으로 한 오각형)을 이룬 모양입니다.

지구는 아루이 은하의 단전丹田에 해당하는 별이며, 아루이 은하에 생기生氣를 조달하는 역할을 합니다. 북극성은 아루이 은하의 백회 자리로서 정점에 해당하고요.

··· 왜 생로병사를 겪는가?

경험하기 위해 태어났다

우리는 경험하기 위해 태어났습니다. 경험하러 나왔기에 모든 걸 다 경험할수록 좋습니다. 대학에 입학했다면 대학에서 배울 수 있는 모든 것을 다 배우고 졸업해야 좋은 것과 같습니다.

우리는 지구라는 학교에 입학했습니다. 지금 지상에 나와 있는 분들은 알게 모르게, 또 싫든 좋든 본인들의 공부를 위해서 나와 있는 것입니다. 하나의 학교로서 지구에 내려온 것이지요.

지구에서의 한 생은 길어야 80~90년입니다. 자주 태어나지도 않습니다. 몇 천 년, 몇 만 년 후에 다시 태어날지 모릅니다. 그러니 한 번 나왔을 때 경험할 수 있는 것은 다 경험하는 것이 좋습니다. 그래야 풍부해집니다. 자신이 겪은 것들이 자산이 되어 무르익고 성숙하게 해주는 것입니다.

❁ 다 알고 가야 하지 않겠는가?

인간이 겪을 수 있는 국면은 그리 많지 않습니다. 서른여섯 가지 정도라고 합니다. 배반, 질투, 원수끼리의 만남, 삼각관계, 사각관계……. 원수끼리 사랑한다거나, 외나무다리에서 만났다거나, 속였다거나, 죽였다거나, 살인자를 사랑한다거나 혹은 원수를 갚는다거나, 전쟁, 전쟁 중의 이별, 생이별, 사별, 이혼, 결혼……, 많은 것 같아도 쭉 적어보면 서른여섯 가지 정도에 불과합니다.

명작이란 다 이런 것들입니다. 영화나 드라마가 성공하려면 이런 국면들이 한두 가지는 꼭 들어가야 하고요. 인기를 끄는 작품들을 보면 패턴이 거의 같습니다. 들어가는 양념은 같은데 어떤 걸 많이 넣었느냐 적게 넣었느냐의 차이가 있을 뿐입니다. 인간사는 다 같다는 얘기입니다. 그래도 다 알고 가는 것이 낫지 않겠는가…….

제가 하루에 수련을 4시간 이상 안 하는 이유도, 너무 많은 시간 수련하면서 무파장 대역에 가 있으면 인간으로서 살아갈 수가 없기 때문입니다. 저는 인간으로 나왔기 때문에 인간적인 삶에 충실하고 싶습니다. 인간으로서 누릴 수 있는 모든 것, 인간의 온갖 감정, 아픔이니 고통이니 하는 것들을 다 공부하고 가고 싶습니다. 그러기에 무엇이든 마다하지 않고 기쁘게 받아들입니다. 슬픔과 고통, 정말 죽을 것 같은 아픔……, 이런 것들을 언제 습득하겠습니까? 이런 것들을 알아야 사람이 풍부해집니다. 모르는 것보다는 아는 것이 낫습니다.

❁ 지구학교의 수업료

제가 내리막길을 가면서 인생의 이면을 알았다는 말씀을 드린 적이 있는데 사실 올라갈 때는 인생을 알았다고 볼 수가 없습니다. 한 면만 안 것입니다. 그런데 내리막길에 접어들면서, 질투, 소외, 갈등 같은 것들을 겪으면서 저는 참인생을 알았습니다. 인생의 진한 맛, 감칠 맛을 비로소 알게 된 것이지요. 참 감사한 일이더군요.

작가나 수련하시는 분에게는 어떤 경험도 다 밑천이 됩니다. 경험할수록 풍부해집니다. 그러니 좋은 것만 취하려 하지 마시고 다 받아들이세요. 풍부해지기 위한 교재로 삼으면 되지 않습니까? 태어나서 병치레 많이 하면서 자라고, 부모님 고생시키고, 되는 일이 없고…….

내 인생은 왜 이렇게 엉망진창인가 생각하실 수도 있는데 그게 다름 아닌 공부하는 과정입니다. 한 사람이 출생해서 칠팔십 평생 살기까지 돈으로 치면 수억이 드는데 그 비싼 돈을 수업료로 내면서 사는 이유는 바로 공부하기 위해서입니다.

그러니 괴로운 일이 닥쳐서 마음 아프고 비명 지르고 싶은 분들은 '내가 비싼 대가를 치르면서 공부하는구나, 수업료를 톡톡히 내는구나' 하고 생각해 보세요. 모든 것이 축복이고 감사임을 깨달을 것입니다. 순간적으로 싫다가도 금방 다시 깨닫게 되더군요.

❁ 공부를 위한 고난도 스케줄

불행해 보이는 일들이 꼭 그런 것만은 아닙니다. 예를 들어 사고로 반신불수가 되어 병원에 누워 사는 분들이 있는데 전생의 죄 때문이라고만 볼 수는 없습니다. 우리가 태어난 목적은 경험이 필요해서입니다. 이번 생에 불구로 사는 경험이 필요해서 그렇게 되었을 수도 있다는 것이지요.

스티븐 호킹은 불구지만 불구의 한계를 넘어 정상인보다 나은 삶을 찾았습니다. 찾아보면 그런 사례들이 많습니다. 불구로 태어났지만 밝고 천진난만하게 살고 어떤 한 분야에서 두드러지는 천재적인 삶을 살다 간 경우가 많습니다. 그런 사례를 보이기 위해 불구라는 과제가 부여되었을 수도 있고요. 인간이 판단할 수 있는 일이 아닙니다.

암흑시대를 살다 가신 분들도 마찬가지입니다. 지구의 스케줄을 보면 암흑시대가 있는데 암흑시대는 암흑시대로 끝나는 게 아니라 광명을 위한 준비 기간입니다. 암흑시대를 겪으면서 인류의 영성이 굉장히 높아집니다. 어려운 시대를 겪으면서 공부를 많이 하기 때문입니다. 바다에 해일이 일면 배가 난파되고 사람도 죽지만 한 번씩 갈아엎음으로써 정화가 되는 것과 같습니다. 암흑시대를 겪었던 분들은 광명을 볼 수 있는 시대에 다시 태어나는데 이때 어둠 속에서 공부한 것이 밑천이 됩니다.

❁ 한 번의 생에 얼마나 많은 경험을 해야 하는가?

한 번의 생에 모든 경험을 다 해야 하는 것은 아닙니다. 한 생에 여러 가지 공부를 다 하지는 않는다는 것입니다. 동식물에서 인간이 되고, 인간에서 선인仙人이 되고 하는 과정에서 공부할 게 굉장히 많은데 그걸 한 생에 다 마칠 수는 없기 때문입니다.

한 가지 특별한 경험이 필요해서 태어난 분도 많습니다. 한두 가지를 배우기 위해 태어나며 나머지 인생은 그냥 덤입니다. 태어난 지 얼마 안 되어 죽는 아이들이 있습니다. 이유도 모르게 죽는 경우도 있습니다. 부모의 입장에서는 너무나 가슴 아픈 일이지만 그 아이 입장에서 태어나는 경험 하나만 필요했던 것입니다. 부모나 주변 사람의 과오 때문에 단명하는 경우도 있지만 대개는 스케줄입니다.

태어나는 경험은 짧지만 아주 엄청난 경험입니다. 엄마 뱃속에서 나와서 "으앙!" 하고 울지 않습니까? 공포의 울음입니다. 암흑 속에서 갑자기 나와서 어딘가에 뚝 떨어졌습니다. 기후, 냄새, 소리, 기압 같은 것들이 갑자기 다 달라집니다. 그런 충격적인 경험을 하기 위해서 태어났다가 죽는 것입니다.

전쟁 시대에 태어난 분들도 마찬가지입니다. 그 시대에 태어나서 전쟁에 참여하는 경험이 필요해서 나온 분들입니다. 전쟁이라는 것이 인간을 굉장히 공부시키는 교재지요. 온갖 것들이 한꺼번에 시험 되는 무대입니다. 폭탄이 날아오는 극한 상황 속에서 어떻게 처신하는가? 그렇게 무지막지한 경험을 하기 위해서 태어나는 것입니다.

그런가 하면 처음부터 끝까지 다 가야 하는 스케줄로 태어나는 분들도 있습니다. 장거리 경주와 같은 스케줄인데, 선인이 되는 수련으로 인도되신 분들은 거의 다 이런 스케줄입니다.

❁ 수십 생을 되풀이하는 공부

사람마다 이번 생에 해야 하는 공부가 다 다릅니다. 이 사람은 이런 공부를 하기 위해 태어나고 저 사람은 저런 공부를 위해 태어납니다.

제가 같은 주제에 대해서도 사람과 상황에 따라 다르게 말씀드리는 것은 이런 이유에서입니다. 예를 들어 누가 "이혼해도 됩니까?"라고 질문하면, 저는 어떤 분에게는 절대 안 된다고 대답하고 어떤 분에게는 해도 무방하다고 합니다. 이혼을 하면 안 되는 경우는 '적수를 만나 결혼해서 잘 참으면서 살아보라'는 공부를 하기 위해 태어난 분이기 때문입니다. 그분에게는 그것이 이번 생에 해야 할 공부입니다.

이번 생에 해야 할 공부를 해내지 못하면 다음 생으로 이어집니다. 계속 같은 공부를 되풀이하게 되는 것이지요. 그 과정을 넘지 못하면 다음 과정으로 진입이 안 됩니다.

편협하거나 고집이 센 분들이 중용을 알 때까지 같은 과정을 되풀이하는 경우가 많습니다. 특히 따지기 좋아하는 성격은 고치기가 쉽지 않습니다. 푸르르 따지고, 따진 문제가 해결되어야 다음 단계로 넘어가고……. 성격 하나 고치려고 수십 생을 보냈는데 결국 못 고치고 되풀이합니다. 다음 생으로 넘어가면 그 성향이 더 강해집니다. 극복해야 할 성격을 더 강하게 받아서 나오는 것입니다.

• • • 인간은 어떻게 태어나는가?

❁ 영은 어떻게 지구에 태어나는가?

지구를 떠나지 못한 영계(靈界, 의사를 가진 영체들이 기운의 형태로 존재하는 단계. 영향력이 거의 없어 어떠한 일을 하지는 못함)에 무수한 영이 있는데 그 영들은 어떻게 태어나는 것일까요? 지구에 살 수 있는 생물의 숫자는 한계가 분명한데 태어나는 순위는 어떻게 정해지는 것일까요?

'기氣'라는 것이 무한하지는 않습니다. 생명체로 나타날 수 있는 에너지는 제한이 되어 있습니다. 지구의 적정 수준에서밖에 생성을 못합니다. 그렇다면 어떤 원리에 의해 어떤 영은 태어나고 어떤 영은 못 태어나는 것일까요?

태어나는 우선순위는 본인이 빨리 태어나고 싶은 의지가 얼마나 강한가에 따라 결정됩니다. 영계에는 하층부부터 상층부까지 수많은 영들이 있는데 진화하고 싶은 욕구, 빨리 태어나고 싶은 열망이 클수록 빨리 태어나는 것입니다. 발전의 욕구가 없어서 "좀 더 있겠다" 하면 무한정 있을 수도 있는 것이고요.

살아생전에 잘못한 일이 많아서 못 태어나는 경우도 있습니다. 예를 들어 신라의 고승인 ○○ 대사 같은 분은 천 년씩 기다려도 태어나지지가 않습니다. 진리를 보급하는 과정에서 보급하지 않느니만 못한 결과를 낳았기 때문입니다. 나중에는 후손들의 존경도 많이 받았지만 당대에는 결과가 그랬기 때문에 영계에 있으면서 갚고 있습니다. 영계에서 강의도 하면서 수준에 맞는 분들을 교화하는 일을 하고 있습니다.

❁ 생명이 시작되는 시기는 언제인가?

인간의 영혼은 언제 태아 속으로 들어가는 것일까요? 생명이 시작되는 시기는 언제라고 봐야 할까요?

생명이 시작되는 시기는 태아가 체외로 배출된 때로 봐야 합니다. 영혼은 체외로 나오는 순간에 들어가기 때문입니다. 태아일 때는 예비적인 루트route만 조성되어 있을 뿐이며 들어가는 것은 체외로 나오는 순간입니다. 시각별로 각자의 인연에 따라 예비 서열이 정해져 있다가 태아가 체외로 나오는 순간 들어가는 것이지요.

체내에 있는 기간은 생명의 준비 기간입니다. 사실상 생명이 아닌 것은 아니나 확정된 생명과는 영계에서도 취급이 다릅니다. 영혼은 독자적인 활동이나 의사 표시가 가능할 때 들어가는 것이며 그 이전에는 모체에 종속적인 의미만 있을 뿐입니다.

❁ 시간대를 맞춰서 내 보낸다

인간의 운명을 결정짓는 4가지 인자(유전인자, 시간인자, 환경인자, 영성인자)가 있습니다.

그중 시간인자는 몇 년, 몇 월, 몇 날, 몇 시에 태어났느냐에 따라 달라지는 인자인데 이 시간인자에는 '이번 생에는 이렇게 살아라' 하는 뜻이 담겨 있습니다. 과거 생의 인연에 따라 한 인간의 스케줄을 결정하고 시간대를 딱 맞춰서 내 보내는 것입니다.

사주(시간인자)는 미리 정해져 있습니다. 임신할 때부터 언제 출산을 할지가 정해져 있다는 것입니다. 만약 그 시간대에 차질이 생기면 순번이 바로 뒤로 가는 것이 아니라 한참 뒤로 돌려집니다. 같은 시간대를 받아 나와야 하기 때문이지요. 똑같은 사주가 되려면 한 갑자, 즉 60년이 지나야 합니다.

인간의 운명을 결정짓는 4인자

다 같은 사람인데 왜 이 사람은 이렇고 저 사람은 저럴까? 사람을 서로 다르게 구분 짓는 것은 무엇일까? 사람마다 다르게 부여받는 4가지 인자因子가 있다.

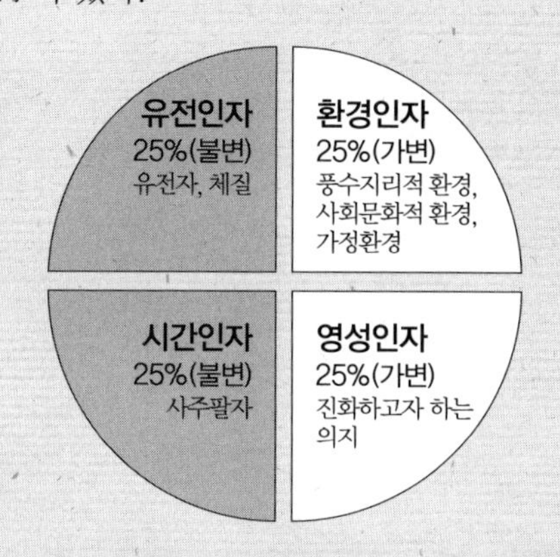

유전인자	그 사람이 태어날 때 어떤 유전자를 가지고 태어날 것인가를 결정짓는 인자. 어떤 유전자를 가지고 태어났느냐에 따라 그 사람의 개성의 상당 부분이 결정된다. 특히 체질은 온전히 유전인자에 의해 결정된다. 핵核인자라고도 한다.
시간인자	그 사람의 한평생에 있어 어떤 시기에 어떤 에너지가 몰려오는지를 결정하는 인자. 10대에는 어떤 에너지가 몰려오고, 20대에는 어떤 에너지가 몰려오고, 30대에는 어떤 에너지가 몰려오고 하는 것을 결정한다. 사주팔자는 시간인자를 축약한 코드이다.
환경인자	그 사람이 어떠한 환경 속에서 자라나는가를 결정하는 인자. 같은 날, 같은 시에 태어났다 하더라도 어떤 장소에 태어나느냐 어떤 부모를 만나느냐에 따라 삶이 판이하게 달라진다. 풍수지리적 환경, 사회문화적 환경, 가정환경을 생각해 볼 수 있다. 기氣인자라고도 한다.
영성인자	그 영이 얼마나 진화하고자 하는 의지가 있는가를 결정하는 인자. 기도 등의 종교적인 활동이나 명상, 수행을 통해 주어진 상태를 개선할 수 있는 여지를 준 것이다.

이 4가지 인자 중에서 유전인자와 시간인자는 이미 타고난 것이므로 변하지 않는다. 하지만 환경인자와 영성인자는 변화시킬 수 있다. 환경인자의 경우 좋지 않은 곳에서 태어났다 하더라도 좋은 곳을 찾아가며 살 수 있다. 좋은 장소에서 좋은 기운을 받으면 기적인 요인을 바꿀 수 있는 것이다. 영성인자도 기도나 명상 등의 향상하고자 하는 행위를 통해 주어진 것을 개선할 수 있다.

태어나는 스케줄에 차질이 생기는 경우

임신을 하면 예비 서열이 있어서, 어떤 영이 대기하게 되는데 낙태를 하거나 유산을 하면 그 영은 다음 순서로 돌려집니다. 기회를 놓쳤기 때문입니다.

원래 예정되었던 부모와 비슷한 속성을 가진 부모가 나타나기를 기다려야 하는데 바로 다음 차례가 되지는 않습니다. 1번이었다가 산모가 사고로 출산을 못하면 2번이 되는 게 아니라 굉장히 뒤로 쳐집니다. 대기자 명단에 올라가고 어떤 부모를 만나야 할지 다시 고려해야 합니다.

유산시키는 것이 왜 죄인가 하면 그런 수고를 끼치기 때문입니다. 이 영을 어떻게 세상에 내보낼 것인가에 대해 미리 작정을 다 해 놓았습니다. 나오는 시간이 언제인지, 나오는 장소가 어디인지, 부모가 누구인지 컴퓨터처럼 미리 계산이 되어 있습니다. 그런데 예기치 않은 사고가 나서 어그러지면 또 한 번 검토해야 합니다.

태어나는 시간대를 인위적으로 앞당기거나 뒤로 늦추는 것도 마찬가지로 수고를 끼칩니다. 정상 참작이 있어서 그 영이 꼭 그 부모에게서 태어나야 하는 스케줄이면 시간대가 좀 달라도 태어나집니다. 하지만 시간대에 차질이 생겼기 때문에 태어날 때부터 인생에 착오가 생깁니다.

심한 경우에는 다른 영으로 바뀌기도 합니다. 그 시간대에 출생해야 할 영이 예비 서열로 들어가 있는데, 출생 시간을 바꿔 놓으면 다른 영이 들어가는 사고가 생기는 것이지요. 그 영이 태어나야 할 시간대가 아니기 때문입니다.

태어날 때부터 부모를 많이 원망하는 아이가 있습니다. 자신의 의지와 상관없이 부모 탓으로 사주(시간인자)가 바뀌었기 때문입니다. "좋은 스케줄로 나오려고 했는데 부모님 때문에 어그러졌다" 하고 원망합니다.

아이들의 영과 대화해 보면 아이가 아닙니다. 부모보다 훨씬 오래된 영들이 많습니다. 부모는 몇 만 년 된 영인데 아이는 몇 백만 년 된 영인 경우가 많습니다. 대화를 해보면 아이가 아닙니다. 완전히 어른의 입장에서 얘기를 합니다. "저는 어른들이 싫습니다, 왜 자기네 마음대로 스케줄을 어그러뜨립니까?" 라고 얘기합니다. 영들은 본능적으로 다 알기 때문에 그런 얘기를 하는 것입니다.

아들을 얻기 위해 인위적으로 딸을 낙태시키는 것도 마찬가지로 섭리를 거스르는 일입니다. 그런 식으로 딸을 낙태시킨 후 억지로 아들을 임신하면 인연이 없는 아들이 옵니다. 인연이 없는 아들이 오면 좋지 않은 일들이 생깁니다. 부자간에 심한 갈등을 겪거나, 둘 중 하나가 중병에 걸리거나, 집을 나가거나 합니다. 다 그런 건 아니지만 그렇게 되는 경우가 많습니다.

제가 아는 어떤 분도 여러 번의 낙태 끝에 어렵게 아들을 얻었는데 나중에 그 아들이 뇌종양에 걸리더군요. 없으면 없는 대로 살아야 하는데 무리해서 가지려고 하니까 그런 불행이 온 것이지요. 제일 좋은 것은 순리대로 가는 것입니다.

인간이 할 수 있는 최고의 창조

아이를 생산하는 일은 이 세상에서 인간이 할 수 있는 최고의 창조입니다. 부모가 함께 아이를 만들어 내는 일입니다. 만드는 시간도 경건해야 하고 임신했을 때의 몸가짐, 마음가짐도 조심스러워야 합니다. 부부가 같이 그렇게 해야 합니다.

걸작을 만들고 싶은 예술가가 한눈팔면서 작업하지 않잖습니까? 계속 마음을 쓰고 정성을 쏟습니다. 하물며 작품 하나를 만들 때도 그렇게 심혈을 기울이는데 인간을 만드는 일은 너무 소홀히 합니다. 시작도 너무 소홀하고, 기분에 따라 하찮게 좌우되고, 임신하고 나서의 몸가짐, 마음가짐도 소홀합니다.

이런 것들을 다 조심하면서 출생할 때까지 모든 것을 가려서 해야 합니다. 그렇게 해서 부모가 축복 속에서 탄생시킨 아이는 인생이 순탄할 수밖에 없습니다.

그런데 만들 때부터 소홀히 하고, 임신 중에 티격태격 불화하고, 출생할 때도 어그러지고 하면 꼭 부모 속을 썩입니다. 마음 속에 맺힌 것이 있어서 태어나면서부터 반발하고 속을 썩이는 것입니다. 그러니 참으로 신중해야 하고 순리를 어그러뜨리지 말아야 하는 일입니다.

순리를 어그러뜨리는 것은 대개 욕심 때문입니다. 아이가 좋은 사주를 가지고 태어나기를 바라는 욕심이 있기 때문입니다. 그러나 아무리 사주가 나쁘다 하더라도 내가 그 시간대에 태어나는 아이의 부모가 되어야 하는 이유가 있습니다. 자연스러운 게 제일 좋은 것입니다.

태교를 열심히 하면 예비 영도 발전을 하는지요?

태교는 정신뿐만 아니라 몸에도 많이 관계되는 일입니다. 태아의 신체적인 발육 조건에 영향을 끼칩니다. 또 예비 영이 아직 들어가지 않았다 뿐이지 대기하고 있습니다. 들어갈 때를 기다리면서 계속 주시하고 있습니다. 산모와 계속 관계를 맺고 있는 것이지요. 예비 영과 산모는 기운줄로 연결이 되어 있어서 서로 영향을 줍니다.

그리고 태교는 아이만을 위해서 하는 일이 아닙니다. 산모를 위해서도 필요한 일입니다.

❁ 좋은 사주, 나쁜 사주

어떤 사주가 좋은 사주인가도 한번 생각해 봐야 합니다. 아무리 좋은 사주도 평생을 놓고 보면 안 좋은 면이 있습니다. 또 부모의 관점에 따라 좋은 사주, 나쁜 사주가 달라집니다.

돈을 굉장히 좋아하는 부모는 다른 요인은 볼 것 없이 재운이 있으면 좋은 사주라고 생각합니다. 가치관에 따라서 재운이나 관운보다는 성격이 온순하고, 부부간의 금실이 좋고……, 이런 사주를 좋은 사주라고 생각하기도 하고요.

대개 판단의 기준이 아이에게 있지 않고 부모에게 있습니다. 아이는 예술가로서의 자질을 가지고 태어나도록 예정되어 있는데 부모가 사업가 성향을 좋아하면 그런 면은 다 무시하고 사주가 나쁘다고 합니다. 관점이 상당히 일방적입니다.

인간의 머리로는 사주가 좋다 나쁘다 하는 것을 판단할 수 없습니다. 좋은 면과 나쁜 면을 같이 갖고 있습니다. 어떤 게 좋고 어떤 게 나쁜지는 주관적입니다.

❁ 섭리에 의해 태어난 피조물

인간의 운명을 결정하는 것은 체질 25%, 사주 25%, 풍수지리 25%, 명상이나 기도 등의 영성이 25%입니다.(편집자 주 - 체질 = 유전인자, 사주 = 시간인자, 풍수지리 = 환경인자, 영성 = 영성인자)

사주는 전부가 아닌 25%에 불과합니다. 체질도 사상이니 오행이니 판별하는 분이 계시는데 25%를 좌우할 뿐입니다. 부모로부터 부여받은 것이 체질인데 절대적이지는 않다는 얘기지요. 또 환경이 25%를 좌우합니다. 산간에서 자란 사람인가 바닷가에서 자란 사람인가, 대륙인가 섬인가 아니면 해안인가, 온대인가 아열대인가, 이런 것에 따라 성격이 다르게 형성됩니다. 마지막으로 기도, 명상, 수련 등이 25%를 차지합니다.

이 4가지가 종합되어 한 사람을 형성하는 기운이 됩니다. 각각의 것들은 절대적인 것이 아니고 부분적입니다. 사주를 공부하신 분들은 사주가 전부라고 하겠지만 어느 하나에 절대적인 가치를 두면 오류가 생기기 쉽습니다.

그리고 한쪽으로 강하게 치우친 사주를 타고났는데 그걸 극하여 더 힘든 인생이 되도록 주변 여건이 돌아가는 사람이 있는가 하면, 체질, 관상, 수상, 이름 등의 여건이 그걸 완화해주는 사람이 있습니다. 그런 것들도 다 우연이 아니고 스케줄에 따라 부여받은 것입니다. 과거 생의 업에 따라 사주, 이름, 체질, 어떤 부모를 만날 것인가 등을 모두 지정받은 것입니다.

모든 것이 섭리에 의한 것이지 자신의 의사는 없습니다. '피조물'인 인간은 부여받은 대로 살아갈 수밖에 없다는 것입니다. 자신의 의사를 가지려면 선인의 반열에 올라야 합니다.

❁ 인간에게 자유의지는 없나요?

그렇다면 인간에게 자유의지는 없는 것인지요?

자유의지라는 것은 선택권을 준 것인데 사람마다 다릅니다. 어떤 사람은 스케줄을 받아 나올 때 정해진 길 95%에 선택권 5%를 가지고 나오고, 어떤 사람은 50:50으로 정해진 길 50%에 선택권 50%를 가지고 나옵니다. 이 경우 아슬아슬하게 곡예 하듯이 가는 스케줄입니다.

종교 지도자나 천재 예술가 등 사명을 가지고 태어난 사람은 너무 많은 변수가 있으면 일을 그르치기가 쉬우므로 변수 즉 자유의지는 5%만 가지고 태어납니다. 천재 바이올리니스트 같은 예술가들을 보면 태어나서부터 자기 길을 알아서 이탈을 하지 않고 쭉 그 길로 내닫습니다. 태어날 때 이미 길을 정해서 나온 것이지요.

반면 어떤 사람은 위태위태한 상황으로 내려와서 한참을 헤매다가 생이 끝날 무렵에야 자기 길을 알아서 가기도 합니다.

❁ 1%의 엄청난 가능성

그런데 자유의지는 비율만 가지고 따질 수 있는 것이 아닙니다. 99%가 정해져 있고 1%만 자유의지를 가지고 나왔다 하더라도 그 1%의 변수가 굉장히 큽니다. 그것만 가지고도 인생을 좌지우지할 수 있습니다. 1% 때문에 어긋날 수도 있고 1%의 가능성만으로 기회를 잡을 수도 있는 것입니다.

남사고 선인께서도 스케줄은 인간의 힘으로 조절할 수 있다고 했습니다. 못한다고 생각하기 때문에 못하는 것이지 태어나고 죽는 것 이외에는 다 인간의 힘으로 할 수 있다고 했습니다.

역학易學이 불확실한 부분이 있는 것은 인간의 의지로 인한 변수가 있기 때문입니다. 인간의 미래는 어떤 식으로 내다보아도 그 정확도가 30%를 넘지 않습니다. 인간의 마음이 곧 우주인데 그 안에 수천억의 변수가 작용하므로 그런 부분에 관한 한 신도 별 도움이 되지 않는 것입니다. 우주만이 알고 있는 것을 인간이 알아내기에는 무리가 따를 수밖에 없습니다.

"어디로 가겠느냐?"

"수련을 할 수 있는 별로 가고 싶습니다."

"그러한 별을 알아나 보았느냐?"

"예."

"어느 별이냐?"

"아스(Earth)입니다."

"어디에 있더냐?"

"마린(크고 넓은 바다) 성단, 아류(항상 빛나는 별들) 은하계, K-78 아루이(항상 샘솟는 샘물) 은하의 한 귀퉁이에 있습니다."

"그 별이 어느 면에서 수련에 적당하다고 생각하였느냐?"

"우주의 모든 파장이 전부 우러나올 수 있는 별이옵니다."

"우리 은하에도 그러한 별이 있지 않느냐?"

"있긴 하옵니다만 그 별은 기복이 심한 점이 장점이옵니다."

"기복이라……."

"기복이 심해 사람을 살리기도 하고 죽이기도 하는 별이라고 들었사옵니다. 실제로 기운을 파악해 보니 그러한 기운이 나오고 있었사옵니다."

"그 기운의 어떤 점이 좋더냐?"

"그 기운이 만물의 생로병사를 이끌고 있었사옵니다."

"맞다. 그 기운은 모든 것을 살리기도 하고, 죽이기도 할 수 있는 기운이나 그것은 표면적인 것일 뿐 그것을 움직이고 있는 근본적인 기운을 알아보면 공부가 많이 될 것이니라."

"알겠습니다."

"그러한 공부를 하면 많은 도움이 될 것이나 후진(後進, 수련이 후퇴함)도 생각할 필요가 있느니라."

"후진은 각오하고 있습니다."

"한번 해 보아라. 유혹에 빠지지 말고 수련에 정진토록 하여라."

—『소설 선仙』1권에서

2

진화,
인간이 살아가는
목적

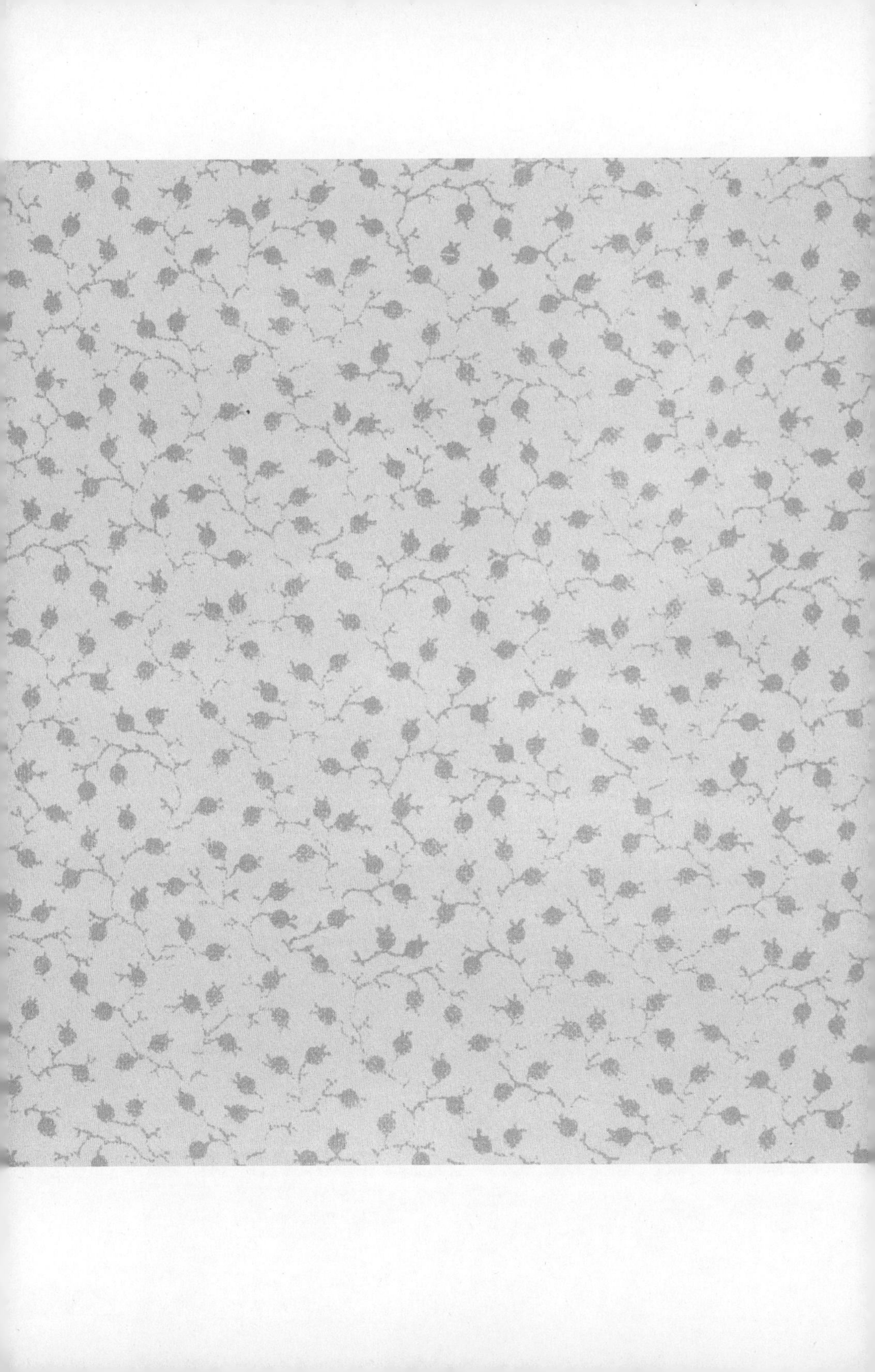

발전적인 방향으로 변하는 것

변화는 우주의 기본 법칙

우주 만물의 기본 법칙은 '변한다는 것'입니다. 제자리에 있지 않고 계속 변하는 것이 우주의 창조 법칙입니다.

동물이나 식물, 광물이나 흙조차도 계속 호흡을 통해서 생성, 소멸합니다. 돌도 수없는 세월 동안 호흡을 하면서 저절로 커지기도 하고 마모되기도 합니다. 무언가 다른 물질이 와서 합쳐지기도 하고 없어지기도 하면서 계속 호흡을 통해서 변합니다. 생성, 소멸하는 것이 우주의 법칙이기 때문에 가만히 있지 않는 것입니다.

❁ 변하되, 우주가 가고자 하는 방향으로

그런데 '변화變化'라는 것은 자연적으로 변하는 것입니다. 어떻게 변할 것인가 하는 의지가 없이 그냥 세월 따라 저절로 변하는 것입니다.

그렇다면 우리는 어떻게 변해야 하는 것일까요? 우주 만물은 변하지 않는 것이 없으니 우리도 같은 자리에 가만있을 수는 없는데, 어느 쪽으로 변해야 하는 것일까요?

변하되 발전적인 방향으로 변해야 합니다. 되풀이 되어 끊임없이 변화하되 발전적인 방향으로 변해야 합니다. 그것을 '진화進化'라고 합니다. 자연적으로 변하는 것이 변화라면 본인의 노력과 의지로 변하는 것은 진화입니다.

진화는 인간과 우주의 역사가 진행되어 가는 방향입니다. 우주가 가고자 하는 방향으로 변하는 게 진화인 것입니다. 반대로 우주가 가고자 하는 방향에 반해서 변하는 것은 퇴화退化라고 하고요.

❁ 인간이 살아가는 목적은?

조금씩 조금씩 발전해야 합니다. 매일 조금씩 진화해야 합니다. 그것이 인간이 살아가는 목적입니다. 진화는 인간이 삶을 부여받은 기간 동안 어김없이 살아야 하는 목표인 것입니다.

사람은 태생적으로 진화의 욕구가 있어서 발전을 해야 만족합니다. 제자리에 있으면 한동안은 행복해하나 오래지 않아 싫증내고 새로운 것을 찾아 나섭니다. 여기에 남녀의 구분은 없습니다. 전에는 뭔가 해야 하는 사람들은 남자들이었습니다. 여자는 남자에게 종속된 사람이고 시중드는 사람이라는 이데올로기가 있었습니다. 그래서 과거의 많은 명작이 남자가 여자를 배신하는 얘기를 다루었습니다. 왜 배신을 하는가 하면 여자는 사랑이 끝인데 남자는 사랑이 시작이기 때문입니다. 남자는 사랑을 얻으면 그때부터는 뛰쳐나가려 하고 다른 것을 하고 싶어 합니다. 여자는 사랑을 얻으면 끝이라고 생각하고 거기서 안주하려고 하고요. 그러나 이제는 바뀌어서 여자도 남자 못지않은 발전의 욕구가 있습니다.

우주 만물은 진화하도록 창조되었다

말씀드렸듯이 조물주가 우주 만물을 창조한 목적은 진화입니다. 완성이 아닙니다. 원래 불완전하게 창조되어 완성을 향해 가는 것이 우주의 스케줄입니다.

아주 미개한 하등동물에서부터 영장류인 인간까지 차등으로 가는 스케줄로 창조했습니다. 광물에서 식물로, 식물에서 동물로, 동물에서 영장류로……, 이러한 순환 사이클을 통해서 인간에서 선인으로, 선인에서 조물주의 반열로 가는 스케줄로 창조한 것입니다.

식물이 한 자리에 붙박이로 계속 있다 보면 움직이고 싶다, 자유로워지고 싶다는 욕구가 생깁니다. 1년생 식물은 수명이 긴 나무가 되고 싶어지고요. 동물도 기어 다니는 동물은 걷고 싶고, 걸어 다니면 날고 싶고……, 이렇게 발전의 욕구를 갖게 하여 그것이 진화의 원동력이 되도록 창조했습니다. 인간도 다 차등을 두고 창조되었습니다. 우주인들도 제각각 수준이 다르고요.

원래 태어날 때부터 불완전합니다. 불완전하게 창조되어 완성을 향해 가는 것이 인간의 스케줄입니다.

기쁘기 때문에 진화한다

영겁의 시간이 흘러서 모든 인간이 조물주의 반열에 오르면 그때는 조물주님도 할 일이 없어지지 않을까요?

조물주님이 창조물을 만드는 이유는 인간들이 결혼을 해서 자식을 만들어내는 이유와 다르지 않습니다. 자신의 창조물에게 바라는 것도 인간들이 자녀들에게 바라는 것과 같고요.

왜 결혼을 해서 자녀들을 만들어내는가? 혼자 살면 되는데 왜 굳이 뭔가를 만들어내는가? 남들이 하니까 따라 하는 게 아니라 본인이 욕구가 있기에 하는 것이잖습니까? 자녀들로부터 기쁨을 돌려받길 원하는 것이지요. 조물주님도 똑같아서 자신이 창조한 분신으로부터 기쁨을 얻고자 합니다.

인간도 자녀를 낳으면 자신의 분신으로 여기지요? 조물주님이 인간을 바라보는 시각도 똑같아서 인간을 자신의 분신으로 여깁니다. 인간들이 자식 잘되기를 바라는 것처럼 조물주님도 자신의 분신인 인간들이 잘되기를 바라고요.

인간적인 차원에서 잘되는 걸 바라는 건 아니어서 진화하는 것을 가장 기뻐합니다. 자신의 분신이 진화해서 자신과 같은 반열에 오르는 것을 가장 기뻐하는 것이지요. 끝없이 진화해서 조물주의 반열에 오르는 분들이 많아지는 것이 우주의 창조 목적입니다.

그러니 인간이 조물주님을 사랑하는 방법 또한 자식들이 부모님을 사랑하는 방법과 같습니다. '어떻게 하면 부모님이 기뻐하실까?' 연구하듯이 '어떻게 하면 조물주님이 기뻐할까?' 연구하면 답이 나옵니다.

너무 멀리까지 걱정할 필요는 없습니다. 그분에 관한 것은 그분한테 맡기세요.

조물주님 또한 진화의 결과이다

우주란 원래 기氣적인 상태로 존재하였으며 이러한 것은 누가 만든 것이 아닌 자연 발생적인 것입니다(진화론).

무無에서 출발한 기氣는 점차 무無가 소량의 미립자 상태로 변하면서 어떠한 특성을 띠게 되었으며, 이 특성을 가진 미립자가 동일하거나 상이한 미립자끼리 밀고 당기며 뭉치고 흩어지는 힘이 작용하면서 기적인 진화가 이루어졌고, 이 기적인 상태가 점차 진화하여 일정한 의사를 가지게 되었습니다. 나름대로 어떠한 룰을 가진 조물주가 탄생한 것입니다.

수조 년에 걸친 진화의 결과입니다. 원래 공간은 무無이자 공空이었으며 이 공간에서 기적인 변화가 일어나 진화한 결과가 바로 조물주입니다. 그리고 다시 조물주의 뜻에 의해 우주가 만들어진 것이고요.

따라서 조물주의 고향은 무無이자 공空이며, 이 조물주의 고향을 찾아 들어가려는 노력이 인간을 비롯한 다양한 고등생물체에 의해 이루어져 왔습니다.

조물주 역시 무無이자 공空인 고향을 그리는 마음이 항상 내재하고 있으며, 이러한 뜻을 이어받은 고등생물체들이 무無와 공空을 익혔을 경우 자신의 대열에 포함시켜 우주의 진화에 동참하여 자신의 역할을 수행할 수 있도록 하고 있는바 이들이 바로 선인仙人입니다.

· · · 영성이 개발되는 것

자신을 버리면 나오는 '그 무엇'

예전에 여행을 갔다가 우연히 활을 쏠 기회를 얻은 적이 있습니다. 어느 외국 관광지에서였는데 생각보다 활이 무겁더군요. 저는 그전에 한 번도 활을 쏴 본 적도, 관심을 가져본 적도 없었습니다.

그런데 열 발을 쏴서 다 10점대를 맞췄습니다. 그곳 코치가 제게 선수냐고 묻더군요. 처음 쏴 봤다고 하니까 도저히 못 믿겠다고 했습니다. 이어서 같이 간 제 큰딸이 활을 쐈는데 다시 대부분 10점대를 맞췄습니다. 그랬더니 혀를 내두르면서 말하기를 이제까지 관광객이 활을 쏴서 이런 적이 없었다고 합니다.

그 다음에는 사격을 해봤습니다. 진짜 권총으로 실탄을 쏘는 것이었는데 이번에도 거의 다 표적의 심장을 맞추었습니다. 제

딸도 또 그랬고요. 그곳 코치가 자기 눈을 의심하더군요. 그 관광지에 소문이 나서 지나가던 사람들이 다 쳐다볼 정도였습니다.

우리나라 선수들이 활을 참 잘 쏘지요. 누군가가 국가대표 코치에게 물었답니다.

"어떻게 하면 활을 그렇게 잘 쏠 수 있습니까?"
"자신으로부터 자신을 버려야만 잘 쏠 수 있다."
"자신을 버리면 누가 쏩니까?"
"자신을 버리면 '그 무엇'이 대신 쏘며 활 쏘는 수련이 깊어지면 '그 무엇'이 무엇인지 알게 된다."

우리 수련 과정을 보는 듯한 얘기였습니다.

본성으로 쏘다

제가 처음 활을 쐈는데도 그렇게 잘 쏠 수 있었던 것은 수련 덕분이었습니다. 명상으로 얻어진 결과였지요. 저도 모르게 자연스럽게 호흡이 되고 어떻게 쏴야 하는지 아는 것이었습니다. 과녁을 향하여 겨누는 순간 제 손과 손가락, 뇌와 눈을 포함한 모든 것이, '그 무엇'이 발동하여 저절로 쏘았다는 생각이 듭니다.

호흡을 하면서 맑은 우주기로 자신을 비우다 보면 '그 무엇'이

눈을 뜨고 드러나서 우리가 원하는 바를 해준다는 것입니다.

그리고 수련이 깊어지면 '그 무엇'이 무엇인지 알게 됩니다. 우리가 궁극적으로 찾아가야 가는 길이 터득됩니다. 저는 '그 무엇'이 무언지 알고 있습니다. 본성本性입니다.

아마 활쏘기를 이론적으로 습득하려면 상당히 오래 걸릴 겁니다. 여기서부터 저기까지 몇 미터이고, 팔 자세는 이렇게 해야 하고, 눈은 어떻게 해야 하고, 호흡은 어떻게 해야 하고……, 이렇게 하나하나 배워야 할 겁니다. 우리나라 여자 양궁이 올림픽에서 6연패를 했는데 금메달을 딴 선수들도 순식간에 터득한 건 아닐 겁니다. 오랜 기간 숙련을 했기에 그렇게 잘 쏘는 걸 겁니다.

그런데 우리 수련을 하고 나면 활쏘기는 순식간에 터득할 수 있습니다. 수련을 통해 본성을 드러내는 훈련을 자꾸 함으로써 활 쏘는 일뿐 아니라 우리가 가고자 하는 곳에 도달하는 방법을 저절로 알게 되고, 또 가게 됩니다. 본성을 드러내기만 하면 활쏘기나 사격뿐 아니라 다른 어떤 일도 유능하게 잘해낼 거라는 생각을 했습니다.

조물주님의 다른 이름

노자의 『도덕경道德經』을 보면 맨 처음 '도'에 대해 애기합니다. 도는 도라고 이름 붙일 수 있지만 반드시 도라고 하지 않아도 좋다, 설명을 해야 하니까 설명하기 위해 도라는 이름을 붙였는데 다른 어떤 이름이라도 좋다, 이렇게 얘기합니다.(道可道非常道 名可名非常名)

저 또한 도, 조물주, 본성……, 이렇게 많은 단어를 사용하는데 그래도 저는 '본성'이라는 단어가 제일 좋더군요. 그래서 저는 본성이라는 단어를 즐겨 씁니다. 허나 알고 보면 조물주가 곧 본성이고, 본성이 곧 조물주입니다.

처음부터 본성이 많이 드러나 있는 사람

처음부터 본성이 많이 드러난 분들이 있습니다. 아프리카 원주민이나 자연과 더불어 사시는 분들을 보면 이미 많은 부분 본성이 드러나 있습니다. 덧붙여지지 않은 상태일 때 그렇습니다. 지식 같은 것들이 덕지덕지 붙으면 본성은 깊이 숨어버립니다. 태어나서 자연 그대로 지내면 많이 드러나 있고요.

그런데 본성이 많이 드러났다고 해서 영적으로 진화가 됐다고 볼 수는 없습니다. 영력靈力은 별개의 것이기 때문입니다. 본성은 많이 드러났는데 영적으로는 깨이지 않은 경우가 있을 수 있습니다. 촌로들을 보면 상당히 맑은데 아무 생각 없이 사시지요? 그런 상태를 말하는 것입니다. 백치에 가까운 분들도 생각이 많지가 않아서 상당히 맑습니다. 하지만 영력은 없습니다.

영력과 성력

'영력靈力'은 지능지수와 비슷한 의미가 있습니다. 관직에 오르고 금전적인 성취를 하고 명예를 취할 수 있는 능력입니다.

'성력性力'은 사람이 바르게 사는 것을 말합니다. 영력이 높은 것보다 더 중요한 것이 성력이며 영력만 높고 성력이 함께 하지 않으면 빗나갈 우려가 많습니다. 영의 꼬임에 이끌려 헛되이 부나 권력, 명예 등을 추구하게 되는 것이지요.

영력은 '성(性, 본성)'을 갈고 닦기 위한 방편으로서 영력을 어느 정도 가지고 태어나야 수련이 가능합니다. 궁극적으로는 성을 깨야 하는데 영력이 어느 정도 있지 않으면 도저히 성을 깰 수가 없는 것입니다.

진화의 정도는 기적인 수준(기력氣力), 영적인 수준(영력靈力), 성적인 수준(성력性力)을 다 포함하는 종합적인 것입니다.

영성이란 무엇인가?

'영靈'과 '성性'을 합쳐서 '영성'이라고 합니다. 우리가 도달해야 하는 곳은 성입니다. 영 다음에 성입니다. 영성을 높이고 진화시키는 것이 수련의 가장 큰 목적입니다.

"그 사람은 탁월한 영성을 지녔다"라고 표현하기도 하는데 대체 영성이란 무엇일까요? 영성은 4가지로서, 첫 번째는 '사고',

두 번째는 '감각', 세 번째는 '감정', 그리고 마지막은 '행동'입니다. 4가지를 다 포함해서 영성이라고 합니다. 영성이 탁월하다는 것은 그 사람의 사고와 감각과 감정과 행동이 통일되고 발달돼 있다는 뜻입니다.

사고, 감각, 감정, 행동

영성의 첫 번째는 사고입니다. 사고에는 지식과 지혜가 있습니다. 지식은 다른 사람이 만들어 놓은 학설 같은 것이고, 지혜는 그 학설을 소화하여 내 것으로 만든 깨달음이라고 할 수 있습니다.

지혜는 다시 두 가지가 있는데 첫 번째는 통찰력이고 두 번째는 각성입니다. 첫 번째, 통찰력이 있다는 것은 사물을 보는 눈이 있다는 것입니다. 나름의 깨달음을 통해 지식을 내 것으로 만들었고, 그로 인해 사물을 치우치지 않게 바라보고, 정확하게 '그것이 무엇이다'라고 알아내고 발견해내는 것을 통찰력이라고 합니다. 두 번째, 각성은 내가 가지고 있는 지식과 지혜와 통찰력을 모두 동원하여 나 자신에 대해 알고 판단하고 개선하는 힘입니다.

결국 사고에는 지식과 지혜, 지혜 중에서 통찰력과 각성, 이렇게 4가지가 들어 있는 것입니다.

어떤 사람은 지식은 있는데 그걸 내 것으로 소화하지 못해서 "누가 이렇게 말했다", "어떤 책에 이렇게 적혀 있다"라고 나열

하는 수준에 그칩니다. 또 어떤 사람은 지식을 내 것으로 소화하여 지혜가 있기는 한데 겉돕니다. 알긴 아는데 자신과는 상관이 없는 것이지요. '그것은 그것이고 나는 나다' 하고 분리되어 있습니다.

지혜가 뛰어나신 분들은 통찰력이 있습니다. 세상의 모든 것, 만물의 움직임을 볼 때 '이것은 이래서 이런 것이고 저것은 저래서 저런 것이다' 하고 알아챕니다. 또 각성이 있는 분들은 스스로에게 대입해서 '나는 이것이 문제이고 이런 부분을 개선하고 닦아야 한다' 하고 압니다. 이치만 아는 데 그치지 않고 나와 결부시킬 수 있는 것입니다.

우리가 궁극적으로 도달해야 하는 것은 각성입니다. 세상 돌아가는 이치를 다 안다 할지라도 그것이 나와 별개라면, 나를 모른다면 큰 의미가 없습니다. 결론적으로 사고가 뛰어나다는 것은 이러한 과정을 거쳐 나에 대해서 안다는 것입니다. 모든 것을 동원하여 자신을 알고자 하는 것이 사고입니다.

두 번째는 감각입니다. 감각에는 우선 오관五關이 있습니다. 눈, 코, 입, 귀 그리고 피부인데 말초신경에서 지각하고 느끼는 것입니다. 또 하나는 직관直觀이라고 합니다. 직관은 느낌이라고도 하는데 눈, 코, 입, 귀, 피부를 동원하지 않고 그냥 아는 것입니다. 직관력이 뛰어나다, 느낌이 정확하다, 하는 것은 오관이 아닌 온몸으로 느끼는 것입니다. 어떤 근거가 있는지 정확하게 말할 수는 없지만 온몸으로 아는 것입니다.

수련하시는 분들은 눈도 밝고, 귀도 밝고, 맛도 잘 느끼고, 피부도 민감합니다. 모든 것을 다 알고 아주 민감합니다.

그중에서도 가장 발달한 것은 직관입니다. 느낌이 정확한 것입니다. 직관으로 판단하는 것은 0.1초 걸린다고 하더군요. 어떤 사물이나 사람을 볼 때 '아, 어떻다' 하고 0.1초 만에 판단을 해냅니다. 저 사람은 단정한 사람이다, 지저분한 사람이다, 음흉한 사람이다, 믿을 수 없는 사람이다, 이런 것을 0.1초 만에 판단해내는 것입니다. 그것이 직관력입니다. 어디서부터 오는 것인지는 모르지만 자신의 모든 것을 동원한 총체적인 힘입니다. 그래서 아주 중요합니다. 수련은 직관력을 발달시키기 위해서 하는 것입니다.

세 번째는 감정입니다. 오욕칠정五慾七情이라고 하는데 오욕은 물욕 · 색욕 · 명예욕 · 이기심 · 나태하고 수면에 대한 욕심을 말하고, 칠정은 희로애락애오욕(喜怒哀樂愛惡慾, 기쁨 · 노여움 · 슬픔 · 즐거움 · 사랑 · 미움 · 욕심)을 말합니다. 오욕칠정은 다 감정의 소관이며 오장육부와 관계되어 있습니다.

네 번째는 행동입니다. 행동은 내가 지금까지 사고로 아는 내용, 감각으로 아는 내용, 또 감정으로 아는 내용을 온몸으로 행하고 실천하는 것입니다. 이것이 마지막 중요한 부분입니다. 이렇게 4가지가 다 갖춰졌을 때 "영성이 뛰어나다", "선인이다"라고 얘기합니다.

❁ 영성에 들어가는 에너지의 분배

영성에 들어가는 에너지의 분배가 있습니다. 사고하는 데 드는 에너지 10%, 느끼고 직관하는 데 드는 에너지 20%, 오욕칠정에 소모되는 에너지 30%, 그리고 온몸으로 실천할 때 드는 에너지 40%입니다. 그렇게 해서 100%가 됩니다.

이것은 인간을 창조할 때 조물주님이 만들어놓은 공식입니다. 사고하는 데는 최대 10%의 에너지만 써라, 감각하는 데는 20%를 써라, 정서나 감정의 변화에는 30%를 할애해라, 행동하는 데 40%를 써라, 그렇게 해서 100%가 되도록 만들었습니다.

어떤 사람은 생각을 많이 하는 쪽으로 치우쳐 있습니다. 머리로 50% 정도를 다 합니다. 또 어떤 사람은 생각은 전혀 안 하고 몸으로 모든 것을 합니다. 에너지를 불균형하게 쓰는 것입니다.

사고 쪽으로 치우치신 분은 사고를 위한 10%의 에너지 중에서도 7~8%만 가지고 생각을 하세요. 다 쓰지 말고 조금 남겨 놓으라는 말씀입니다. 2, 3% 정도는 여분이 있도록 넉넉하게 사십시오.

감각, 말초신경이 너무 발달한 분 있지요? 모든 것을 그냥 느낌으로 해결해 버린다, 한번 보면 안다, 지식 같은 것은 필요 없다, 이러는 분들은 감각에 너무 많은 에너지를 쓰지 마시고 20%만 할애하세요. 자신을 돌아보고 그렇게 에너지를 분배하세요.

감정 쪽으로 치우치신 분도 마찬가지입니다. 아무리 사랑 때문에 죽을 지경이어도 내가 우주로부터 받은 에너지의 30% 이상은 감정 상태에 할애를 하지 않아야 합니다. 너무 좋고, 너무 슬프고, 울고불고하고, 죽고 싶고……, 이 부분이 30%를 넘지 않도록 자신을 관리하십시오.

마지막으로 행동은 40%입니다. 총체적으로 드러나는 것이 행동이니까 제일 많이 분배를 했습니다. 행이 따라주지 않으면 부분적으로 알 뿐이지 총체적으로 드러나지는 않습니다.

이렇게 4가지가 다 갖춰지고, 균형이 잡히고, 조화롭게 가동이 될 때 우리가 지향하는 전인이자 선인이자 영성이 높은 상태라는 말씀을 드립니다.

❁ 영성 개발의 세 가지 동인

그렇다면 영성은 어떻게 개발이 되는 것일까요? 영성을 개발하기 위한 동인動因에는 어떤 것이 있을까요?

첫째는 '고통'입니다. 고통을 받아야 영성을 개발하려는 생각이 듭니다. '너무나 고통스럽다' 할 때 뭔가를 생각합니다. 이 난국을 헤쳐 나가려면 어떻게 해야 하나, 하고 자신을 살피게 되는 것이지요.

그래서 인간은 마음에서건 몸에서건 많은 부분 고통을 받아 나옵니다. 마음이 고통스러운 분들은 "나는 차라리 다리병신이 낫겠다", "아주 죽을 지경이다"라고 얘기하지만 몸을 고통스럽게 타고난 분들은 누가 마음이 어쩌고저쩌고하면 그건 사치스러운 얘기라고 생각합니다. 예를 들어 눈이 안 보이는 분은 어떤 사람이 사랑 때문에 너무 괴롭다 하면 "저렇게 배부른 소리 한다" 할 것입니다.

고통을 조물주님이 만들어낸 것은 아닙니다. 인간들이 만들어낸 것입니다. 행복한 사람은 그냥 행복합니다. 이유가 없습니다. 하지만 고통스러운 사람은 이유가 가지가지 많습니다.

그럼 왜 그렇게 고통스럽게 하는가? 그걸 통해서 진화하라는 것입니다. 고통을 통해서 뭔가를 발견해내라, 행복한 것을 발견해내라, 하는 뜻이 있습니다. 눈이 안 보인다 해도 '내가 눈은 안 보이지만 걸어 다닐 수 있다는 것만으로도 너무나 행복하다' 하면 행복한 것입니다.

장영희 교수가 그렇게 발견해낸 분이셨지요. 다리가 불구인 분이셨는데 "의지하지 않고 두 발로 똑바로 설 수만 있다면 너무나 행복하다" 하셨습니다. 그래서 그분이 그렇게 아름다운 글들을 쏟아내신 것입니다. 고통의 산물입니다.

물론 '좀 더 고통스러웠으면 좋겠다' 하는 분은 안 계실 겁니다. 다들 '나는 이미 충분히 고통스럽다', '이제 그만 고통스러웠으면 좋겠다' 하실 겁니다. 하지만 수련 과정에서는 고통을 사서 불러일으키기도 합니다. 편안하면 그냥 주저앉아 버리기 때문입니다. 영성이 오히려 퇴화합니다.

저도 예전에는 그랬습니다. 굉장히 고통스러워하니까 제 스승님이 어느 날 "네가 가지고 있지 않은 것을 한번 써봐라, 없는 것을 한번 찾아내 봐라" 하시더군요. 써보니까 다 가지고 있는데 하나가 없었습니다. 저와 같은 수준의 수평적인 짝이 없었습니다. 그래서 그걸 하나 써냈습니다.

다음으로 가지고 있는 것을 써봐라 하시더군요. 써보니까 제가 가지고 있는 것이 많더군요. 너무 많이 가지고 있었습니다. 게다가 제가 가지고 있는 것들은 고급 골동품 같은 것들이었습니다. 많이 가지고 있어도 값싼 창고 물건 같은 것들만 있는 사람도 있는데 저는 박물관에 가 있음 직한 귀한 것, 값나가는 것들을 갖고 있었습니다. 실제 물건을 얘기하는 건 아니고요.

그래서 '아, 내가 그랬구나' 하고 깨달았습니다. 계속 없는 것 한 가지만 쳐다본 것이지요. '그것 하나만 있으면 진짜 행복해질 것 같은데 난 왜 그게 없을까?' 하면서요. 만약 바꿀 수 있게 해준다면 바꾸겠는가? 내가 가지고 있는 모든 것을 그 '짝'과 바꾸겠는가? 안 바꾸겠더군요.

저뿐이 아닙니다. 한번 자신이 가지고 있지 않은 것을 찾아내어 쭉 써보세요. 또 자신이 가진 것을 쭉 써보세요. 아마 여기 계신 분들은 가지지 못한 것보다는 가진 것이 더 많을 것입니다.

두 번째 동인은 '권태'입니다. 매일같이 아침에 눈 뜨고, 세수하고, 밥 먹고, 버스 타고 출근하고, 하루 종일 같은 일 하고, 전화 받고, 점심 먹고, 퇴근하고, 같은 얼굴 쳐다보면서 밥 먹고……, 반복되는 일상입니다.

몇 번은 신선하고 재미있습니다. 하지만 몇 달, 몇 년 이렇게 세월이 지나면 시들해져서 아무런 의욕이 안 생깁니다. 수련도 처음 몇 년 동안은 신나서 열심히 하는데 매일 똑같이 되풀이 되니까 재미가 없어집니다. '지루하다' 하며 떠나고 싶어 합니다. 다른 사람을 만나고 싶어 하고 밖에서 헤맵니다.

권태 속에서 이로운 쪽으로 가면 영성이 개발되고 해로운 쪽으로 가면 퇴화됩니다. 시소 타는 것처럼 만들어놓았습니다. 이로운 쪽으로 가는 것은 여행을 가거나 하면서 다른 걸 추구하는 것입니다. 더 좋은 게 없을까, 더 재미나는 게 없을까, 더 신나는 게 없을까, 하면서요.

또 '나를 오래도록 영원히 붙잡아둘 수 있는 게 뭐 없을까' 하고 찾다 보면 예술을 접하게 됩니다. 예술은 여가의 산물이라는 말이 있잖습니까? 심심하고 권태로우면 뭘 만들어내게 되는데 그게 예술인 겁니다.

세 번째 동인은 '만남'입니다. 살다 보면 스승을 만나고, 자연을 만나고, 음악을 만나고, 사람을 만나고, 신을 만납니다. 그렇게 누군가를 만납니다. 자신에게 온갖 계기를 만들어주는 만남을 갖는 것입니다.

만남을 통해서 팍, 하고 전기가 통할 수 있습니다. '내가 찾아 헤매던 것이 바로 이것이다! 저 사람이다!' 하고 스파크가 일어납니다. 어떤 '거리'를 찾게 되는 것이지요.

삶에는 예정된 만남이 있는데, 만나도 알아보지 못하기도 하고 열심히 살다 보면 보이지 않는 분들이 만나게 해주기도 합니다. 그런 만남을 통해서 영성을 개발합니다.

우리는 이미 만났습니다. 우주를 만났고, 팔문원(편집자 주 – 우주의 본체를 형상화한 문양)을 만났고, 기운을 만났고, 말씀을 만났습니다. 그 만남이 계기가 되어 끝없이 다른 좋은 것들을 만나야겠지요. 만나고 만나고 또 만나서, 영성을 개발해서, 선인이 되시기를 당부드립니다.

··· 사고의 진화

❁ 알아야 진화할 수 있다

우리가 진화하기 위해서는 반드시 무엇인가를 알아야 하고 깨달아야 합니다. 그렇지 않고 가만히 있으면 저절로 변합니다. 어느 쪽으로 변해야 할지 몰라서 세월 따라, 시간의 흐름에 따라 그냥 변하는 것입니다.

나무도 매일 변합니다. 산에 가보면 지난번에 갔을 때와는 다른 나무이지 않습니까? 나뭇잎이 떨어져 낙엽지고 합니다. 인간은 그렇게 철 따라 변하지 않으니까 어제의 내가 내일의 나인 것처럼 느낍니다. 하지만 의학자들은 사람도 끊임없는 세포 분열을 통해서 새로 태어난다고 얘기합니다. 하루에 수많은 세포가 죽고, 수많은 세포가 다시 생성되고, 이렇게 끊임없이 변한다고 합니다.

그럼 이렇게 변하는 것을 진화라고 볼 수 있는가? 그렇지 않습니다. 진화라는 것은 근본적으로 '안다'는 것입니다. 생로병사뿐 아니라 나에 대해서 알고, 신에 대해서 알고, 자연에 대해서 아는 것입니다. 이런 것들을 깨닫고 나면, 우주가 가고자 하는 방향을 알고 나면 진화하게 되는 것입니다.

❁ 안다는 것은 경험했다는 것

그럼 '안다'라는 것은 대체 무엇일까요? 생각해 보면 '안다'라는 우리말이 상당히 막연합니다. 우리나라 사람들은 '안다'라는 단어를 상당히 후하게 씁니다. 신문 같은 걸 읽어서 지식을 좀 가지고 있어도 '안다'라고 표현합니다. 또 어떤 사람을 몇 번 만나서 차 마시고 식사하고 나면 "나 그 사람 잘 알아"라고 표현합니다.

'안다'라는 말이 참 애매하다는 것이지요. 조금 알아도 알고, 많이 알아도 알고……. 얼굴이 어떻게 생겼는지 코가 어떻게 생겼는지 알아도 알고, 깨달아도 알고……. 하지만 이 둘 사이에는 엄청난 차이가 있습니다.

영어에서는 좀 더 명확합니다. 영어에서는 '안다'에 대해 'know'라는 표현을 씁니다. "I know him" 하면 그 사람에 대해 아주 많이 안다는 뜻입니다. 쉽게 말하면 그 사람의 몸을 안다는 것인데 몸을 안다는 것은 상당히 많이 안다는 것이지요. 몸을 안다고 해서 코가 어떻게 생겼는지, 눈이 어떻게 생겼는지, 이런 걸 안다는 게 아닙니다. 그 사람을 경험했다는 뜻입니다. "I know him"이라고 표현하는 것은 아주 가까운 사이라는 얘기입니다.

그냥 많이 만난 사이라면 'meet'라고 표현합니다. 만나는 사이라는 뜻이지요. 그것보다 덜 안다 하면 'see'라고 표현합니다. 그냥 오다가다 봤다, 이런 뜻입니다.

영어에서는 이렇게 분명하게 분화가 되어 있는데 우리말에서는 몇 번 만나도 알고, 깨달아도 알고……, 이렇게 막연하게 되어 있습니다. 그래서 사람들이 '안다'는 것에 대해 함정에 빠져 있습니다.

그래서 제가 간단하게 정리하자면 '안다'는 것은 '경험했다'는 것입니다. 책을 봐서 알고, 오다가다 봐서 알고, 이렇게 아는 게 아니라 몸소 겪었다, 경험했다는 것입니다.

❁ 일부를 깊이 알면 전체를 알 수 있다

그런데 국 맛을 알려면 국을 다 먹어봐야 아는 것은 아닙니다. 국물을 조금 마셔 봐도 알고, 국에 있는 건더기를 하나 건져 먹어 봐도 압니다. 우주도 마찬가지여서 우주의 삼라만상, 엄청난 크기의 우주를 직접 다 알아야만 아는 게 아니라 거기에 들어 있는 어떤 한 가지를 깊이 알면 미루어 짐작할 수 있습니다.

남사고 선인은 자연을 통해서 아신 분입니다. 추우면 추운 대로, 더우면 더운 대로 자연 속에서 생활하다가 대자연의 섭리에 눈을 뜨셨습니다. 이지함 선인은 인간을 통해서 아신 분이고요. '인간이란 이런 것이구나' 하고 연구하다가 깨달음을 얻으셨습니다. 인간이 어디서 오고, 어떻게 태어나고, 왜 늙으며, 왜 아프며, 왜 죽으며, 죽어서 어디로 가고……, 이러한 인간의 한 생을 미루어 만물의 한 생을 알 수 있었다는 것입니다. 인간은 우주의 일부이기 때문입니다. 일부를 통해서 전체를 안 것입니다.

그렇다면 우리가 알아야 하는 것은 무엇일까요? 무엇을 깨달아야 하는 것일까요? 대상은 크게 세 가지입니다. 인간, 자연 그리고 하늘입니다.

인간에 대해 안다는 것

인간에 대해서는 크게 생로병사生老病死를 알아야 합니다. 어디서 왔고, 어떻게 태어났고, 왜 늙으며, 왜 병이 생기며, 어떻게 하면 죽으며, 죽으면 어디로 가는가? 이런 것을 알아야 합니다.

○교는 한정적일 수밖에 없다고 말씀을 드렸는데, ○교에서는 생 이전과 사 이후는 관여하지 않기 때문입니다. 어떻게 살아야 하는가에 대해서는 가르침을 주었지만, 어디서 왔고 어디로 가야 하는가에 대해서는 가르침을 주지 않았습니다. 죽음 이후의 세계에 대해서는 얘기가 없고 "지금 현재만 알아라" 합니다. 죽

기 전에 굳이 알 필요가 없다는 것이지요. 그렇기 때문에 한계가 있을 수밖에 없습니다. 인간의 삶은 어딘가에서 와서 어딘가로 가고 있는 과정입니다. 온 곳을 모르고 갈 곳도 모른다면 다 안다고 볼 수가 없습니다.

그리고 나에 대해 알아야 합니다. "나를 통하지 않으면 천국에 갈 수 없다"고 예수님께서 말씀하셨는데 여기서의 '나'는 예수님 당신이라기보다는 각자의 본성을 지칭하신 것입니다. "나의 본성을 통하지 않고는 영생을 얻지 못한다"는 뜻입니다.

그런데 한 사람을 아는 것만 해도 굉장히 힘든 일입니다. 차라리 피라미드의 원리 같은 과학적인 지식을 아는 게 더 쉽습니다. 인간이 그만큼 복잡하고 오묘한 존재라는 얘기입니다. 인간에 관한 자료가 얼마나 방대한지 아십니까? 한 인간에 대한 정보는 너무나 복잡하고 내용이 많습니다. 또 한 인간의 역사가 우주의 역사만큼이나 깁니다. 다 읽을 수도 없을 정도입니다.

이 앞에 앉아 계신 한 분만 봐도 만만치가 않습니다. 갖고 있는 정보의 양이 엄청나고 역사가 아주 오래됐습니다. 소우주입니다.

자연에 대해 안다는 것

자연에 대해 안다는 것은 나와 똑같이 생명을 받은 존재라는 것을 아는 것입니다. 저절로 생겨난 것이 아니라 창조에 의해, 필요에 의해 만들어진 생명체라는 것을 아는 것입니다.

길을 가다가 심심풀이로 나뭇가지 하나씩 부러뜨리기도 하는데 업이 되는 일입니다. 만일 지나가던 사람이 괜히 팔 한 짝을 뚝 부러뜨리면 어떻게 될까요? 아프겠지요? 비명을 지르고요. 마찬가지로 풀 한 포기도 밟거나 꺾으면 아프다는 것입니다.

나와 같은 생명체입니다. 지금 그 자리에 있을 뿐이지 귀한 존재입니다. 그러기에 지나가다가 심심풀이로 꺾거나 하면 엄청난 업이 되는 것입니다.

나무끼리 너무 붙어 있으면 솎아낼 수도 있고 다른 곳으로 옮겨 심다가 죽일 수도 있는데 그럼 그게 다 죄인가? 그렇지는 않습니다. 어떤 마음으로 했느냐가 중요합니다. 나무가 그 자리에 있는 것이 이롭지 않아서 옮겼다면, 옆의 나무를 살리기 위해 솎아냈다면 죄가 아닙니다. 그냥 심심해서 베었다면 죄가 되고요.

지나가다가 풀을 밟을 수도 있습니다. 그 풀이 그 자리에 있었기 때문입니다. 그런 경우 길을 내주기 위해 정리하는 것은 괜찮습니다. 그러나 심심해서 괜히 풀을 짓이기고 밟는 것은 업입니다. 같은 행동을 해도 어떤 마음으로 했는가에 따라 업이 될 수도 있고 안 될 수도 있다는 것입니다.

들꽃이 예뻐서 편찮으신 어머니께 꺾어다 드렸습니다. 어떤 마음으로 했는가? 좋은 마음이지요. 차로 만들어서 나도 마시고 다른 사람에게도 주고 싶어서 꽃을 꺾었습니다. 이것도 좋은 마음입니다. 식물이 가장 좋아하는 것은 좋은 사람에게 보탬이 되는 것입니다. 어차피 죽을 수밖에 없는데 좋은 사람이 자신을 꺾어서 차를 만들어 마시면 그 식물로서는 참 영예로운 일이지요.

그런데 누구와 싸워서 화가 났다, 그래서 지나가다가 풀을 뽑아서 질경질경 씹고 버렸다, 하면 그 풀의 입장에서는 참 슬픈 일입니다. 어쩌다 태어나서 아무 이유도 없이 무차별 공격을 당한 것입니다. 누가 괜히 화풀이 삼아 나한테 돌을 던졌다면 억울하고 분하겠지요? 그것과 마찬가지입니다. 다 그런 의사를 가지고 있다는 것입니다.

마찬가지로 광물이나 동물도 나와 같은 생명입니다. 지금은 흙이 되어야 하는 인연이니까 흙으로 있고 돌이 되어야 하는 인연이니까 돌로 있는 것이지 언젠가는 고등동물이 될 수도 있는 존재입니다. 그러니 생명을 귀하게 여기고 존중해야 하는 것입니다.

한 번은 바다에서 배를 타고 가는데 먹을 걸 던지니까 어디선가 갈매기들이 순식간에 날아오더군요. 계속 따라오면서 바다에 던져지는 먹이를 건져 먹더군요. 물보라가 일고 파도가 쳐도 바다 속에서 건져냅니다. 갈매기의 시력이 인간의 8배라고 합니다. 참 뛰어나지요. 인간에 비기겠습니까? 낚아채서 먹고, 또 순식간에 딴 데 가서 낚아채고 하더군요. 대단하지요. 어떤 면에서는 인간보다 낫습니다.

남사고 선인은 오소리를 통해서 알았다고 하더군요. 오소리의 행태를 보면서 인간과 똑같다는 것을 안 것입니다. 사람이 사는 것과 오소리가 사는 것이 같고, 호흡을 통해서 연명하는 것이 같고……. 자연에 대해 깨닫는다는 것은 이렇게 다 똑같다는 것을 아는 것입니다. 나와 같은 생명이라는 것, 귀한 존재라는 것입니다.

❁ 하늘에 대해 안다는 것

하늘에 대해 안다는 것은 모든 것이 하늘의 뜻대로 이루어진다는 것을 아는 것입니다. 인간의 관점에서 볼 때는 인간이 우주의 주인이라고 여겨지지만, 하늘의 관점에서 볼 때는 인간은 하늘의 일부분입니다. 모든 결정권을 하늘이 쥐고 있습니다.

하늘을 모르면 죽고 사는 것을 내가 결정한다고 생각합니다. 그러나 하늘을 알면 우리가 할 수 있는 일은 하나도 없다는 것을 깨닫습니다. 태어나고 싶어서 태어난 것이 아니고, 병들고 싶어서 병드는 것이 아닙니다. 늙고 싶어서 늙는 것이 아니고, 죽고 싶어서 죽는 것이 아닙니다. 생로병사를 내 맘대로 할 수가 없습니다. 생사여탈의 결정권을 전부 하늘이 가지고 있습니다. 우리는 숨 쉬는 일밖에는 할 수가 없습니다.

우선 부모님이 나를 낳고 싶어서 낳은 것이 아닙니다. 부모님의 의지대로 '낳아야겠다' 해서 낳은 게 아니라는 겁니다. 하늘의 명命을 받지 않고는 어떠한 생명도 나올 수가 없습니다. 부모님은 몸을 빌려주시고, DNA를 빌려주시고, 보모의 역할을 하신 것입니다. 자신을 내 보내준 진짜 부모님은 하늘입니다.

또 내가 아프고 싶어서 아픈 것이 아니며, 죽고 싶다고 마음대로 죽을 수 있는 것도 아닙니다. 생사는 인간의 소관이 아니라

신의 소관입니다. 누구나 언제든 문밖에 나섰다가 교통사고로 죽을 수도 있지 않습니까? 죽고 싶지 않은데 죽는다면 그 결정권은 누가 갖고 있는 것일까요?

신은 어디에 존재하는가?

신은 없다고 주장하는 분도 있습니다. "인간들이여, 내가 비밀을 말하노라, 이 우주에는 신은 없으니까 주눅 들지 말고 살아라. 코치하거나 겁주거나 벌주거나 점수 매기는 신은 없으니까 하고 싶은 대로 하고 살아라." 이렇게 주장하는 책을 봤습니다. 처음부터 끝까지 인간밖에 없고 우주를 주관하는 신 따위는 없다고 말합니다.

그런데 눈이 안 열려서 모르는 것뿐이지 눈이 열리면 신들이 있다는 것을 너무나 잘 알게 됩니다. 죽으면 다 신이 되는데 왜 신이 없겠습니까? 사람이 죽으면 다 신입니다. 귀신인가, 산신인가, 지신인가, 선인인가, 이렇게 급의 차이가 있을 뿐입니다.

항상 어디나 사람보다 신이 더 많다고 생각하시면 됩니다. 지구상에 있는 인간들보다 그 인간들을 도와주는 신들이 더 많습니다. 직접 보면 안 믿을 수 없는데, 못 보니까 "신은 없다"고 오류를 범하는 것입니다.

오로지 자기 자신밖에 없다고 얘기하는데 알고 보면 자기 자신이 신이고, 신이 곧 조물주입니다. 서로 다 연결되어 있습니다.

스스로 하늘이 되는 길……

지금 수련에 인연 되신 분들은, 전생에 나무꾼을 했든 농사를 지었든, 인생이라는 것이 내 마음대로 되는 것이 아니고 부모님 마음대로 되는 것도 아니고 뭔가가 있다는 것을 느낀 사람들입니다. 운명인지 뭔지 모르지만 나 말고 뭔가가 있다는 것을 느낀 것이지요.

그 뭔가가 구체적으로 '하늘'이라는 것을 말씀드립니다. 하늘의 뜻에 의해서 자연도 움직이고, 인간도 움직이고, 모든 것이 움직인다는 것입니다.

하늘이 있음을 알았다면, 모든 것이 하늘의 뜻대로 이루어진다는 것을 알았다면 어떻게 살아야 하는 것일까요? 하늘이 정해준 길을 따라 순리대로 사는 것이 좋은 방법입니다. 진인사대천명盡人事待天命이라고 하지 않습니까? 옛 성인들이 말씀하셨듯이 하늘을 알고 하늘이 정해준 순리대로 감사하면서 사는 것입니다.

4가지 인자가 있다고 말씀드렸지요? 시간인자니 환경인자니 하는 것들은 어떤 사람을 내보낼 때 하늘이 정해준 것입니다. 이 사람은 태어나서 이러이러한 일을 겪어내는 것만으로도 공부가 되겠구나, 해서 정해준 것입니다.

대개 한 번의 생에 다 공부시키지는 않습니다. 이번 생에는 어디까지 공부하고, 다음 생에는 어디까지 경험하고……, 이렇게 순차적으로 진행시킵니다. 그런 스케줄로 타고난 분들은 한꺼번에 다 하려고 하지 않습니다. 예를 들어 종교단체에 열심히 다니고, 새벽기도 열심히 나가고, 많이 베풀고 하시는 분들은 다른 궁금증이 없습니다. 내가 다니는 종교 다음에는 무엇이 있을까 하는 궁금증이 없습니다.

이런 분들은 방해해선 안 됩니다. 나름대로 편안하게 사시는 분들을 괜히 들쑤시고 분란을 일으켜선 안 됩니다. 그렇게 인간적으로 열심히 사는 것도 좋은 일이지 않습니까? 이런 분들께는 보통 사람으로서 잘 사는 방법을 알려드리면 됩니다.

그런데 뭔가 부족함을 느끼면서 '딴 게 없을까?' 하고 찾는 분들이 있습니다. 만족을 못하는 분들이지요. 답답해하면서 뭔가를 찾아 헤맵니다. 하늘이 돌아가는 이치를 알고 싶다, 왜 인간을 만들었을까, 왜 우주를 만들었을까, 이렇게 의문이 꼬리에 꼬리를 물면서 알고 싶어 합니다.

이런 분들께는 하늘이 될 수 있는 방법을 알려 드리고자 합니다. 하늘은 먼 데 있는 것이 아니어서 방법만 알면 내가 하늘이 될 수 있는 것입니다.

··· 감각의 진화

생각 이전에 감각이다

감각에는 눈, 코, 입, 귀, 피부의 오관五關이 있고, 또 오관을 동원하지 않고 그냥 아는 것은 직관이라고 말씀드렸습니다.

인간이 가지고 있는 가장 뛰어난 능력이 감각입니다. 생각 이전에 감각이 발달해야 합니다. 생각을 하면 벌써 한 수 뒤입니다. 그냥 느끼면 됩니다. 언어가 나누기 위한 수단이라면 느낌은 나눔이 필요 없이 원초적으로 다 알아듣는 것입니다. 느끼되 단전으로 느끼는 것이고, 그 느낌이 강화되면 나중에는 온몸으로 느끼게 됩니다.

수련하는 사람들은 몸 자체가 고도의 센서여서 모든 것을 금방 압니다. 차를 마시면 이 차가 내 몸에 좋은지 나쁜지 순간적으로 압니다. 컴퓨터보다 더 정교합니다. 감각을 키우는 훈련을 하면 이렇게 될 수 있습니다.

❁ 머리에서 마음, 그리고 온몸으로

처음에는 머리로, 다음에는 마음으로, 그 다음에는 온몸으로, 항상 순서는 이렇습니다. 인간은 습관적으로 무슨 얘기를 들으면 일단 머리로 생각합니다. 그 다음은 마음으로 생각합니다. 그 다음은 온몸으로 생각하는데 온몸이라는 것은 단전을 얘기하는 것입니다.

처음에는 머리에서 더 내려가지 않습니다. 그러다가 마음으로 생각하면 중단까지 내려가고, 온몸으로 생각하면 단전까지 내려갑니다. 마찬가지로 처음에는 눈으로 보고 귀로 듣다가, 더 내려가면 마음으로 보고 마음으로 들으며, 더 내려가면 몸 전체로 보고 몸 전체로 듣습니다. 몸 전체라는 것은 머리와 마음이 포함된 것이고요.

머리로 듣는 사람은 기운이 머리로 올라가서 머리가 이만큼 커집니다. 귀로 듣는 사람도 귀가 이만큼 커집니다. 그 다음에 마음으로 듣는 사람은 좀 내려갑니다. 온몸으로 듣고 온몸으로 보는 단계는 몸 전체가 깨어 있는 상태입니다. 천음千音을 듣고 천안千眼으로 본다고 하지 않습니까? 온몸의 세포 하나하나를 집중해서 보고 듣는 것입니다. 몸 전체가 하나의 눈이고 귀인 단계입니다.

온몸으로 생각하고 보고 듣는 단계가 되면 '그냥' 압니다. 저만치 떨어진 곳에 있는 사람이 무슨 얘기를 하는지 소리로 들리지 않아도 온몸으로 그냥 압니다. 눈을 감고 온몸으로 볼 수도 있습니다. 텔레비전을 눈감고 볼 수 있습니다. 눈에 어떤 형상이 보이지는 않아도 온몸으로 그냥 알기 때문입니다.

깨닫는다는 것은 보고 듣는 단계를 넘어서 이렇게 '안다'는 것입니다. 아는데 무엇으로 아는가? 머리로 아는가? 마음으로 아는가? 그냥 아는 것입니다. 온몸으로 아는 단계가 있다는 겁니다.

❁ 단전으로 느껴보라

처음부터 온몸으로 느끼기는 어려우므로 우선 단전으로 느끼는 연습을 해야 합니다. 생각이 자꾸 떠올라도 생각을 하지 않는 습관을 들이고 단전으로 느껴봅니다. 책을 읽을 때도 눈으로 읽지 말고 단전으로 읽어봅니다. 일을 하면서도 단전에 집중하면서 매사를 단전으로 깨고 나갑니다.

단전의 느낌이 강화되면 우주에 널려 있는 파장을 느끼는 감각이 강화됩니다. 파장의 수신은 단전을 통해 이루어지는 것이기 때문입니다.

파장을 익힌 사람은 누가 말을 해도 언어로 듣지 않고 파장으로 듣습니다. 언어가 곧 파장이기 때문입니다. 제 경우 일본말을 배운 적이 없지만 누가 일본말로 뭐라고 하면 그게 무슨 뜻인지 압니다. 그냥 느낌으로 아는 것이지요. 단어나 발음을 몰라서 일본말로 표현하지는 못하지만 뜻은 다 알겠더군요.

❁ 파장은 우주의 언어

파장은 우주의 전달 수단입니다. 우주의 언어이지요. 인간은 나라마다 민족마다 각기 다른 언어를 사용하지만 우주의 삼라만상은 공통적으로 파장이라는 언어를 사용하는 것입니다. 비유하자면 파장은 인터넷의 WWW(World Wide Web)와 같은 것입니다. 인터넷이 WWW를 통하여 모든 것과 통하듯 우주는 파장을 통하여 모든 것을 공유합니다.

우주의 파장은 너무나 다양하며 인간이 들을 수 없는 파장이 너무나 많습니다. 우주에서 사용되는 파장은 약 40만~50만여 종이 있는데, 이 중 인간이 청취 가능한 파장은 최대 약 10~20% 정도입니다. 인간의 귀로는 들을 수 없는 수많은 파장이 우주를 움직이고 있는 것입니다.

가청 주파수 이외의 파장은 귀 이외의 다른 감각으로 들어야 하는데, 이것은 어떠한 감각도 발휘할 수 있는 상단전과 사람의 마음을 움직임으로써 세상의 변화를 이끌어 내는 중단전에서 수신하는 것입니다.

상단전은 보다 세밀한 기법에 관련된 파장을 송수신하며, 중단전은 보다 근본적인 면에 가까운 파장을 송수신합니다. 수신 시

편집자 주 하단, 중단, 상단

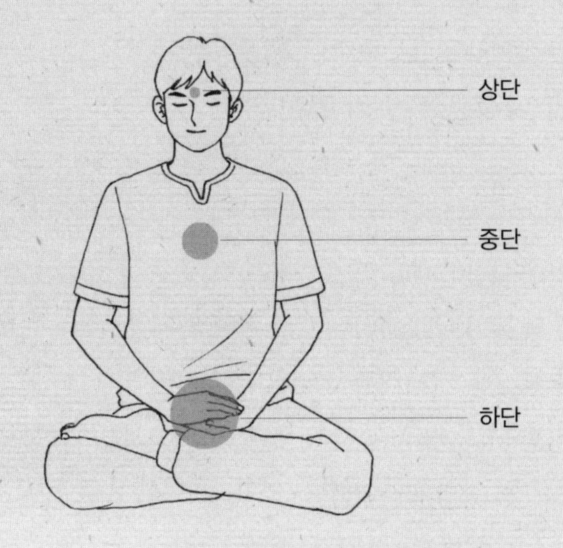

하단(하단전): 아랫배 속에 있는 기의 저장고. 원래는 인체에 없는 것이나 단전호흡을 꾸준히 하면 생성된다. 일반적으로 '단전'이라고 하면 하단을 가리키는 것이다.

중단(중단전): 사랑의 중심으로서 중단을 개발하고 가꿈으로써 우리는 하늘의 사랑에 다가갈 수 있다. 인체의 정중앙인 하단의 일직선상의 위 가슴 부위에 있다.

상단(상단전): 지혜를 관장하는 곳으로서 상단을 개발하고 가꿈으로써 우리는 하늘의 지혜에 다가갈 수 있다. 하단과 중단을 관통하는 일직선상과 일치하는 머릿속 중앙에 있다.

아주 미세한 파장도 전혀 이상 없이 수신할 정도의 감도를 지니려면 상·중단전은 물론 온몸의 세포가 청각 세포화하여야 하며, 청각 세포화하는 중에도 아주 미세한 파장까지 수신할 정도의 고감도 세포가 되어야 합니다. 그리고 이렇게 수신한 내용은 상단전과 중단전으로 연결됩니다.

창조란 파장을 받는 것

창조라는 것은 파장을 받는 것입니다. 인간은 자신의 두뇌만으로는 창조를 할 수가 없습니다. 우주와 연결이 되어야만 창조가 가능합니다. 흔히 "영감을 받았다"라고 표현하는데 영감을 받았다는 것은 파장을 받았다는 얘기입니다.

톨스토이가 그렇게 영감을 받아서 글을 쓰신 분입니다. 읽어보면 글이 날아갈 듯 가볍습니다. 상당히 영적인 분인데 파장에 의존하여 썼기에 그런 것이지요.

신사임당 선인은 그림을 통해 우주의 파장을 전달하셨습니다. 신사임당 선인의 그림을 보면 감탄스럽잖아요? 살아 움직입니다. 보는 사람의 영성이 깨이는 데 도움이 되도록 좋은 파장을 전달하는 도구로서 그림을 그리셨다고 했습니다. 예술 그 자체를 위해서 시서화詩書畵를 하신 것이 아니라, 좋은 파장, 선한 파장, 맑은 파장을 전달하기 위해 그것들을 활용했다고 했습니다.

제가 예전에 유럽 여행을 간 적이 있었는데 이태리와 그리스의 성당과 신전, 이집트 피라미드의 원리가 의외로 간단하더군요. 우주의 파장을 10% 이상만 받을 수 있어도 그 같은 건축과 조각, 그림을 창조해낼 수 있을 거라는 생각이 들었습니다.

❁ 파장을 잘 받으려면?

파장이라는 것은 자기와 맞는 기운이 오는 것입니다. 수백만 가지 파장이 있는데 그중 자기가 원하거나 자기와 맞는 것이 연결되는 것입니다. 그러니 항상 꿈을 구체적으로 갖고 그것을 자꾸 그리세요. 만일 그림을 잘 그리고 싶다면 그림을 잘 그리는 화가가 된 상상을 자꾸 하는 겁니다. 그러면 그 파장이 연결됩니다.

또 비울수록 파장을 잘 받을 수 있습니다. 내 것이 쌓여 있으면 파장이 안 들어옵니다. 자꾸 비우라고 말씀드리는 것은 파장은 내 것이 없는 사람을 통해서 전달되기 때문입니다.

자기 생각이 들어가면 벌써 흐름이 끊깁니다. 뭐든지 한 호흡에 써야 합니다. 중간 중간에 흐름이 끊기면 안 됩니다. 잘 그린 그림을 보면 한 호흡에 그린 것이지요. 손이 알아서 그려야 좋은 그림입니다. 글도 손이 쓰는 것이지 머리가 쓰는 것이 아닙니다. 우주의 파장은 그냥 받아서 쓰면 시가 되고 소설이 되는 것입니다.

··· 감정의 진화

❁ 우주를 이끌어가는 힘은 어디에서 나오나?

조물주님이 우주 만물을 창조하신 목적은 완성이 아니라 진화라고 말씀드렸는데, 어떻게 하면 진화하는가 하는 방법론적인 면에서는 다양한 개체들을 창조하셨습니다. 만물萬物이라고 하지 않습니까? 동물, 식물, 광물 등등 천차만별로 온갖 종류의 개체를 만드셨습니다. 인간도 다 차등을 두고 만드셨습니다. 곧바로 선인이 될 수 있는 요소를 지닌 인간에서부터 수십만 회 윤회를 거듭해야 겨우 평균적인 인간의 계열에 도달할 수 있는 인간까지 천차만별로 다양하게 만드신 것입니다.

왜 그렇게 다양하게 만드셨나 하면, 우주를 만들었지만 에너지를 끊임없이 생성해야만 진화할 수 있기 때문입니다. 그 에너지를 어디서 끌어올까 생각하다가 '수많은 종족이 서로 충돌하고 합의를 이루고 하는 상호작용의 힘으로 우주를 이끌어 나가야겠구나' 하고 판단하셨습니다.

가만히 있으면 에너지가 그냥 그 자리에 정체되어 있습니다. 그런데 서로 싸움이 붙으면 거기서 에너지가 나옵니다. 예를 들어 어떤 동물이 다른 동물과 싸우고 있으면 거기서 에너지가 나옵니다. 그 힘으로 우주를 이끌어야겠다, 우주를 이끌어가는 원동력으로 삼아야겠다, 생각하시고 가장 나중에 창조한 것이 인간입니다.

우주 진화의 원동력

조물주님이 가장 먼저 만든 것은 조물주님 자신입니다. 자신의 형상을 만든 다음에 우주를 만들었습니다. 땅과 하늘, 수많은 별들을 만들었습니다. 그러고 나서 만들기 쉬운 곤충에서부터 수많은 종의 생명을 만들었습니다.

파리 하나 만드는 데 DNA 도면이 트럭 몇 대분이 필요할 정도입니다. 다양한 종 사이의 상호작용, 사이클, 먹이사슬 등 모든 것을 고려해서 만들려면 그만큼 방대한 노력이 필요하기 때문입니다. 쉬운 것부터 계속 만들었는데 가장 나중에 만든 것은 인간입니다. 자신과 같은 반열에서 이 우주를 같이 이끌어 나갈 수 있는 종으로서 인간을 만든 것입니다.

인간을 만들어 놓았는데 그 인간이 생존하고 우주를 주관하려면 에너지가 필요했습니다. 그 에너지를 어떻게 끌어낼까 연구하다가 '감정'이라는 것을 생각해 냈습니다. 백팔번뇌라는 말이 있지요? 희로애락애오욕을 비롯한 수만 가지의 감정을, 적어도 108가지의 감정적 요소를 인간에게 투입하여 서로 상호작용을 하고 관계를 이루면서 파장을 발생시키고, 그 파장을 동력화하여 우주를 이끌어 나가고자 했습니다. 감정을 우주를 진화시키는 에너지원으로 삼고자 했던 것입니다. 이렇게 생각하면서 만들어 낸 것이 인간입니다.

만물 가운데 감정을 그렇게 많이 지닌 존재는 인간밖에 없습니다. 영장靈長이기 때문입니다. 동물들은 싫고, 좋고, 배부르고 하는 몇 가지 감정밖에 없습니다. 인간처럼 싫으면서도 좋고, 좋으면서도 싫고, 미우면서도 사랑하고, 사랑하면서도 원수 같고, 이렇게 복잡다단한 감정은 부여받지 못했습니다.

지구 인간의 감정에서 나오는 다양하고 강력한 파장은 원동력이 되어 우주를 운행하는 에너지원으로 쓰입니다. 지구별의 파워를 다른 별에서 많이 이용합니다.

❁ 감정이 뇌를 주관한다

감정을 다스리고 조절할 수 있어야 우주가 가고자 하는 방향 즉 진화의 방향으로 갈 수 있습니다. 반대로 감정을 잘못 다스리면 엄청난 나락으로 떨어질 수 있습니다. 그러니 인간의 감정이란 얼마나 중요한 것인가요?

사람을 지배하는 가장 중요한 기관은 뇌입니다. 아직까지도 뇌 기능의 2~3%밖에는 발견을 못했다고 합니다. 그런데 뇌를 주관하는 것은 감정입니다. 머리는 감정이 지배한다는 것이지요. 뇌로 생각을 하는데 생각을 좌지우지하는 열쇠는 중단에 있습니다. 중단은 감정을 조절할 수 있는 장치이기에 중단을 단련해야만 생각을 옳은 방향으로 이끌 수 있습니다.

예를 들어 아침에 일어났는데 기분이 나쁠 때가 있습니다. 왜 기분이 나쁜지 알 수도 없는 정체 모를 기분 나쁨입니다. 그러면 그 기분에 의해서 생각이 계속 삐딱하게 나갑니다. 괜히 삐딱해져서 '저 사람 너무 보기 싫은데 어떻게 좀 할 수 없을까?' 하는 생각이 듭니다. 반대로 기분이 좋은 날도 있습니다. 왜 기분이 좋은지 이유는 모릅니다. 그러면 생각이 계속 건설적이고 좋게 나갑니다. '좋은 일도 좀 하고 싶다, 난민을 위해 기부도 하고 싶다' 이런 생각이 듭니다.

생각에 따라 기분이 왔다 갔다 하는 게 아니라, 기분에 따라 생각이 왔다 갔다 한다는 것입니다. 기분이 우선입니다. 기분이 좋도록 노력하면 생각은 긍정적으로 듭니다.

너무 기분 좋을 필요도 없습니다. 항상 자신을 쾌적한 상태로만 유지하면 됩니다. 덥지도 춥지도 않고, 좋지도 싫지도 않고, 그냥 적당하면 됩니다. 너무 좋으면 들뜨게 됩니다. 한참 연애하는 사람을 보면 들떠서 제정신이 아니지요. 연애는 잠시 잠깐 하는 것입니다. 사람이 평생 연애할 수는 없습니다. 피곤하고 힘들고 엄청난 에너지가 소모되기 때문입니다. 그냥 좋은 상태면 되는 것입니다. 매일같이 '좋아 죽겠다' 할 필요는 없습니다.

감정을 일으키고 가라앉히는 열쇠

우리는 중단을 개발해야 하는 사람들입니다. 왜 개발해야 하는가 하면 기분을 중단에서 좌지우지하기 때문입니다. 중단이 발달해야 자기 기분을 자기가 조절할 수 있습니다.

중단이 발달하면 그 다음에는 생각을 조절할 수 있어야 합니다. '내가 제어할 수 없이 어떤 생각이 뻗친다' 하는 것은 상단에서 조절해야 합니다. 생각이 달아나는 것은 상단에서 조절해야 한다는 것입니다. 그런데 중단이 개발되어야만 상단을 개발할 수 있습니다. 상단을 활용하기 전에 먼저 중단을 개발해야 합니다.

중단을 개발한다는 것은 자신이 감정을 조절할 수 있게 되는 것을 말합니다. 예전에는 감정에 그냥 끌려 다녔는데 이제는 자신이 제어할 수 있는 것이지요. 조절이라는 것이 반드시 누르는 것만 얘기하는 것은 아닙니다. 감정이 없을 때는 불러일으킬 수 있어야 합니다.

사실 감정이 없는 것이 더 문제입니다. 불감증이라고 하나요? 시큰둥해서 좋은지 싫은지 자기도 모르고 남도 모르고, 아무 느낌이 없고……. 공부를 다 마친 사람이 그러는 것은 정상인데 그 이전에 그렇게 되는 것은 자폐증입니다.

우선 감정을 일으켜야 합니다. 텔레비전을 보다가도 좋으면 웃고, 슬프면 울고, 이렇게 자기감정 표현을 충실하게 할 수 있어야 합니다. 분노도 일으켜야 합니다. 인권을 너무 많이 유린당한 아이들은 화도 안 내지 않습니까? 나쁜 짓을 당해도 분노하지 않습니다. 그게 좋은 것이 아닙니다. 분노할 줄 알아야 합니다. 매맞고 사는 여자들도 그렇습니다. 부당하다는 인식을 못합니다. 당연히 잘못된 일이고 있을 수 없는 일인데 화도 안 나는 것, 그게 더 문제입니다.

멋있게 화내기

화가 난다고 해서 직접 가서 "나 화났다!" 하고 뺨을 때리라는 것은 아닙니다. 다른 방법으로 풀 수 있습니다. 예를 들어 운동을 한다거나 라켓으로 공을 때린다거나 하는 것입니다. 다른 곳에서 대상을 찾아서 분노를 표출하라는 얘기입니다. 그 사람이 그랬다고 당장 그 사람을 멱살 잡고 상대하지는 마시고요.

"사람이 세련되었다"는 표현을 많이 하지 않습니까? 세련되었다는 것은 그 사람이 머리 모양이 어떻고 어떤 옷을 입었고 하는 얘기가 아닙니다. 그보다는 그 사람이 감정을 어떻게 표현하고 어떻게 자제하는가에 대한 이야기입니다. 감정사를 표현하는 매너가 그만큼 중요하다는 것입니다.

그러니 "나 화났어!" 하고 부르르 떨고, 몇 날 며칠 삐치고, 투덜투덜하지는 마세요. 화를 내지 말라는 게 아닙니다. 화를 내되 멋있게 내라는 것입니다.

궁극적으로는 무심으로……

궁극적으로는 무심無心의 상태가 되어야 합니다. 무심이란 감정의 흔들림이 없는 상태를 말합니다. 웬만한 일에는 흔들리어 뿌리 뽑히지 않는 마음입니다.

왜 무심이 되어야 하는가? 무심에서 마음의 힘이 나오기 때문입니다. 무심이 모든 것을 생성해낼 수 있는 에너지원이기 때문입니다. 우리는 다른 어떤 능력이 아닌 마음의 힘을 공부하기 위해 이 자리에 온 사람들입니다. 마음의 힘으로 우주를 생성했다 소멸했다 하는 그 법칙을 알고자 여기 와 있습니다. 깨달음이라는 것도 쉽게 말하면 마음의 힘을 알고자 하는 것입니다. 마음이 얼마나 대단한지 알았다면 그 사람은 깨달은 것입니다.

마음의 힘을 알려면 일단 무심이 되어야 합니다. 감정이 파도치고 출렁일 때는 아무것도 만들어낼 수 없습니다. 남사고 선인의 마음이 흔들리니까 지구의 어떤 지역에서 대풍이 불고 회오리가 일더라는 일화를 기억하시나요? 선인의 마음 한 가닥에 의해 지축이 흔들릴 수도 있는 것입니다.

❁ 수련이 어려운 이유는?

사실 수련이라는 것이 굉장한 고행입니다. 수련하시는 분들은 다 피곤해 합니다. 가만히 앉아서 숨 쉬고 기운을 받는데 왜 만날 피곤한가? 수련이라는 것이 혁명과도 같은 일이기 때문입니다. 가만히 앉아서 엄청난 기운을 소모하기 때문입니다.

왜 기운을 소모하는가? 수련에 점점 깊이 들어가면 재물욕, 성욕 같은 것은 아무것도 아니라는 것을 알게 됩니다. 그런 것들은 거죽의 문제로서 초보 단계에서나 씨름하는 대상입니다.

깊이 들어가면 달라집니다. 말로 표현하기 힘든 아무것도 아닌 것을 가지고 엄청난 에너지 소모를 합니다. 외로움, 원망, 그리움……, 끊임없는 갈증이 있습니다. 갈애渴愛라고 표현하잖습니까? 끊임없이 사랑을 갈구합니다. 대상이 중요한 것이 아닙니다. 외로우니까 누군가를 사랑하고 싶은데 대상이 그 사람일 뿐입니다. 상대가 바뀌어도 상관이 없습니다. 내가 이 시점에서 대상이 필요한데 제일 인연 되는 사람이 그 사람일 뿐입니다.

끊임없이 갈구하는데 그것이 연인 간의 사랑일 수도 있고 부모 자식 간의 사랑일 수도 있습니다. 누군가를 사랑하고 보살펴주고 싶은데 그 대상이 남자이고, 여자이고, 아이인 것입니다. 자식 없는 사람들 보면 자식에 대한 갈구가 굉장히 강하지요? 스스로 낳지 못하면 남의 애를 데려다 키워도 되는데 그렇게 하지는 못하고 갈등을 겪더군요.

돈이나 성을 갈구하는 것은 아직 초보 단계라고 이해하시면 됩니다. 그것도 못 넘고 죽을 때까지 가기도 하는데, 그걸 넘어가면 마음의 세계에서 아주 집요하게 달라붙는 것들이 있습니다. 사랑이라는 이름의 가면을 쓰고 나타나는 '마魔'가 있습니다.

보기 싫다, 질투, 원망, 밉다……, 이런 마음 하나를 무심으로 만들기 위해 수련하면서 계속 투쟁하는 것입니다. 무심이 되기 위해서…….

❁ 애증을 삭여 백지가 될 때까지

인간의 일은 전부 애증입니다. 사랑과 증오로 벌어지는 일들이 모든 인간사입니다. 예를 들어 남자가 여자를 배신했습니다. 같이 "헤어지자" 하면서 헤어졌으면 괜찮은데 동의 없이 배신했습니다. 그러면 그 원망하는 마음을 삭이는 데 굉장히 시간이 오래 걸립니다. 10년을 사귀었으면 헤어지는 데 10년이 걸립니다.

간단한 일이 아닙니다. 인간사라는 게 10년을 사귀었으면 헤어지고 백지 되는 데 10년이 걸립니다. 인간이 쌓아온 감정의 교류라는 것이 그렇게 집요합니다. 함부로 마음 주고 정 줄 게 아닌 것이지요.

무심으로 만든다는 것은 '너무너무 밉고 원망스러워 죽이고 싶다'는 마음을 삭여서 백지 상태로 만드는 것입니다. 그런 사람이 있었나? 그 사람이 나한테 어떻게 했지? 이렇게 생각조차 안 날 정도로 만드는 것입니다. 그러기까지 호흡으로 삭여내고, 버리고, 빨고 합니다. 그래도 안 되면 햇볕에 널고, 창고에 박아 놓고, 꺼내서 태우고 합니다. 다 버린 줄 알았는데 꺼내보면 또 애착이 생겨서 빨아서 널고 합니다.

보통 사람들을 보면 마음을 해소하기 위해 온갖 일을 다 해도 안 되잖습니까? 술 먹고, 계속 담배 피우고, 딴 데 가서 바람피우고 해도 해소가 안 됩니다. 그 사람이 "내가 잘못했다. 살려달라" 이런다고 해결되는 것도 아닙니다. 내가 한 번 품었던 마음은 그 사람 소관이 아닌 내 소관입니다. 그 사람은 하나의 도구일 뿐입니다. 그 사람을 대상으로 내가 한 일입니다. 그러니 내가 풀어야 하는 것입니다. 사실 그 사람은 상관이 없습니다. 그냥 하나의 역할을 해준 것뿐입니다. 옆에 있어준 죄밖에 없습니다.

이런 것들이 무심이 되도록, 밤낮없이 떠오르는 그 얼굴이 안 떠오르도록, 얼굴이 어떻게 생겼는지도 모르도록 만드는 과정이 엄청난 에너지를 소모합니다.

❁ 마음과의 싸움이 가장 어렵다

한 사람하고만 인간관계를 맺는 것도 아닙니다. 온갖 사람과 애증관계가 있는데 매일같이 수련을 통해 그것을 삭여야 합니다. 그러니 기력이 얼마나 많이 소모되는 일인가요? 혁명과도 같습니다. 폭탄이 날아오고, 오늘 죽을지 내일 죽을지 모르는 전선에 나와 있는 것과 맞먹는 에너지가 소모됩니다.

『소설 선仙』에 보면 이지함 선인이 재수련을 나가고 싶은 욕구가 생겼을 때 자신의 욕구를 겉으로 드러내지 않기 위해 기력의 삼분의 일을 소모했다는 내용이 있습니다. 선인이 한번 마음을 먹으면 천지가 뒤집히니까 내색을 하지 않기 위해서 그랬다는 것입니다.

마음과의 싸움이 그렇게 어렵습니다. 남과의 싸움, 적과의 싸움은 사실 쉽습니다. 수련이 어려운 것은 자기 안에서의 싸움이기 때문입니다. 저 사람을 미워하면 안 되는데 밉습니다. 미워! 안 되지! 미워! 안 되지! 이렇게 두 마음이 싸우는데 엄청난 에너지가 소모됩니다. 그러니 수련하는 사람들이 계속 기운이 빠질 수밖에 없는 것입니다. 내면의 전쟁을 치르고 있기 때문입니다. 월남전에 맞먹는 에너지입니다.

❁ 산 넘어 산, 먼 길을 가야 하는 사람들

우리는 먼 길을 가야 하는 사람들입니다. 산을 하나 넘으면 또 산이 있습니다. 이때까지 내가 쌓아온 것을 모두 백지로 만드는 과정이 있습니다.

그런데 무슨 잘못이든 인정하는 순간 반은 됩니다. 모르는 것이 죄입니다. 다른 사람에게 상처를 입히는 것은 모르기 때문입니다. 상처를 입히는 줄 알면 그렇게 하지 않습니다. 상대방이 상처 입는지 모르고 그냥 내뱉습니다. 심심풀이로 돌을 던집니다. 그런데 맞은 개구리는 죽습니다. '아, 내가 저 사람에게 맞아 죽을지도 모르는 직사포를 던졌구나' 하고 인식하면, 진심으로 인식하면 반은 해소가 됩니다.

반대로 타인으로부터 내가 입은 감정적인 상처들을 백지로 만들기 위해, 계속 숨 쉬면서 삭이는 엄청난 노력이 수반되는 과정이 있습니다. 수련하는 사람들이 힘든 것은 그 때문입니다. 계속 하다 보면 '인간이 참 질기구나' 하는 것을 느낍니다. 없어진 줄 알았는데 또 남아있고 또 남아있고 합니다. 원망, 미움, 질투, 그리움, 외로움……, 끊임없는 갈망이 있습니다. 끊임없이 누가 날 인정해줘야 하고, 알아줘야 하고, 내가 그 사람한테 항상 스타여야 합니다. 그 사람만 대상으로 하는 것은 또 괜찮습니다. 만민에게 스타여야 합니다. 만민이 날 존경해줘야 하고, 좋아해줘야 하고……. 이런 욕구가 있습니다.

왜 그 사람이 나를 인정해야 합니까? 왜 내가 만민에게 인정받아야 합니까? 한 번 인정받다가 아닐 수도 있는데 왜 끝까지 인정받아야 합니까? 왜 끝까지 최고여야 하고 기억되어야 합니까? 모두 허영심입니다. 참 버리기 힘든 것이 이 허영심이지요.

진짜 수련에 들어가면 이런 것들과의 싸움 때문에 지쳐서 진이 빠지고, 못하겠다는 생각이 들기도 합니다. 남이 나를 괴롭히는 것은 쉽습니다. 상대가 자신인 것이 굉장히 어렵습니다.

··· 행동의 진화

몸소 실천할 때 깨닫는다

우주에서는 '안다'는 것만으로도 대단한 일이라고 말할 수 있습니다. 우주에서 '알았다'는 것은 그 수준의 파장을 공유했다는 의미이며, 우주의 모든 것은 앎으로 인하여 진화가 되는 것이기 때문입니다.

그런데 실천을 하면 배培가 됩니다. 자기 것이 됩니다. 실천하면서 깨달아집니다. 아는 것만 가지고는 절대 깨달아지지 않습니다. 그냥 이론적으로만 알고 있는 것입니다. '조물주님이 이럴 것이다' '선생님의 마음은 이럴 것이다' 하고 짐작만 합니다. 하지만 자기가 실제로 해보면 깨달아집니다. 실천하다 보면 자기게 되는 것이지요.

깨달음이란 지적으로, 머릿속으로가 아니라 몸으로 깨달아야 하는 것입니다. 몸소 행할 때 깨닫는다는 얘기입니다. 여러분께 자꾸 실천하라고 말씀드리는 것은 본인들이 깨달으라고 그러는 것입니다. 남을 위해서가 아닙니다.

깨달은 만큼 행해야 한다

수련이라는 것은 두 가지입니다. 첫째는 몸을 닦는 것 곧 수신修身입니다. 몸에는 마음도 들어가 있습니다. 몸만 닦는 것이 아니라 마음도 닦는 것입니다. 두 번째는 행行하는 것입니다. 아는 것만으로는 안 되며 아는 것을 실천하면서 완성이 됩니다. 수신과 행, 이 두 가지를 같이 해야 한다는 것입니다. 몸과 마음을 닦기만 해도 안 되고 이타행만 해서도 안 됩니다.

그런데 행이란 다 깨닫고 나서 하는 것이 아닙니다. 매일같이 깨달은 만큼 행해야 합니다. 미뤄뒀다가 한꺼번에 행하면 되는 게 아니라 오늘 내가 깨달은 만큼 행해야 됩니다. 타이밍이 있어서 시간이 늦으면 안 됩니다. 깨달은 것은 행하지 않으면 지워져 버리기 때문입니다. 그러니 아는 만큼 매일매일 실천하시기 바랍니다.

먼저 인간다운 인간으로

선인이 되기 전에 먼저 인간다운 인간이 되어야 합니다. 보통 사람으로서 잘 살아가지도 못하면서 선인이 될 수 있는 길은 없습니다. 간혹 '생활은 대충 하면서 수련의 길을 가는 방법이 있지 않겠는가?' 생각하는 분이 있는데 그렇지 않습니다. 생활 따로 수련 따로 있는 것이 아니라 생활이 곧 수련이기 때문입니다.

인간다운 인간이란 어떤 인간인가? 우선 비열하지 말아야 합니다. 자신의 잘못을 남의 탓으로 돌린다든가 하는 것이 참 비열한 행동이지요. 또 자립할 수 있어야 합니다. 세 가지 전제조건을 갖추어야 생활과 수련을 병행할 수 있고, 수련이 효과적으로 진전할 수 있다고 늘 말씀드렸습니다.

첫 번째는 정서적인 자립입니다. 정서적으로 홀로 설 수 있어야 합니다. 배우자, 부모, 자녀 등에 깊이 밀착되어 있으면 수련이 어렵습니다. 아예 자기 생각을 버리고 상대방에게 다 판단해 달라고 하기도 하는데 그런 예속된 상태에서는 안 됩니다. 스스로 판단하고 결정하는 독립된 상태여야 합니다.

두 번째는 경제적인 자립입니다. 먹고사는 기본적인 문제를 해결해야 수련을 할 수 있습니다. 경제적인 문제에 연연해서는 수련이 진전하기 어렵습니다. 계속 그 문제가 걸리기 때문입니다. 먹고사는 대책을 구체적으로 세워놓고 수련을 해야 합니다.

세 번째로 신체적인 자립입니다. 자신의 몸에 관해서는 기본적으로 알아야 합니다. 우리 수련은 몸을 통해서 마음을 공부하는 것이기 때문에 몸에 대한 기초적인 것을 알아야 매번 변화하는 상황에 대처할 수 있습니다. 몸에 대한 기초적인 지식을 갖추시기 바랍니다.

맑게 밝게 따뜻하게

이혼 후 한 집안의 가장 노릇을 하는 친구가 있습니다. 백여 명의 학생들을 지도하고 있는 피아노 학원 원장입니다. 이것저것 제하면 한 달 수입이 이백여 만원 된다고 하는군요. 어린 학생들 야단치느라고 악악거리면서 눈코 뜰 새 없이 바쁘게 돌아가고도 말이지요. 두 자녀까지 학원에 매달려 있답니다. 조수 노릇 하느라고요.

이 친구는 늘 명랑합니다. 전화 통화를 하면 웃느라고 말을 못할 정도입니다. 자신이 좋아하는 책을 읽을 수만 있다면, 몇 년에 한 편이라도 글을 쓸 수 있다면 행복하답니다. 20여 년 전에 데뷔한 소설가인데 사는 일에 바빠 그 이후 글 쓰는 일을 못하고 있습니다.

단 한 편도 쓰지 못하면서 말로만 글, 글, 하는 그 친구에게 저는 글은 그만 잊어버리라고 말한 적이 있었습니다. 많이 서운해 하더군요. 자신의 꿈을 앗아가는 말이라면서요. 미안하다고 극구 사과했지요.

요즘 같은 불황에 밥 굶지 않고 사는 것은 전부 천주님의 보살

핌 때문이라면서 매주 일요일에는 성당에 나가 피아노 반주를 하고 있습니다.

또 한 친구는 남편이 어디 고등법원장인 대단한 사모님인데, 매주 두 번씩 병원에 다니면서 환자 간호를 위한 봉사를 하고 있습니다. 취미 생활이 아니라 본업이 될 정도로 열심이라고 합니다. 추운 줄도 더운 줄도 모르고 계절이 지나간답니다. 도우미 없이 살림하랴, 환자들 돌보느라 바빠서요.

매주 수요일, 금요일, 일요일에는 무슨 일이 있어도 교회에 나가는데 남편과 함께 주일학교 간사라고 합니다. 이 친구도 매일 명랑합니다. 역시 통화하면 웃느라고 정신없습니다.

며칠 전에는 조선일보에 장영희 교수의 근황이 소개되었더군요. 유방암이 척추로 전이되어 병원에서 투병 중이며 12회 예정인 항암치료 중 4번째를 맞이하고 있다고요. 그런 와중에도 올봄 대학 강의를 신청했다면서 활짝 웃는 사진이 실렸더군요.

자신의 일인 강단에 설 때에 가장 살아 있는 보람을 느끼며 번역을 하고 글을 만질 수만 있다면 행복하다면서요. 희망을 보여주고 싶다고 했더군요. 물론 자기 자신에게 보여주고 싶겠죠.

그 다음은 자신을 아끼는 독자들에게 몸소 보여주고 싶을 것입니다. 살아 있다는 것은 그 자체만으로 엄청난 기쁨이라는 것을요. 이런 분들에게서 많이 배우고 있습니다.

우리는 너무 큰 꿈을 찾아 헤매고 있는 것은 아닌가 생각해 봅니다. 선인이 된다는……. 선계에 간다는……. 살아서 선인같이 살지 못하고, 살아서 선계를 이루지 못하고, 자신이 속한 가정,

직장, 이웃에서 맑고 밝고 따뜻함을 이루지 못한다면 죽어서 가는 것이 무슨 의미가 있겠는가? 저는 늘 이렇게 생각합니다.

이렇게 되는 방법은 거창한 것이 아니라 아주 작은 것입니다.

첫째, 매일 하하 웃는 것.
둘째, 한 가지라도 찾아서 매일 감사하는 것.
셋째, 자신에게 부여된 과제인 선악과를 보지 않는 것.
넷째, 생명나무인 호흡을 열심히 하는 것.

위의 네 가지만 생활화한다면 맑고, 밝고, 따뜻한 사람이 되는 것이 어려운 일은 아닐 것입니다. 저 자신에게도 매일 다짐합니다. 수련생다운 수련생이 되자! 선생다운 선생이 되자! 사람다운 사람이 되자! 선인다운 선인이 되자!

선악과와 생명나무

사람은 누구나 "따먹지 마라" 하는 선악과를 가지고 지구에 태어난다. 즉 너는 이번 생에 돈이 없다, 건강이 없다, 사랑이 없다, 짝이 없다, 아이가 없다, 부모가 없다……, 이렇게 한두 가지씩 부족한 것을 가지고 태어나는 것이다.

그런데 사람들은 대개 '나는 왜 이게 없을까? 저게 없을까?' 하고 불행한 면에 집착하게 마련이다. 자신에게 없는 것은 몇 십 배

확대하여 보는 반면, 자신들이 이미 가지고 있는 것은 당연하거나 시원찮게 여기기 때문이다. 남의 떡이 커 보이는 것이다.

이렇게 원망을 하는 한 계속 퇴화할 수밖에 없다. 계속 다른 쪽을 보고 있기 때문이다. 원망하고 아쉬워하는 데에 자신의 에너지를 소진하기 때문이다.

선악과를 안 본다는 것은, 이번 생에 뭐가 없다는 것을 알고 나면 거기에 대해 깨끗이 포기하고 물꼬를 다른 데로 돌리는 것이다. 금지된 선악과를 보는 대신에 시선을 돌려서 자신한테 열려있는 면, 주어진 재능을 열심히 개발하는 것이다. 이렇게 하면 자신의 존엄성, 위대함, 창조력을 드러낼 수 있다.

생명나무는 호흡수련을 통해 얻어지는 결과를 말한다. 즉 선인이 되는 길이 바로 생명나무를 얻는 것이라고 말할 수 있다. 수선재의 '수樹' 글자는 바로 이 생명나무를 상징하고 있다. (자세한 내용은 『황진이, 선악과를 말하다』 참조)

사명을 알고 행하고, 행복해라

교황 요한 바오로 2세가 서거하시기 전에 "나는 행복합니다, 여러분도 행복하십시오"라고 말씀하셨다지요? 조물주님이 인간에게 바라시는 바가 결국 그것입니다.

행복하기를 바라시는데 이왕이면 어여쁘게 행복하기를 바라십니다. 행복해도 추하게 행복하면 좀 그렇지요? 바라보기에 어여쁜 것을 원하시는 것입니다. 시집간 딸이 만날 와서 "못살겠다, 죽겠다" 하면 좋겠는가, 하는 것입니다. 이왕 태어났으면 좀 행복해라, 기쁘고 즐겁고 살아라, 하는 것입니다.

그 방법을 시시콜콜하게 알려주신 것이 수련입니다. 기쁘기 위해 하는 것이 수련이라는 얘기입니다.

간혹 어떤 분들은 수련을 '불행해지는 방법' 쯤으로 잘못 알아들으신 것 같더군요. 오만상을 찌푸리고 죽을상을 하면서 수련을 합니다. 온갖 타령을 하고 엄살을 부립니다. 그렇게 행복하지 못할 바에는 그만두는 것이 낫습니다.

그리고 기쁨이라는 것은 시키지 않아도 스스로 사명을 알고 행할 때 얻어지는 것입니다. 제 경우 인생의 반 이상을 그것 때문에 헤매고 다녔습니다. 왜 태어났는가? 무엇을 하러 태어났는가? 그걸 알기 위해 헤매고 다녔습니다.

다행히 저는 복이 많아서 저의 사명을 더도 덜도 아니게 정확히 알아냈습니다. 제가 자신을 과대평가해서 스스로에게 이것저것을 강요했다면 얼마나 고달팠겠습니까? 대개 사이비 종교 교주들이 자기가 처음부터 끝까지 다 할 것처럼 얘기하잖아요? "내가 알파요, 오메가요!" 이렇게 얘기하지요. 그렇다고 과소평가하는 것도 못 봐줄 일이고요. 자기 사명을 정확히 아는 게 가장 좋은 것입니다.

저는 알려드리는 사람입니다. 우주는 어떤 곳인지, 선인은 어떤 분인지, 조물주님은 어떤 분인지, 어떻게 창조를 했는지……,

이런 것을 알려드렸습니다. 또 수련을 통해서 선인이 되는 방법, 조물주가 되는 방법을 알려드렸습니다. 이미 90%를 알려드렸습니다.

이 자리에 모인 여러분의 사명은 무엇일까요? 개별적인 적성이나 능력에 따라 하는 일은 다를 수 있지만 큰 줄거리는 같습니다. 여러분의 사명은 바로 '행하는 것'입니다. 기독교에서는 달란트라고 하지요? 자신이 가장 좋아하는 일, 가장 하고 싶은 일을 찾아내어 그것을 행하는 것입니다. 찾아내고, 갈고 닦아 빛내고, 옆 사람과 나누고……, 이렇게 하는 것입니다.

하나부터 열까지 다 행할 필요도 없습니다. 자신이 잘할 수 있는 주특기 한 가지만 행하면 됩니다. 예를 들어 음식 만드는 분은 음식을 열심히 만들면 그것으로 선인이 될 수 있습니다.

수련 면에서도 호흡법에서부터 글쓰기, 도인법 등 어떠한 것을 통하여서도 끝까지 갈 수만 있다면 깨달음까지 갈 수 있습니다. 이러한 것 중 한 가지를 확실히 익혔다는 것은 산 정상을 오를 수 있는 골짜기나 등성이를 발견한 것과 같기 때문입니다.

비로소 빛이 보이는 것 같았다. 그 뒤로 무엇인가가 보이고 있었다. 그 빛의 뒤로 저 멀리 수많은 사람들이 오고 있었다. 온 세상의 모든 이들이 지함이 서 있는 쪽으로 오고 있었다. 노인도 어린이도 있었다. 여자도 남자도 있었다. 가난한 이도 부자도 있었다. 높은 사람도 낮은 사람도 있었다. 귀한 사람도 미천한 사람도 있었다. 배운 사람도 무식한 사람도 있었다.

온 세상의 각가지 사람들이 먼지를 일으키며 달려오고 있었다. 마치 수만 마리의 소 떼들이 몰려오고 있는 것처럼 보일 정도였다. 이들은 무엇인가 공통점이 있었다. 퀭한 눈, 때 묻고 허우적거리는 손, 신발을 신지 못하였거나 아니면 한쪽에 걸치고 있는 부르튼 발, 귀해 보이나 무릎이 헤지고 조각이 떨어져 나가서 그 값어치를 다하지 못하고 있는 비단옷, 오히려 더 추해 보이게 하는 장신구들, 감지 못해 먼지가 앉은 채로 날리고 있는 머리카락들.

이들의 공통점은 바로 영혼의 부재였다.

몸을 받았으되 몸을 이끌어 진화시켜 줄 수 있는 혼이 없는 것이었다. 좋은 옷을 입고 금귀걸이 등을 하여 남보다 무엇인가 나아 보이는

사람들도 역시 마찬가지였다. 귀하고 천하고를 떠나 자신의 갈 길을 모르는 사람들이었다. 몸은 있으되 혼이 없어 방향을 상실한 사람들이었다.

무엇이 쫓아오는 것이 아님에도 본능적으로 앞서거니 뒤서거니 하면서 앞에 가는 사람의 등을 밟고 오르려고 아우성을 치고 있었다. 차마 볼 수 없을 정도의 아수라장이었다. 그 많은 사람들이 이렇게 뒤엉키고 서로 밟아대면서 오고 있으므로 밟히는 그 아래에서는 많은 무고한 인명들이 희생되고 있을 것 같았다.

희생되면서도 왜 희생되는지에 대한 생각도 없이 사라져 가고 있는 것 같았다. 삶도 죽음도, 그리고 그 모든 과정도 전부 생각이 없이 진행되고 있었다. 참으로 동물도 저렇지는 않을 것 같다는 생각이 들게 만드는 광경이었다.

지함이 태어나서 지금까지 살아오면서 보아 왔던 인간의 모습과는 너무나 다른 모습이었다. 상상할 수 없을 만큼 천하고 비애를 느끼게 하는 중생의 모습이 거기에 있었다. 가만히 보고 있자니 몰려오던 사람들이 지함의 앞을 지나 끝없이 앞으로 나아가고 있었으나 어디로

가는 것인지 목표가 없이 이리저리 휩쓸려 다니고 있었다.

끝없이 넓은 벌판을 짐승이 먹이를 찾아다니듯 이리저리 떼로 몰려다니는 것에 다름 아니었다. 이들이 추구하는 것이 무엇인지 알 수 없었다. 알 수 없는 것이 아니라 없는 것 같았다. 목표가 없이 살아가고 있는 것 같았다. 만물의 영장인 인간들이 이렇게 벌레처럼 보일 수 있다니?

인간임으로 인하여 신보다는 무능하지만 그래도 나름대로 불편함이 없는 영적 생활이 가능하다고 생각해 왔던 적도 있지 않았는가? 무엇이 인간을 이렇게 만드는 것인가? 저것이 허상인가? 아니면 선화仙畵의 일부를 보고 있는 것인가?

이중에는 가끔 어디선가 본 듯한 사람들의 얼굴들이 있었다. 아마도 자신이 알고 있는 사람들이 섞여 있는 것 아닌가 싶었다. 그럴지도 모른다. 저 많은 사람들 중에 내가 아는 사람들이 어찌 없을 것인가? 내 비록 얼마 살지는 않았지만 그래도 그동안 보아온 사람들이 꽤 되는데 저 많은 사람들 중에 내가 아는 사람이 없을 수는 없을 것이다.

하지만 그들의 무리는 모습은 비슷하되 자신이 보아왔던 인간들의

모습이 아니었다. 형태는 인간의 모습이되 지금의 형태로 보면 짐승 이하의 모습이었다. 인간의 무리들이 이렇듯 짐승보다 못하게 살아가고 있음은 하나의 비애였다. 아마도 하늘의 입장에서 깨달음을 얻지 못한 인간들이 살아가는 모습을 보았을 때 바로 이러한 모습이리라.

— 『소설 선仙』 3권에서

3

수련,
진화하기 위한
방법

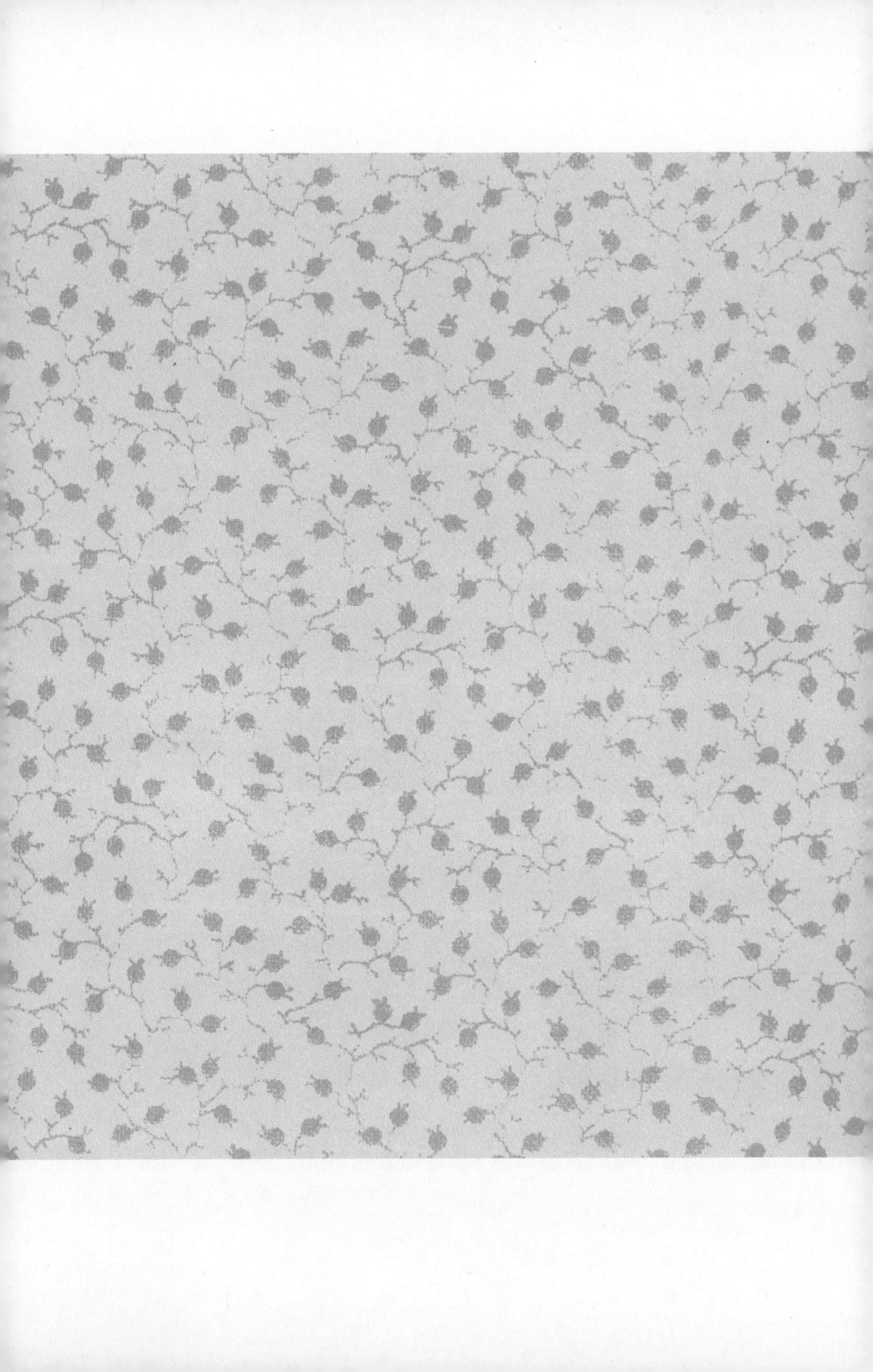

자신을 갈고 닦는 것

수련이란 자신을 갈고 닦는 것

수련이란 자신을 갈고 닦는 것입니다. 넘치지도 모자라지도 않은 적당한 사람, 어딜 봐도 흠잡을 데가 없는 전인, 원만한 사람이 될 때까지 자신을 갈고 닦는 것이 수련입니다.

대부분의 사람들은 마음이 삐뚤어져 있습니다. 우선 남아도는 부분이 있습니다. 너무 많아서 스스로 주체를 못하는 부분인데 돈에 대한 욕심, 성욕, 애정에 대한 욕구, 명예욕 등등입니다. 발전의 욕구도 자신이 감당할 수 있으면 괜찮은데, 자기 수준에 비해 너무 많이 지니고 있으면 욕심이 되어버립니다. 부담이 되는 것이지요.

또 모자라서 한 맺힌 부분이 있습니다. 쏙 들어가서 비어 있는 부분입니다. 그런데 모자라는 부분은 밖에 있는 게 아닙니다. 내가 이미 다 가지고 있는데 치우쳐 있을 뿐입니다. 남는 부분을 쳐내어 모자라는 곳에 채워 넣으면 됩니다. 이렇게 해서 원만한 사람을 만드는 것이 수련입니다.

수련과 종교의 차이점은 이처럼 '갈고 닦는다'는 데에서 찾을 수 있습니다. 종교는 '믿으면 천당 간다'는 식으로 내가 없이 믿는 것을 말합니다. 반면 수련은 내가 주체가 되어 스스로 갈고 닦는 것이지요. 종교는 믿음이 상실되면 갈 곳이 없습니다. 수련은 믿음이 상실됐다 하더라도 갈고 닦은 만큼은 자신의 것으로 남는 것이고요.

다이아몬드를 세공하듯이

다이아몬드를 세공하는 것을 보신 적이 있나요? 처음에는 대충 깎다가 보석으로 가공할 단계쯤 되면 확대경으로 보면서 세밀하게 다듬습니다. 수련도 마찬가지여서 처음에는 덩어리를 뚝 떼어서 버리듯 하다가 나중에는 모래 한 알 가지고도 따지게 됩니다. 진짜 모래인지 가짜 모래인지 따져서 가짜 모래는 발라내는 세밀한 세공 과정을 거칩니다. 그냥 대충 얼버무려서는 절대 안 다듬어지기 때문입니다.

장인들이 하듯이 평생 부단하게 갈고 닦는 것입니다. 자신의 결함을 계속 끄집어내고, 본인이 모르는 것은 도반이나 선생이 계속 지적해주면서 고치도록 만듭니다. 먼 데서 보면 그럴듯한

데 가까이서 보면 흠이 있습니다. 그러면 또 닦아냅니다.

팔문원의 가운데 원처럼 완벽한 아름다운 원이 될 때까지 삐죽삐죽한 부분을 자꾸 끄집어내어 닦아내는 것이 수련입니다.

조금씩 알고 조금씩 실천하라

수련을 너무 거창하게 생각할 필요는 없습니다. 『선계에 가고 싶다』를 읽고 나서 "선계仙界 간다"는 말에 얽매여 수련을 허황되게 받아들이는 경우가 종종 있더군요.

수련이란 무엇인가? 자신의 문제점을 발견하고, 또 그걸 해결하는 방법을 찾아낸 후, 하나하나 이루어가는 것입니다. 내 문제가 뭔지, 내가 잘하고 있는지 못하고 있는지 모르겠다면 먼저 자신을 되돌아봐야 합니다. 대개 자신의 장점은 너무 잘 아는 데 비해 단점은 잘 모르더군요. 단점을 알고 그걸 제거할 수 있는 방법을 안다면 반은 넘은 것입니다.

그 다음은 실천이 반입니다. 알긴 아는데 실천을 하지 않는다면 반토막 수련입니다. 그렇게 하루하루 조금씩 알고 조금씩 실천하는 것이 수련입니다. 조금씩 깨닫고 조금씩 실천하다 보면 도달하는 곳이 선계인 것이지요. "선계 간다"는 말에는 바로 그런 의미가 있습니다.

❁ 목표는 차근차근 세워라

몸이 안 좋으신 분들은 일단 목표를 건강이 좋아지는 쪽으로 잡으세요. 너무 멀리까지 생각지 마시고요. 또 마음이 불안정하고 외로운 분들은 마음의 건강에 일차 목표를 두시면 됩니다.

거창하게 '본성을 만나겠다' 할 필요가 없습니다. 목표를 너무 거창하게 세우면 가기도 전에 힘겹고 지칩니다. 장기 목표는 깨달음에 두더라도 단기 목표는 세부적으로 정해야 합니다. 단기 목표를 세워서 자신의 부족한 부분을 고치는 수련을 하는 것입니다. 한꺼번에 다 할 수는 없습니다. 마음만 급하면 수련이 안 됩니다.

종착역에 가기 전에 정거장들이 있잖아요? 첫 번째 정거장, 두 번째 정거장, 세 번째 정거장……, 이렇듯이 늘 다음 정거장을 생각하세요. 단기 목표를 정하고, 그 목표까지 가는 데 한 달이면 한 달, 백일이면 백일, 기간을 잡아서 해 나가세요. 이렇게 하는 것이 먼 길 가는 데 현명한 방법입니다.

우리 수련은 마음공부를 위주로 하는 수련이기에 금방 어떤 능력이 생기지는 않습니다. 그래서 주위 사람과 비교해서 내가 뭐가 달라졌나, 하고 회의를 느끼기도 합니다.

마음공부란 금방 표가 나는 것이 아닙니다. 마음은 서서히 바뀝니다. 또 마음을 바꾸는 게 쉽지가 않습니다. 마음을 바꾼다는 것은 우주를 바꾸는 것만큼이나 힘이 드는 일이거든요. 어렵다는 것을 인정하시고, 얕잡아 보지 마시고, 차근차근 해나가시면 좋겠습니다.

❁ 100일에 한 가지씩 개선하라

얼마 전 몇몇 회원님으로부터 편지를 받았습니다. 변함없이 여러 애환이 들어 있더군요. 그중에서 가장 안타까운 일은 수련 5년이 되어 가는데도 별 달라진 것이 없어 좌절을 느낀다는 한 분에 대한 것과 게으른 습을 벗지 못하여 이번에도 백일 새벽수련을 하지 못하고 있다는 또 다른 분에 대한 것입니다.

먼저 별 달라진 것이 없다는 분에게는 달라지려고 노력해 본 적이 있는가 하는 점을 묻고 싶습니다. 달라지려면 달라지고 싶은 것이 무엇인지를 알아야 하며, 달라지고 싶은 것을 이루려면 어떻게 해야 하는지를 알아야 합니다. 즉 목표가 뚜렷해야 하며 그곳에 도달하는 방법을 알아야 합니다. 그 두 가지를 알고 있다면 실천하면 되는 것입니다.

예를 들어 '나는 우울하다, 가끔 우울한 것이 아니라 너무 자주 우울하며, 그것으로 인하여 나 자신이 괴롭고, 남들의 기분도 끌어내리고 아름다운 모습이 아니다'라고 느낀다면 우울한 것을 고치기 위하여 매일 30분씩 햇빛 속을 걸으며, 매일 10분씩 노래를 흥얼거리며, 매일 거울을 볼 때마다 웃는 연습을 해보는 것입니다. 그래도 달라지지 않는가?

또한 게으름 때문에 새벽수련을 하지 못하는 분은 오늘은 7시

10분에 내일은 7시에 모레는 6시 50분에 일어나는 것입니다. 이렇게 일주일을 노력해보면 70분이 당겨지며, 이 주일을 노력해보면 140분이 당겨지는 것입니다.

백 일이란 자신을 바꾸기 위한 최소한의 단위입니다. 100일 동안 너무 많은 것을 기대하지 말고 자신이 개선하고 싶은 한 가지를 정하여 실천해보십시오. 예를 들어 음식을 지나치게 탐하는 버릇이 있으면 그것에 대해서, 돈 욕심이 많은 분들은 그런 것을 없애는 것을 목표로 세우시면 됩니다. 스스로 달라져서 주변 사람들에게 신뢰를 주면 주변 여건이 개선됩니다.

백 일 동안 한 가지씩을 개선하여 천 일 동안 열 가지를 변화시킨다면 선인이 되는 길이 그리 멀지만은 않게 느껴질 것입니다. 수련이 어렵다는 것은 매일 꾸준히 한다는 것 한 가지가 어려운 것이며 이것을 실행할 수 있는 지혜와 의지가 있다면 수련을 할 수 있는 것입니다. 수련이란 큰 것이 아니라 이렇게 작은 것을 갈고 닦는 것이며 걸어서 선계까지 가는 부단하고 고단한 노력입니다.

언젠가 "수련하는 것은 계단을 오르는 것과 같다"고 말씀드린 적이 있습니다. 백 계단을 오르면 잠시 쉬면서 숨을 고를 수 있는 시간이 있습니다. 그리고 나서 다시 오르는 것입니다.

왜냐하면 우주 만물은 변하지 않는 것이 없으며 변하되 바람직한 방향으로 변하는 것이 우주의 창조 목적이자 인간이 살아야 하는 목적이기 때문입니다. 변하되 좋은 방향으로 변하는 것! 그것이 곧 우주를 지탱하는 힘의 원천이며, 인간이 삶을 부여받은 기간 동안은 어김없이 살아야 하는 목표가 되는 것입니다.

수련이란 어느 날 갑자기 신이 내려 변하듯이 한꺼번에 달라지는 것이 아니라 매일매일 조금씩 달라지는 것입니다.

❁ 제가 수련을 잘 하고 있나요?

수련을 잘 하고 있다면 첫째는 몸이 바뀌어야 합니다. 진정으로 자신의 몸이 전보다는 나아져야 합니다. 전보다 건강해지고 편안해지고 가벼워져야 합니다.

둘째는 마음이 편안해져야 합니다. 수련하고 나서 마음이 전보다 더 괴로워졌다면 수련이 뭔가 잘못된 것이지요.

셋째는 기운으로 하고자 하는 일을 할 수 있어야 합니다. 몸은 날아갈 것처럼 좋아지고 마음도 아주 편안해졌는데 뭔가 마음먹은 대로 안 된다, 내 인생이 어떤 운명이나 타인의 힘이나 알 수 없는 어떤 기운에 끌려서 피동적으로 움직인다, 내 힘으로 할 수 있는 일이 없다, 하면 그것은 좋은 수련이 아닙니다. 수련하시는 분들은 자신이 마음먹은 대로 할 수 있어야 합니다.

그런데 몸을 먼저 바꾸고, 마음을 나중에 바꾸고……, 이렇게 순서가 정해진 것은 아닙니다. 몸과 마음이 동시에 바뀌면서 마음의 힘이 생기는데, 그것을 심력心力이라고 부릅니다. 심력이 생기면 전에는 대책 없던 일들도 마음먹은 대로 다 할 수 있게 됩니다. 위의 세 가지가 다 아니라면 수련을 잘못하고 있는 건 아닌지 생각해 보시기 바랍니다.

❁ 운명을 바꾸는 방법

수련이란 자신에게 주어진 운명이란 변수를 자신이 원하는 목표에 일치시키려는 노력입니다.

인간이 자신의 운명에서 벗어날 수 있는가? 남사고 선인께서 스케줄은 인간의 힘으로 변화시킬 수 있다고 하셨습니다. 태어남과 죽음만이 하늘의 일이며, 누구로 태어날 것인가까지도 자신이 알아서 할 수 있는 일이라 하셨습니다.

벗어나는 방법은 무엇인가? 기를 바꾸면 운명이 바뀌고, 운명이 바뀌면 자신의 길에서 벗어나게 됩니다.

수련 이전에 쓸 수 있는 이런저런 방법들이 있는데, 우선 풍수지리를 공부하신 분들은 그 사람에게 어떤 기운이 맞는지 안 맞는지 살펴서 환경을 개선해 주는 방법을 씁니다. 몸에 수기水氣가 많은 사람은 수기가 적은 곳을 찾아가 살게 하는 식입니다. 만일 화기火氣가 많은 사람이라면 화를 극해주는 것은 수이므로 물을 가까이 두게 합니다. 집안에 큰 어항이나 분수를 설치하는 등의 방법으로 자신의 몸에 알맞은 환경을 만드는 것입니다. 금기金氣가 부족한 사람은 금반지, 목걸이 등의 쇠붙이를 지니게 하고, 화기가 약한 사람은 늘 몸을 따뜻하게 하고 햇볕 잘 드는 집에서 살게 하고……, 이런 식으로 조절해 가는 것이 풍수지리입니다.

사주나 역학을 공부하신 분들은 나쁜 운이 있다 하면 미리 상쇄하는 방법을 씁니다. 금년에 송사 운이 있어서 소송에 휘말릴 운세라면 일부러 세금을 안 내서 연체료가 나오게 만들거나 일부러 교통 위반을 해서 벌금을 내게 만듭니다. 그렇게 하면 가볍게 상쇄가 됩니다. 또 금년에 병이 들어서 죽을 고생을 할 운이라면 미리 그 사람의 몸에 칼을 대게 하기도 합니다. 사마귀를 제거하는 수술을 받거나 점이라도 빼게 합니다. 우스워 보일 수도 있으나 실제로 그렇게 하면 때워집니다.

또 부족한 기운을 글자로 써서 몸에 지니게 합니다. 예를 들어 화기가 굉장히 많아서 평생 한두 번은 불이 나게 되어 있는 사주를 가진 사람은 '水'라고 글자를 써서 몸에 지니게 합니다. 벽에도 '水'라고 써 붙여놓는데 붙일 때 거꾸로 붙입니다. 물이란 아래로 흐르는 것이니까요.

그런데 수련하시는 분들은 이런 방법을 쓰지 않아도 마음 하나로 운명을 바꿀 수 있습니다. 마음에 힘이 붙어 심력이 생기면 마음 하나로 운명을 조절할 수 있습니다. 심법心法이라고 불리는 가장 차원 높은 방법입니다.

우리 수련 중에 개운법開運法 명상이라는 것이 있는데, 마음 하나로 운명을 바꾸는 힘을 기르는 명상법입니다. 우리 몸의 손끝, 발끝까지 관심을 가지고 기운을 보내어 바로잡고, 자신의 운명에 관심을 가지고 손바닥의 두뇌선, 생명선, 감정선을 바로잡고, 또 오장육부의 구석구석을 다 한 번씩 기운으로 쓸어주는 방법입니다. 정성으로 운기運氣를 하면 기의 통로가 변하여 우회하거나, 우회할 것을 직진하게 됩니다. 그로 인해 운명이 바뀌게 됩니다.

원력을 세우라

심력은 곧 마음의 힘입니다. 내 마음이 마음대로 안 되는 것, 떨쳐버리고 싶은데 안 떨쳐지는 것은 심력의 문제입니다. 힘이 없어서 못하는 것입니다. 해야 한다는 생각은 있는데 기운이 없으니까 못하는 것이지요.

왜 기운이 없는가 하면 첫째, 어딘가 시달리는 부분이 있어서 기운이 빠지는 것입니다. 무언가 사로잡혀 있는 부분이 있는 것이지요. 그 부분을 찾아내야 합니다. 호흡을 하면서 관하다 보면 반드시 그 이유가 나옵니다.

둘째, 자신이 원하는 바를 정확히 모르기 때문입니다. 수련을 원하는 건지, 가정의 화목을 원하는 건지, 직업적인 안정이나 사회적인 명성을 원하는 건지, 어지간히 생활할 수 있는 기반을 원하는 건지 잘 모릅니다. 수련도 원하고 다른 것들도 원하고 하면서 많이 뒤섞여 있습니다.

코엘료라는 작가가 쓴 『연금술사』라는 소설을 보면 "자네가 무언가를 간절히 원하면 우주 만물이 그것이 실현되도록 도와준다네"라는 구절이 있습니다.

그런데 원하는 것이 확실치 않다거나 여러 가지로 흩어져서 뒤죽박죽이거나 하면 안 됩니다. 건강이면 건강, 가정의 화목이면 화목, 명예면 명예, 돈이면 돈, 직업적인 성공이면 직업적인 성공. 그렇게 한 가지만을 원하면 해결이 납니다. 그런데 이것도 원하고 저것도 원하면 해결이 안 납니다.

무엇이 되고자 하는지 원력願力을 세워야 합니다. 나를 어떻게 세우고, 나를 세운 다음에 주변 사람을 어떻게 세우고, 그 다음에 사회에 어떻게 공헌하고……, 이렇게 뜻을 세워야 합니다.

목표가 뚜렷하면 힘이 붙습니다. 김영삼이라는 분이 왜 대통령이 되었는가 하면 대통령이라는 뜻을 세우고, "나는 미래의 대통령"이라고 책상에 써 붙이고, 자나깨나 일념을 가졌기 때문에 힘이 붙은 것이지요. 그런데 하루는 대통령이 되고 싶었다가, 그 다음 날은 작가가 되고 싶었다가, 또 다른 날은 소방수가 되고 싶었다가 하면 당연히 힘이 모이지 않습니다.

내가 진심으로 원하는 것이 무엇인가? 찾아보시기 바랍니다. 그것을 찾아내어 힘을 내면 그때부터 가정문제, 주변문제 등 여러 문제가 저절로 해결이 납니다. 한 가지만 하다 보면 주변이 그것을 할 수 있는 조건으로 변합니다. 자신이 뜻을 확실하게 세웠기 때문에 우주 만물이 그 사람을 도와주는 기운으로 감싸게 됩니다. 그래서 힘이 붙습니다. 힘이 붙지 않는다면 목표가 뚜렷하지 않기 때문이라고 생각하시면 됩니다.

수련하시는 분들은 수련이 크게 서 있으면 부수적인 것들은 다 해결이 되더군요. 반대로 수련이 확실하게 서 있지 않으면 주변의 자질구레한 것들이 다 엉키고요.

❁ 나는 금생에 어디까지 갈 것인가?

『선계에 가고 싶다』를 읽고 나니까 너무 크고 높은 길이라서 제가 따라 갈 수 있을지 의문이 들었습니다.

제가 수련한 내용은 한 가지 모델을 제시한 것이라고 보시면 됩니다. 각자 어떤 수련을 하느냐는 자신이 어떤 원력을 세우느냐에 달렸습니다. 태어날 때 스케줄이 정해져 있다 하더라도 자신이 원하는 만큼 하는 것이 가능합니다. '나는 이번 생에 어디까지 가야겠다' 하고 목표를 설정하시면 그렇게 되는 것이지요.

예를 들어 '나는 이번 생에 본성을 만나는 데까지 가겠다'라고 목표를 설정하면 그만큼이 그분의 원력이 됩니다. '이번 생에 나는 대주천까지만 가겠다', 즉 우주기가 들어올 수 있는 몸의 조건을 갖추는 선에서 만족하겠다 하면 거기까지 하게 됩니다.

정해져 있는 것이 아니어서 본인이 어느 정도 의지를 내느냐에 따라 달라질 수 있습니다. 개인의 자유의지를 중요하게 생각하기 때문에 본인이 어떤 이유로 이번 생에는 어디까지 가겠다고 마음을 먹으면 그것이 목표가 되는 것입니다.

'나는 이번 생에 끝까지 가 보겠다'라고 마음을 먹으면 그렇게 될 수 있습니다. 대신 그런 분은 다른 무엇보다 수련에 많은 비중을 두어야 하겠지요. '나는 원 없이 할 것 다 해봐야겠다' 하는 분들은 수련에 많은 부분을 할애하기가 어렵겠고요. 다 선택할 수 있는 사항입니다.

만일 '나는 그냥 몸을 건강하게 하고 마음을 평안하게 해서 내 생활이 행복하고 윤택해지는 것이 목표다' 하면 그것도 좋습니다. 누구나 다 본성을 만나고 본성과 합일될 필요는 없습니다. 강제로 어디까지 해야 하는 게 아닙니다. 수련 때문에 스트레스 받는 것은 바람직하지 않습니다. 대개 수련하시는 분들이 수련에 대한 강박관념이 있는데 그럴 필요가 없다는 것이지요. 할 수 있는 만큼 하면 되는 것이지 남이 한다고 해서 따라 할 필요는 없습니다.

그래도 일단 끝까지 가는 모델은 제시할 필요가 있기에 책에서 알려드린 것입니다.

❂ 자신이 변하고 주위를 변화시키는 수련

수련이란 내면을 향해 갈고 닦는 것입니다. 우선 자기 자신을 갈고 닦는 것이 먼저입니다. 그 다음에 주변 사람을 변화시키는 것입니다.

주변 사람을 변화시킨다 할 때 생각을 바꾸어 놓는 것은 참 어렵습니다. 자라온 환경이나 받은 교육이 다 다르기 때문입니다. '저 사람의 어떤 생각을 내가 바꿔놓겠다' 하면 계속 싸움만 붙고 판가름이 안 납니다. 지지 않으려 하기 때문입니다.

제일 좋은 방법은 기운으로 바꾸는 것입니다. 기운을 바꾸면 자연스럽게 변합니다. 본인이 수련을 많이 해서 맑고 좋은 기운을 가지고 있으면 그 기운이 주변 사람들에게 전달이 됩니다. 기운 속에 정보, 즉 파장이 들어 있습니다. 파장은 메시지의 전달 수단입니다. 말로 설명을 안 해도 파장을 통해서 메시지를 줄 수 있는 것이지요.

주변 사람들이 기운과 파장을 받음으로써 자기도 모르게 생각이 바뀝니다. 고정되고 견고하던 생각들이 무너지면서 경계선이 없어집니다. 자신의 생각이 무너졌다가 다시 세워지는 과정을 거치면서 마음이 순화되고 고차원의 사고를 할 수 있게 됩니다.

수련을 통해 자신과 주변을 변화시킨다면, 변화의 작은 기운들이 모여 점차 영역이 넓어진다면 이 사회가 조금씩 확실히 변해가지 않을까요? 이런 마음으로 수련을 해주셨으면 좋겠습니다.

혼자만 변하는 것은 아무 의미가 없습니다. 자신의 변화가 퍼져서 이웃을 변화시킬 수 있어야 합니다. 사회에 등을 돌리고 '너는 그래라, 나는 수련만 한다' 이런 게 수련이 아닙니다. 근엄한 표정으로 앉아서 '생활 따로 수련 따로' 하는 게 아니라는 것이지요. 동시대를 사는 사람들의 아픔을 이해하고, 기쁨을 같이 느끼고, 고통을 공유하며 가는 것입니다.

자신을 알아가는 과정

깨달음이란 자기 자신을 안다는 것

흔히 '깨달음'이라고 하면 멀고 우주적인 것을 떠올리기 쉬운데 꼭 그렇지만은 않습니다. 깨달음이란 쉽게 얘기하면 '안다'는 것인데, 뭘 안다는 것인가 하면 자신에 대해 안다는 것입니다. 자신에 대해 알면 우주에 대해 아는 게 되는 것이고요. 자기 자신이 우주이기 때문입니다.

대개 남에 대해서는 잘 압니다. 저 사람은 어떻고 이 사람은 어떻고 하면서요. 그런데 정작 알아야 할 자기 자신에 대해서는 모릅니다. 그리고 남이 일깨워 주면 굉장히 싫어합니다. 아니라고 반박합니다. 자기 자신은 잘 모르면서 남에 대해서는 해박한 것이지요. 그런데 남에 대해서는 몰라도 자기 자신에 대해 안다면 그것이 깨달음의 시발입니다.

자기 자신을 안다는 것은 무엇인가? 현재의 자신에 대해 정확히 인식하는 것입니다. 전생까지 거슬러 갈 것도 없이 지금의 자신을 알면 다 알아지는 것입니다. 과거는 어떤 실마리일 뿐이지 중요한 것은 현재 자신의 모습입니다. 그것을 정확히 볼 수 있는 것이 깨달음입니다.

자각수련, 나는 누구인가?

자각自覺수련은 자기 자신을 깨달아 나가는 수련입니다. '나는 누구인가?'라는 주제로 글을 써내시라고 숙제를 내드리는데, 이 질문은 수련에 드시는 분이라면 반드시 한 번은 짚고 넘어가야 하는 관문과도 같습니다. 이 질문을 통과하지 못하면 수련 과정에 제대로 들어갈 수 없습니다.

마치 집을 지을 때 주춧돌을 놓는 것과 같아서, 이 질문 단계에서 확실한 답안을 구해내지 못하면 다음 단계의 수련이 제대로 진전될 수 없습니다. 자신이 누구인지 모른다면 마치 출발 지점을 모르고 어디로 가겠다는 것과 같아서 목표 설정이 될 수가 없기 때문이지요.

자각수련 숙제를 내드리는 데에는 잘 쓰고 못 쓰고를 떠나 '자신에 대해서 진지하게 알고자 하는가?' 하는 것을 보고자 하는 뜻이 있습니다.

몇 살에 뭐 했고, 몇 살에 뭐 했고……, 이렇게 이력을 쭉 써오시는 분도 있더군요. 그런데 그런 걸 원하는 게 아니라 자신이 누구인지 밝혀보라는 것입니다. 자신만이 가지고 있는 특질이 있습니다. 찾아보면 한두 가지는 반드시 있습니다. 남이 가지고 있지 않은, 내가 많이 가지고 있는 것들이 있습니다.

기록을 해보면 본인들이 살아온 과정이 한눈에 다 드러납니다. 각자 자신을 돌아보면서 울 수도, 참회할 수도, 대견해 할 수도 있는데 그런 과정이 다 수련입니다.

솔직하게 털어놓을 수 있어야

자각수련에는 하늘에 자기가 살아온 과정을 솔직하게 고하는 의미가 있습니다. 마음 자세에 따라 잘못한 것이 사해지기도 하고 덧붙여지기도 합니다. 살아온 과정을 한 번씩 정리해서 걸러내는 과정이 필요해서 하는 것인데 써내신 것을 보면 그분이 살아온 과정과 현재 마음가짐이 그대로 드러납니다.

수련하시는 분들은 많이 토해내고 울어야 합니다. 중단에 많이 맺혀 있는 상태들이시거든요. 살아가면서 한 맺힌 것 없는 사람이 어디 있겠습니까? 한이라는 것이 금생에만 맺힌 게 아니라 전생에서부터 대대로 맺혀 온 것이거든요. 그게 다 풀려나가야 수련도 되고 개운도 되기 때문에 그런 기회를 드리려고 자각수련을 하시라는 것입니다.

스스로 풀어내는 시간, 해원解冤하는 시간을 갖지 않으면 정리가 되지 않습니다. 살아온 과정을 기록하면서, 각자 한 번씩 돌아보면서 본인이 실타래를 풀어야 합니다. 어떤 식으로라도 정리를 해야 넘어가지 정리가 안 된 상태에서는 넘어가지 못합니다.

"나는 이런 사람입니다" 하고 털어놓을 수 있는 마음가짐이 되어야 합니다. 스승에게도 자신의 어떤 부분을 못 보이겠다는 마음을 갖고 있는 분은 수련하기가 어렵습니다. 자신의 부끄러운 부분까지도 다 털어놓을 수 있어야 법이 전수가 됩니다. "나는 아무래도 털어놓지 못하겠다" 하신다면 아직은 수련할 준비가 안 된 상태입니다. 본인이 일단 털어놓은 이상 거기에 대해서 더 이상 묻지 않습니다. 대개 용기가 없어서 털어놓지 못하시는데 자기 자신에 대해서 스스럼이 없어야 수련을 할 수 있습니다.

한 10년 전 일인데, 같이 수련하던 어떤 분이 어느 날 자신의 이야기를 털어놓으시더군요. 집안이 하도 어렵고 생활력이 없어서 일부러 직장이 있는 여자와 결혼을 했다는 얘기, 대학 시절 학비를 벌고자 조교를 했을 때 교수님 댁에 가서 자료 정리를 하다가 그 부인이 유혹해서 넘어갔다는 얘기, 생계 때문에 할 수 없이 계속 관계를 유지했는데 두고두고 마음에 걸렸다는 얘기를 공개적인 석상에서 하셨습니다.

그때만 해도 저는 어떻게 그런 얘기를 공개적으로 할 수 있는지 이해가 잘 안 되었습니다. 제정신이 아니지 않은가 하는 생각마저 들었습니다. 그런데 수련을 하다 보니 어떤 일에도 거리낌이 없어지더군요. 자신이 한 일에 대해서 감추지 않고 정확히 얘기할 수 있게 됩니다.

잘한 일과 잘못한 일

살아오면서 잘한 일과 잘못한 일을 써 보시라고 말씀을 드렸더니 어떤 분은 잘못한 일은 꼭꼭 숨기고 '나는 이렇게 잘 살아왔다' 하면서 자랑 위주로만 쓰시고, 어떤 분은 이 세상에 태어나서 잘한 일은 하나도 없는 것처럼 쓰십니다.

세상에 태어나서 잘한 일이 하나도 없고 오직 수련하는 것만 잘한 일이라고 쓰신 분도 계십니다. 그러나 잘 찾아보세요. 곰곰이 생각해 보면 그럴 리가 없습니다. 잊어버렸거나 자기 자신을 너무 비하하는 것입니다.

그리고 주로 인간관계에서 잘못한 일을 많이 쓰시는데 정작 자기 자신에게 잘못한 일은 생각을 못하시더군요. 자기 자신을 속이고, 그 속인 것을 정당화하기 위해서 스스로에게 스트레스 준 일들은 잊어버리고 남에게 잘못한 일만 쓰십니다. 그런데 자기 자신을 해롭게 하는 일처럼 나쁜 것은 없습니다.

끊임없이 거짓 속에서 살아와서 지금은 어떤 것이 진짜이고 어떤 것이 가짜인지도 모르는 상태인 분도 계십니다. 그런 것을 다 끄집어내서 써보세요.

건곤일척 명상법이라는 것이 있습니다. 하늘을 우러러 한 점 부끄러움이 없이 허물을 벗겠다는 자세로 명상을 하는 것입니다. 그런 마음가짐을 가지고 과오를 한 겹 한 겹 벗을 때 나를 찾고 본성을 찾을 수 있습니다. 옷을 잔뜩 껴입고 있으면 갈 수가 없습니다.

한 가지 거짓말을 정당화하기 위해서는 일곱 가지의 거짓말이 필요하다는 말이 있습니다. 거짓말이라는 게 꼬리에 꼬리를 물게 되어 있습니다. 거짓을 감추려고 한 겹 두 겹 껴입다 보면 허물이 생깁니다. 자신이 계속 정당하다고 믿는데 그 믿음 때문에 쓰고 있는 껍질이 악어 껍질처럼 두껍고 딱딱해집니다. 계속 무장을 하기 때문에 벗으려면 아주 힘이 듭니다. 감추려 하다 보니 껍질이 두꺼워져서 벗기가 힘든 것이지요.

수련을 하면서 허물을 벗는다는 얘기를 하잖습니까? 자꾸 기운으로 허물을 벗다 보면 나중에는 흐물흐물해져서 쉽게 벗을 수 있습니다. 수련이란 그런 과정입니다. 그렇게 자꾸 벗으세요. 마음에 지고 있는 짐을 다 벗고 홀가분하고 가벼워지세요. 용서받지 못할 과오는 없습니다.

자신을 두루 볼 수 있는가?

자기 자신을 여러 각도에서 조명해 볼 수 있어야 합니다. 자신이 누구인지 이런저런 시각으로 보는 안목을 가져야만 나를 찾는 길로 들어설 수 있습니다. 자기 자신 속에 있는 여러 가지 요소들을 포괄적으로 다 볼 수 있어야 하고, 그중 중요한 부분을 놓치지 않아야 합니다.

어떤 한 면만 보는 것은 치우친 시각입니다. 예를 들어 명예나 직책만 계속 열거한다거나, 몇 살에 이러이러한 자랑스러운 일을 했다고 열거하는 것 등입니다. 자연인으로 돌아가서 '인간 누구'로 볼 수 있어야 합니다.

어떤 시점에서 자신을 바라보는가를 보면 그분에 대한 판단이 섭니다. '이분은 공정하구나' '이분은 상당히 치우쳐 있구나' '껍질을 벗으려면 오래 걸리겠구나' '이번 생에 못 벗겠구나' 등을 알 수 있습니다.

시점이 꽉꽉 묶여 있는 분은 참 어렵습니다. 자연인이 아닌 사업가로서의 자신을 위주로 쓰신 분이 계시더군요. 인간 누구는 사라져 없고 사업가 누구만 남아 있는 것입니다. 그런 시각을 가진 분을 보면 '벗기가 참 어렵겠구나' 하는 생각이 듭니다.

수련하면서 계속 무언가를 적는 분을 본 적이 있습니다. 무심으로 수련에 몰입하는 게 아니라 수련 중에 나타나는 현상을 잊어버릴까봐 노트를 꺼내서 열심히 적고 있었습니다. 알고 보니 그분이 작가셨습니다. 수련도 작품의 소재를 얻기 위해서 하는 것이었고요. 그런 분은 자연인 누구보다 작가 누구가 더 많은 비중을 차지하고 있는 것입니다.

처음부터 끝까지 온통 사랑 이야기를 쓰신 분도 계십니다. 그런 분은 사랑이 자기 자신을 너무 많이 차지하고 있는 것이지요. 인간으로서 위엄과 격을 갖추고 태어나서 살아가는 과정에 사랑만 있지는 않습니다. 그런데 처음부터 끝까지 실연을 당했고 그래서 어떻게 했고……, 이렇게 사랑으로 점철된 인생인 양 씁니다. 그런 것도 너무 치우친 시각입니다.

두루 보면서 원인을 정확히 끄집어낼 수 있어야 합니다. 자신의 삶에 대해 '나는 괜찮은 사람이다, 괜찮은 삶을 살았다' 이렇게 보는 분도 계시고, '어렸을 때는 참 무난하고 사랑도 받고 재능도 있었는데 어떤 시점에서부터 내 인생이 일그러져서 길을 잃어버렸다' 하고 정확하게 알아내시는 분도 계시는데 바로 그런 걸 찾아내시라는 것입니다. '언제부터 내 인생이 궤도를 이탈했다, 그리고 지금은 어느 시점에 와 있다' 하는 것을 정확히 볼 수 있어야 합니다.

공정한 시각인가?

자기 자신을 공정하게 볼 수 있어야 합니다. 자신의 관점에서만 보는 것이 아니라 자신을 '들여다보는' 관점에서 볼 수 있어야 합니다.

자신이 계속 남에게 피동적으로 당해 왔다는 시각을 가진 분도 계시고, 자신이 가해자가 되어 남에게 손해만 입혀 왔다고 생각하는 분도 계시는데 모두 올바른 시각이 아닙니다. 항상 가해자이고 항상 피해자일 수는 없습니다. 가정에서도 부모님이나 형제자매로부터 피해를 입은 일이 있겠지만 때로는 피해를 준 일도 있을 것입니다. 그런 걸 정확히 집어낼 수 있어야 합니다.

다른 사람 때문에 자신의 인생이 일그러졌다고 생각하는 분도 계십니다. 본인의 입장에서는 정확히 집어낸 거라고 생각하시겠지만 사실 어느 누구 때문에 자신의 인생이 일그러질 수는 없습니다. 스스로를 비극의 주인공이라고 생각하는 분도 계시고 공주병에 걸린 분도 계시는데 객관적인 시각으로 바르게 보시기 바랍니다.

나중에 다시 같은 숙제를 내 드리면 아마 다른 시각에서 쓰시게 될 것입니다. 한 번 써본 것이 큰 도움이 되어서 전혀 다른 나를 끄집어낼 수 있을 것입니다.

❂ 한없이 낮아지고, 한없이 귀해지고……

자신이 태어나서 부여받은 것보다 훨씬 과대평가하는 분도 계시고, 훨씬 과소평가하는 분도 계십니다. 자신에 대해 너무 자신만만한 분도 계시고, 또 너무 자신이 없는 분도 계시는데 둘 다 바람직한 것은 아닙니다.

수련을 하다 보면 알아집니다. 자기 자신을 과대평가했던 분들은 '나는 정말 미물이구나' 하고 알아지고, 자신을 과소평가했던 분들은 '내가 별 볼 일 없는 사람인 줄 알았는데 대단한 사람이구나' 하고 알아집니다. 그렇게 알아지고 받아들여지는 과정이 참 감동적이더군요. 기존의 자신에 대해 다 잊어버리고 다시 만들어가는 것입니다.

가장 좋은 것은 스스로 자신에 대해 생각할 때 있는 듯 없는 듯한 존재로 생각하는 것입니다. 자기 자신에 대해 일견 자랑스럽기도 하고 일견 부끄럽기도 한 상태입니다. 어느 한 쪽으로 치우친 상태가 아니라 때로는 한없이 자랑스럽고 때로는 한없이 부끄러운 상태로 자신을 인식하는 것입니다.

처음에는 점점 자신이 낮아집니다. 낮아지면서 한없이 초라해지고, 우주의 기운과 말씀 앞에 한없이 무력해집니다. 그렇게 무장해제를 하게 됩니다. 무력해져서 아무 하잘것없는 존재로 자신을 인식합니다.

그러다가 점점 귀해집니다. 수련을 해나갈수록 자신이 귀한 존재였음을 깨닫게 됩니다. 원석에서 보석을 발견하여 세공해나가는 듯한 과정이 시작됩니다. 저와 함께, 또 도반들과 함께 서로 지적해주면서 보석을 세공하여 쓸 만한 상태로 만들어 가는 것입니다.

❁ 내가 가진 보석은 무엇인가?

자신에 대해 관심을 갖고 내가 어떤 것을 가지고 있는지 찾아보세요. 찾아보면 다 귀한 면이 있습니다. 아무도 가지고 있지 않은 귀한 면, 자기만 갖고 있는 보물 같은 면이 있습니다. 그런 것들을 찾아내어 드러내 보세요.

지금은 복잡하고 불필요한 부분이 많아서 귀한 것들이 꼭꼭 숨어 있습니다. 불필요한 부분을 계속 버리다 보면 그런 것들이 드러납니다. 제가 그것들을 발견해서 얘기해 주고 끄집어내 주는 역할을 하기도 합니다. 그런 게 바로 선생의 역할이지요. 본인도 모르고 있던 가능성, 잠재력을 드러내고 닦아주는 역할입니다. 진가를 드러낼 수 있도록 같이 노력하는 것입니다.

수련을 처음 시작할 때는 잘 드러내지 않다가 몇 달, 몇 년 만에 진가를 드러내는 분이 계십니다. 아주 좋은 일이지요. 처음에는 자신이 보석인 줄도 모르다가 스스로 발견해보니까 깊이 묻혀 있던 보석이라는 걸 아는 것입니다.

❂ 수련 인연은 금방 드러나지 않아……

재능이 금방 드러나는 사람이 있는가 하면 깊이 감춰져 있는 사람이 있습니다. 태어날 때부터 천재적인 능력을 발휘하는 분들은 재능이 금방 드러나는 스케줄을 가지고 나온 경우입니다. 보석에 비유하면 세공된 상태로 나오는 분들입니다. 어떤 재능을 발휘하여 남들에게 삶의 귀감이 되고 빛이 되는 스케줄을 타고난 분들입니다.

반대로 재능이 깊이 감춰진 분들이 있습니다. 보석에 비유하면 원석 상태로 나오는 분들입니다. 그것도 광산 깊이 들어가야 파지는 원석입니다. 그런 분들은 광산에 들어가서 굴을 파고 원석을 캐내듯 시간이 굉장히 오래 걸립니다.

수련 인연이 있는 분들은 대개 재능이 잘 드러나지 않습니다. 자신이 뭘 잘하는지도 모릅니다. 자신의 길을 발견하기까지 온갖 고생을 다 하는 스케줄인데 아주 길고 오묘하고 지루하게 지속되더군요.

그런데 그런 스케줄이 좋습니다. 재능이 금방 드러나는 분들은 사실 수련 인연이 있는 경우는 아니거든요. 수련 인연이 있는 분들은 남들이 알아주지 못하는 상태에서 오래 지내고, 인물인지 아닌지 드러나지가 않습니다. 밋밋하게 있다가 수련을 하면서 재능이 드러나고, 눈부시게 바뀌면서 딴사람이 되는 과정을 겪습니다. 그러니 금방 드러나지 않는다고 섭섭해 하지 마세요. 깊이 감춰진 재능이 있습니다.

중용을 찾아가는 과정

지구는 중용을 배우는 학교

앞서 지구는 학교라는 말씀을 드렸는데, 무엇을 배우는 학교인가 하면 가운데 자리인 '중용中庸'을 배우는 학교입니다.

중용이란 이쪽저쪽을 골고루 다 본다는 것입니다. 아래, 위, 옆을 두루 다 보되 가운데 길로 가는 것이 중용입니다. 옳다고 해서 선善으로만 가는 것도 한쪽으로 치우친 것이지요. 가운데 길로 가야 하는 것입니다.

지구가 모든 것이 반반 섞여 있는 별인 것은 바로 이 중용을 배우기 위해서입니다. 선과 악도 정확히 반반 섞여 있습니다. 선의 끝과 악의 끝을 알아야만 중간 자리를 알 수 있기 때문입니다.

예를 들어 아랍권에서는 여자들이 차도르를 쓰고 다니고 외간 남자와 눈도 안 마주칩니다. 만일 손이라도 잡고 외도라도 하다가 잡히면 사형을 당합니다. 아주 극단적인 세계이지요. 그런데 지구를 반 바퀴 돌아서 미국으로 가면 완전히 개방적이고 프리 섹스를 합니다. 똑같은 행위도 아랍의 기준에서 보면 엄청난 죄악이고 미국의 기준에서 보면 아무것도 아닙니다. 인간의 기준으로는 선과 악을 구분하기 어렵다는 것입니다.

사람도 천차만별입니다. 동물보다 못한 사람부터 신의 경지에 이른 사람까지 고루 섞여 있어서 다 공부의 교재가 됩니다. 한 인간의 안에서도 반반입니다. 신성과 동물의 속성을 반반 가지고 있습니다. 한 사람이 이런 점은 좋고 이런 점은 나쁘고 하는 여러 가지를 한꺼번에 가지고 있습니다.

이곳 수선재도 반반 섞여 있습니다. 똑똑하고 잘난 사람만 있는 곳도 아니고, 못나고 바보 같은 사람만 있는 곳도 아닙니다. 중간입니다. 명상을 배운다, 수련을 배운다, 하니까 특별한 걸 기대하기도 하는데 그렇지는 않습니다.

옳고 그름, 강한 자와 약한 자, 남자와 여자……, 이렇게 고루 섞여 있는 가운데 중용을 터득하면 곧 깨닫게 되는 것입니다.

❁ 치우치지 않는 마음으로

동물은 한 가지 특징만 가지고 있습니다. 여우는 여우의 특징을, 뱀은 뱀의 특징을 가지고 있습니다. 반면 인간은 한 인간 안에 두 가지 마음이 공존합니다. 선한 마음과 악한 마음, 어떤 것을 하고 싶은 마음과 하기 싫은 마음이 공존하고 있습니다.

그걸 인정할 수 있어야 합니다. 어떤 한 면이 과도하게 노출되었을 뿐이지 자기 마음속에 다 있는 것입니다. 자신의 기운이 어떤 한 쪽으로 치우쳐 있어서 한 면만 계속 표현이 되는 것이지 다른 한 면도 자기 안에 갖고 있습니다.

본성이란 그런 것이지요. 인간이 가지고 있는 여러 가지 특성, 본래의 다양한 모습을 다 지니고 있는 것이 본성입니다. 그러기에 치우치지 않은 사고방식을 가질 때라야 본성을 볼 수 있습니다. 착하고, 열심히 하고……, 이런 걸 떠나서 어느 쪽에도 치우치지 않은 중심이 잡힌 마음이 되었을 때 본성을 만난다는 것입니다.

중용, 가운데 자리를 향하여

수련으로 달성해야 할 것은 중용입니다. 양쪽이 다 있는 데서 가운데 자리를 찾아야 합니다. 어느 한 쪽만 있는 데서는 가운데 자리를 찾을 수 없습니다. 선과 악, 아래와 위, 안과 바깥 등 모든 것이 있어야 합니다.

중용을 잡기란 굉장히 어렵습니다. 감정적인 면에서는 오욕칠정을 다 알면서 중심으로 가야 합니다. 지식적인 면에서는 두루 다 알고 받아들일 수 있어야 합니다. 불교면 불교대로 기독교면 기독교대로 장단점을 인정하면서 편견을 갖지 않고 보는 것입니다. 성격적인 면에서도 지적으로 치우치거나 감정적으로 치우치거나 의지만 강하게 치우치거나 하지 않아야 합니다. 고루 갖춰진 상태가 되어야 합니다.

누가 보더라도 이상하지 않고, 특별히 두드러지지 않고, 두루 갖추면서 부드러운 사람이 되고자 하는 것입니다. 다 가지고 있되 그것들이 내부에서 서로 충돌하거나 삐죽삐죽하지 않고 조화가 되어 두루 통하는 사람이 되려는 것입니다.

❁ 비 오면 비 오는 대로, 눈 오면 눈 오는 대로

최근에 어떤 노老수행자의 책이 몇 년 만에 나와서 읽어 보았습니다. 반쯤 읽을 때까지는 상당히 좋았습니다. 그런데 뒤로 갈수록 답답해지더니 책을 덮을 때는 허전한 마음까지 들더군요.

그분이 30권 가까이 책을 내셨다고 합니다. 필명이 상당하지요. 참 잘 쓰시는 분입니다. 문학적으로 향기롭고 좋은 글을 많이 쓰셨습니다. 그분으로 인해 한 종교가 많이 포교가 되었다고 해도 과언이 아닐 정도로 수십만의 독자들이 그분으로 인해 신자가 됐습니다. 그 종교에 대해 좋은 인상을 갖게 만드는 역할을 했습니다.

대단한 분이고 많이 훌륭하신 분이지요. 따라갈 수 없는 부분이 많이 있습니다. 그런데 왜 답답한 마음이 들었는가? 그분이 중용에 가까이 있다는 생각은 안 들었기 때문인 것 같습니다.

자연에 대해서는 굉장히 존중하고 사랑하시는데 인간은 참 싫어합니다. 특히 권력자라든가 매스컴에 종사하는 분들을 굉장히 싫어하십니다. 오염될까봐 신문, 방송은 아예 안 접한다고 하시고요. 그래도 살아가는 데 아무런 지장이 없으시답니다.

또 문명을 아주 싫어하십니다. 오죽하면 전기도 안 들어오는 곳에서 사시겠습니까? 그런 극단적인 방법을 취하는 분입니다. 시내에 나오면 볼일 보기 무섭게 다시 산으로 돌아가신다고 합니다. 21세기 정보화 사회인데도 "나는 컴퓨터의 마魔에서 벗어났다"고 말씀하시고요.

어떤 수행자가 편지를 보내어 "수행을 이러이러하게 하고 있는데 맞게 하고 있습니까?" 하고 여쭈었더니, 굉장히 역정을 내시면서 "수행은 그렇게 하는 게 아니고 이렇게 하는 것이다"라고 가르치시더군요. 물론 그분 입장에서는 많이 답답할 수 있습니다. 하지만 여쭌 그분은 그러고 싶어서 그렇게 했겠습니까? 그런 질문을 할 수밖에 없는 상황에 있는 것입니다.

그리고 육식하는 사람을 아주 싫어하십니다. 무말랭이를 그렇게 좋아하시는데 씹으면서 느껴지는 그 맛은 육식을 한 사람은 죽었다 깨도 모를 거라고 하시더군요.

물론 이런 분도 계셔야 한다고 생각합니다. 꼬장꼬장하고 시퍼렇게 살아 있는 분도 계셔야 하는 것이지요. 일흔이 넘으셨으니까 어쩔 수 없이 구세대이기도 하고요. 그러나 만인을 품고 받아들이고 교화해야 하는 입장에서 한쪽으로 치우친 모습이 아닌가 하는 생각도 좀 들었습니다.

우리 수련하는 사람들의 태도는 좀 달라야 합니다. 비 오면 비 오는 대로 눈 오면 눈 오는 대로, 또 외국에 가면 그 나라의 법을 따르면서 가야 합니다. 시대에 맞춰서 이런저런 방편을 쓰면서 눈높이를 같이 해서 가야 하는 것이지요.

❁ 정신과 육체 사이의 중용 찾기

근엄한 표정으로 앉아서 하는 것만이 수련이 아닙니다. 아직도 수련 따로 생활 따로인 분이 계시는데 수련은 생활 속에 녹아 들어가야 합니다.

방법은 항상 중용으로 가는 것입니다. 육체에 치우쳐 있던 사람은 정신에 충실해지는 쪽으로 가야 하고, 정신에 치우쳐 있던 사람은 육체가 원하는 걸 충족시키는 쪽으로 가야 합니다. 그래야 중용이 됩니다.

저도 전에는 상당히 지적으로 치우친 사람이어서 텔레비전 연속극은 시시하다고 생각해서 아예 보지도 않았고 대학 다닐 때까지 클래식만 들으면서 팝송 듣는 사람들을 무시했습니다. 책을 읽어도 명작만 읽었고요. 가정 분위기가 상당히 학구적이어서 밥 먹을 때도 정치, 종교 얘기를 했습니다. 초등학교 때 이미 신문을 읽었습니다.

수련을 하다 보니 제가 지적으로 많이 치우쳐 있다는 것을 알게 되었습니다. 또 결혼을 하고 나서 남편의 가정을 통해 또 다른 삶을 접하면서 중용을 알게 됐습니다. 제가 드라마 공부를 한 것도 바로 중용을 알기 위해서였습니다. 전에는 대중문화를 상당히 무시했는데 도를 공부하기 위해서는 가장 보편적인 감정, 보편적인 진리를 알아야 했거든요. 도를 전달하기 위해서는 드라마나 영화 같은 보편적인 그릇에 담아야 했고요.

예술하는 분들을 보면 같은 분야 내에서도 어느 한 쪽을 높이거나 무시하는 것을 봅니다. 같은 문학 내에서도 소설을 높이고, 그중에서도 특히 단편 소설을 높이고 하는 식으로 편을 가르는 것이지요. 이런 것은 옳지 않습니다. 같은 주제라도 어떻게 표현하느냐에 따라 예술이 되기도 하고 외설이 되기도 하는 것입니다.

❁ 수련과 현실 사이의 중용 찾기

제가 수련지도를 하면서 이분이 물어보면 이렇게 대답하고, 저분이 물어보면 저렇게 대답하는 것을 보셨을 겁니다. "선생님이 왜 이랬다저랬다 하십니까?" 하고 의아해 하기도 하시는데, 이분에게는 이것이 필요하고 저분에게는 저것이 필요해서 그러는 것입니다. 이쪽으로 치우친 분이 물어보면 이렇게 대답하고 저쪽으로 치우친 분이 물어보면 저렇게 대답합니다. 중용이란 그런 것이지요.

계속 남의 신세만 지고 한 번도 독립해서 생활해보지 못한 사람, 사회에서 설 자리가 없어서 정처 없이 붕 떠다니는 사람은 사회에 뿌리내리고 두 다리로 서는 공부를 해야 합니다. 이런 분에게는 수련보다는 생활에 더 비중을 두라고 말씀드립니다.

반대로 땅에서 그만 일어나야 하는 사람도 있습니다. 일에 너무 많이 집착하고 버리지 못하는 사람은 그 일을 버려 봐야 합니다. 일을 실제로 그만두라는 게 아니라 마음에서 차지하는 비중을 낮추라는 것입니다. 그래야 균형 감각을 잃지 않고 수련을 할 수 있습니다.

❁ 비판과 긍정 사이의 중용 찾기

좌측으로 기울어지면 매사에 비판적입니다. 누구는 어떻고 누구는 어떻고 하면서 계속 부정적으로 얘기합니다. 입만 열었다 하면 삐딱하게 말하고 절대 칭찬을 안 합니다. 사물을 계속 치우치게 보는 것이지요. 그런 사람들은 똑같은 일을 해도 스트레스를 받습니다.

반대로 우측으로 기울어진 사람은 매사가 좋고 만족스럽습니다. 이 사람은 이게 좋고 저 사람은 저게 좋고 하면서 계속 칭찬만 합니다. 봄에는 살랑거려서 좋고, 여름에는 따뜻해서 좋고, 가을에는 낙엽이 떨어져서 좋고, 겨울에는 눈이 와서 좋고, 이렇게 매사가 좋습니다. 그런데 만날 좋기 때문에 발전의 여지가 별로 없습니다. 스트레스가 없기 때문에 개선하고자 하는 욕구가 없는 것이지요.

바람직한 것은 이쪽저쪽을 다 볼 수 있는 가운데 길로 가는 것입니다. 너무 좋지도 너무 싫지도 않고 늘 같은 것입니다. 비판만 하지도 않고 칭찬만 하지도 않으면서 늘 적당히 섞여 있되 약간 긍정적입니다. 어느 한 쪽으로 눈이 멀어서는 안 되며, 양쪽을 다 보되 약간 긍정적인 시각을 갖는 것이 중용입니다.

융통성과 원리원칙 사이의 중용 찾기

공직 생활을 오래 하신 분이 계신데 시간에 대해서 칼 같으신 분입니다. 스스로 잘 지킬 뿐 아니라 다른 사람이 시간을 어기는 것도 용납을 못합니다. 적당히 넘어갈 수도 있어야 하는데요.

전에 중국에서 기차여행을 한 적이 있었는데, 중국 사람들이 달리는 기차에서 창문을 열고 쓰레기를 마구 버리더군요. "땅이 넓으니까 막 버려도 된다" 하면서 굉장히 즐거워하더군요. "우리는 사람이 많기 때문에 따로 쓰레기 줍는 사람도 많다"고 하더군요. 그래서 저도 같이 막 버려보았는데 대단히 즐거웠습니다.

기차가 잠시 정차하면 우르르 용변 보러 사라집니다. 주변에 화장실이 전혀 없으니까 길거리에서 나란히 앉아 옆 사람과 얘기하며 용변을 봅니다. 뱀이 많다고 풀숲으로 들어가지 말라고 하더군요. 그래서 철길 옆에서 엉덩이를 까고 용변을 보는데 다들 아주 즐거워합니다.

때로는 이렇게도 사는 것입니다. 질서에 얽매이는 것이 사람을 참 억누르거든요. 시간을 안 지키고, 자기 맘대로 행동하고……, 이런 것들이 굉장한 해방감을 줍니다.

위 분의 경우 스스로 뭔가에 얽매여 사는 것입니다. 불쌍하다고 볼 수도 있습니다. 이쪽저쪽을 다 살아야 하는데 그렇지 못한 것이지요. 무엇을 위해서 그렇게 시간을 지킵니까? 그만한 가치가 없지 않을까요? 안 지킬 수도 있는 것 아닐까요? 흐름 따라 되는 대로 가는 것입니다.

원칙을 딱 정해놓으면 나도 피곤하고 남도 피곤합니다. 융통성이 있어야 합니다. 매일 밥을 정각 7시에 먹어야 할 이유는 없습니다. 6시에 먹어도 되고 8시에 먹어도 됩니다. 자신을 편하고 자유롭게 하는 게 기준이어야 합니다. 나만 그런 게 아니라 상대방도 편하고 자유로워야 하고요. 우리가 궁극적으로 추구하는 것은 자유, 편안함……, 이런 것들입니다.

선함을 지향함에 있어서도 중용

인간은 완전히 선하지도 완전히 악하지도 않은 존재입니다. 악한 면을 많이 타고나거나 선한 면을 많이 타고나거나 하는 차이가 있을 뿐입니다. 그러나 후천적인 교육이나 본인의 노력으로 비율을 개선할 수 있습니다. 타고난 그대로 살 수도, 오히려 더 악화시킬 수도 있는 것이고요.

우리 수련하는 사람들은 선함을 지향하는 데 있어서도 중용이어야 합니다. 전체를 다 볼 수 있되 방향은 선한 쪽이어야 합니다. 이쪽저쪽을 다 보면서 '아, 저래서 살인을 했구나. 저래서 야반도주를 했구나' 하고 어떤 일이라도 이해할 수 있어야 합니다. 인간이 그런 면들을 다 가지고 있기 때문입니다.

착하게만 살아온 분들은 자기와 다른 사람을 이해를 못합니다. 남과 잘 지내다가도 어떤 한 가지가 마음에 안 들면 '도저히 상대를 못하겠다' 하고 등을 돌립니다. 자기는 안 그렇기 때문에 그런 사람을 이해할 수가 없는 것입니다.

그런데 인간이 가지고 있는 심성은 다 같습니다. '어쩌면 사람은 이렇게 서로 다를까' 하다가도, 다시 보면 거기서 거기입니다. 이 사람은 이런 면이 드러나 있고 저 사람은 저런 면이 드러나 있을 뿐입니다. 어떤 면은 좀 부각되고 어떤 면은 좀 숨어 있을 뿐이지 인간이 가진 속성은 다 같습니다. 그러니 누굴 봐도 남이라고 볼 수가 없습니다.

극선, 나만 옳다

'극선極善'이라는 것이 있습니다. 극악極惡의 반대편에 위치한 것인데, 왜 극선이라고 표현하는가 하면 편협함 때문입니다.

극선인 사람들은 분명 좋은 쪽이기는 한데 남을 인정하지 않고 자기주장만 합니다. "내가 법이다" "내 생각이 옳다" 합니다. 나만 옳은 것이지요. 너무 완고하고 바르다 보니까 남들이 죄를 저지르는 것을 이해조차 못합니다. 공부 잘하는 학생 중에 공부 못하는 친구를 보고 도대체 왜 공부를 못하는지 모르겠다고 하는 경우가 있지요? 자기 자신이 너무 선량하고 악한 마음이라고는 없이 바르게 행동하기 때문에 도저히 나쁜 마음이 이해가 안 되는 것입니다. 타인의 악함을 이해하지 못하고, 받아들이지 못하고, 비난하고 범죄시 합니다.

선하다는 것은 자기가 선하다고 해서 남이 악한 것을 비난하지 않는 것입니다. 자기가 선하다고 해서, 자기 기준에 안 맞는다고 해서 남을 비난하면 그것은 극선입니다.

선악의 판단 기준은 무엇인가?

옳고 그른 것도 없다는 말씀을 많이 드리는데, 왜 그런가 하면 이 사람의 기준으로 보면 이게 옳고 저 사람의 기준으로 보면 저게 옳기 때문입니다.

제가 광개토대왕이 선인이셨다고 했더니 어떤 분이 "나라를 위해 좋은 일을 했지만 결과적으로 많은 인명을 살상했는데 어떻게 선인입니까?"라고 묻더군요. 앞서 말씀드렸듯이 어떤 마음으로 했느냐가 중요합니다. 그리고 전쟁에 대해 "사람이 나가서 죽으니까 악이다"라고만 볼 수는 없습니다. 전쟁을 통해 인간들이 많이 배웁니다. 극한 상황에서 어떻게 처신해야 하는가를 배웁니다. 6.25 전쟁을 보면 3년이라는 짧은 기간에 육십 평생 사는 것보다 더 많은 경험들을 했지 않습니까? 죽고 사는 차원에서만 볼 수가 없는 것이, 학습으로서의 의미가 있기 때문입니다.

큰 눈으로 보면 선과 악이 따로 있는 것이 아닙니다. 거기서 무엇을 배웠느냐에 달렸습니다. 좋은 쪽으로 배워 진화하면 선이 되고, 나쁜 쪽으로 배워 퇴화하면 악이 되는 것입니다.

지구에서의 역리와 순리

지구의 스케줄은 항상 순리順理와 역리逆理가 절반씩 되도록 짜여 있습니다. 순리란 기운의 흐름대로 가는 것입니다. 순리로 흐를 때는 기운의 흐름이 부드러우며, 역리로 흐를 때는 기운의 흐름이 사납습니다.

순리와 역리는 평범한 사람들의 생각을 기준으로 합니다. 평범한 다수의 사람들이 원하는 방향이 순리이며 그 반대가 역리입니다.

그런데 지구의 순리는 역으로 되어 있는 것들이 상당히 많습니다. 예를 들면 '대통령에 당선되었으면' 하고 평범한 다수의 사람들이 바라는 사람이 대통령이 되지 않고 의외의 사람이 대통령이 되는 것입니다.

왜 이런 일이 벌어지는가 하면 인간들은 태평성대에는 현실에 안주하려 하여 발전이 더디지만, 극한 상황에서는 진화의 여건이 한꺼번에 마련되기 때문입니다. 다수의 사람들은 태평성대를 바라지만 하늘은 공부를 위해 일부러 힘든 상황을 초래하기도 합니다.

지도자들이 정치를 잘못하여 나라가 위기에 빠지면 국민들의 의식은 한결 성장하게 됩니다. 좋지 않은 모델을 보면서 '저렇게는 하지 말아야지, 이렇게 해야지' 하는 판단이 생깁니다. 이것이 바로 역리로서 대중을 한꺼번에 교화시키는 방법으로 그 이상의 교재가 없습니다. 전쟁이나 정치경제적으로 극한 상황에 처하는 것도 마찬가지 교재라고 할 수 있습니다.

역리와 순리는 인간으로 태어난 이상, 지구에 온 이상 어쩔 수 없도록 작성되어 있는 프로그램입니다. 당연히 되도록 되어 있는 것이 안 되는 것들은 프로그램이 그렇기 때문입니다. 이러한 과정을 통하여 우주는 인간에게 보다 깊은 진리를 전하고 있는 것이지요.

모든 것이 공부라고 생각한다면 역리라도 순리로 받아들일 수 있을 것입니다. 역리일지라도 그것을 통해 교훈을 얻는다면 하늘의 뜻, 즉 순리가 되는 것입니다.

··· 업을 해소하는 과정

❁ 내가 한 일은 내가 책임진다

사람은 모두 자신이 해온 결과에 따라 나가게 됩니다. 지금까지 해온 것들을 돌려받으며 살게 되는 것이지요. 내가 해온 결과는 내가 돌려받는 것이지 다른 사람이 받는 것이 아닙니다.

이처럼 내가 한 일에 대하여 그 결과를 내가 책임지는 것을 업業이라고 합니다. 철저한 자기책임주의요, 타인에 의해 내 영역이 침범당하지 않는다는 약속입니다. 따라서 사람은 자신의 일을 소신껏 추진할 수가 있으며 자신이 이루어낸 일의 결과에 대하여 겸허히 받아들일 수 있습니다.

자신의 일은 모두 자신에게서 시작되며 자신에게로 돌아옵니다. 이 흐름은 막을 수도 피할 수도 없습니다. 이 세상의 이치는 허술한 것 같아도 전혀 허술하지가 않아 한 치의 빈틈도 없는 것입니다. 설령 남의 일의 결과를 내가 돌려받는 것 같은 생각이 들지라도 다시 돌아보면 원인이 자신에게 있음을 알게 될 것입니다. 작든 크든 1%의 원인이든 99%의 원인이든 내게서 원인이 시작되고 있습니다. 남의 탓이 없습니다.

참 무겁고 탁한 영들

몸이 없는 죽음의 세계에서는 모든 것이 기운으로 표현되는데, 업이 많은 영들을 보면 업으로 인한 기운들이 실타래 엉키듯이 엉켜 있습니다. 천도(遷度, 하천에서 중천으로 오르거나 중천에서 상천으로 오름으로써 영의 등급을 높이는 것)할 때 보면 영들이 굉장히 무겁습니다. 몸도 무겁고 마음도 무겁습니다.

영인데 어떻게 무거울 수 있는가? 육신을 벗었지만 영체靈體가 있거든요. 그 영체가 상당히 무겁고 탁한데 그 사람의 해결되지 못한 부분 때문에 그렇습니다. 자기가 몸이 있는 줄 알고 여기도 아프고 저기도 아프다고 말합니다. 몸은 이미 벗었는데 착각하고 있는 것이지요.

그 영들과 대화를 하면서 "몸은 이미 없다"고 일깨워주고, 맺혀 있는 부분을 해결해주고, 마음은 이러이러하게 먹어야 한다고 가르쳐주면 얘기를 알아듣고 가벼워집니다. 시간을 좀 주면 자신의 무거웠던 것들을 해결하면서 가벼워져 올라갑니다. 무거우면 내려가고 가벼우면 올라가는데 가벼워지도록 도움을 주는 것이지요.

❁ 전생을 어떻게 알 수 있는가?

우리 회원님들을 보면 '나는 전생에 이런 사람이었던 것 같다'고 믿는 분들이 많으십니다. 굳게 입력이 되어 자신의 모든 행동과 습관을 거기에 연관해서 생각합니다.

그런데 그런 것들이 잘 안 맞더군요. 그냥 본인들의 희망 사항이라고나 할까요? 누가 한두 마디 얘기한 것이 입력되어 있고 본인이 원하는 내용과 일치하기에 굳게 믿는 경우가 많았습니다.

전생은 어떻게 알 수 있는가? 쉬운 일이 아닙니다. 우주의 본질이나 수련에 관한 문제는 오히려 답을 얻기가 쉽습니다. 예컨대 피라미드란 무엇인가, 우주의 구조는 어떠한가, 인체는 어떻게 구성되어 있는가, 이런 문제들은 좌정을 하고 본성에게 문의하면 답변이 나옵니다.

그런데 사람에 대한 자료는 의문을 갖는다고 순식간에 내려오는 게 아닙니다. 실타래가 풀려나오듯이 한꺼번에 나오지는 않습니다. 너무나 양이 많기 때문입니다. 한 사람이 갖고 있는 정보가 우주가 갖고 있는 정보와 맞먹을 정도로 방대하기 때문입니다.

사람에 관한 자료는 '명부전命簿殿'이라는 곳에 있습니다. 그곳 최고 책임자에게 "수련에 필요해서 누구누구의 정보를 보고

자 한다"라고 의향을 물은 후 자료를 열람합니다. 명부는 앨범 크기인데 자료의 양이 엄청납니다. 컴퓨터에 압축 저장하듯이 방대한 양이 저장되어 있습니다.

그걸 다 읽을 수는 없어서 구체적으로 질문을 해야 합니다. 가령 어느 분의 진로에 관해 질문을 하면, 그분의 영이 생명을 받은 후 수백만 년 이어오면서 쌓인 진로에 관한 자료가 다 나옵니다. 그중에서 금생에 그분이 어떤 진로로 가야 하는지를 뽑아서 자료로 만듭니다. 결혼이나 배우자에 관해 질문을 하면 이때까지 그분이 살아오면서 쌓인 결혼에 관한 자료가 다 나옵니다. 그중에서 금생에 어떤 배우자를 만나 어떤 공부를 해야 하는지를 뽑아서 자료로 만듭니다. 질병도 마찬가지여서 관련 기록을 전부 봐야 합니다. 금생에 몸을 어떻게 받아 나왔고, 그 몸과 질병을 통해서 어떤 공부를 해야 하는지 쭉 뽑아서 자료로 만듭니다.

그래서 한 사람에 관한 자료를 만들면 공개적인 수련지도를 하는 것과 맞먹는 에너지가 소모됩니다.

❁ 남을 잘못 인도하면……

제가 회원님들께 수선재에 와서 때를 묻히지는 말라고 여러 번 당부 드리는데, 간혹 보면 '수련합네' 하면서 오히려 때를 묻히는 분이 계십니다. 스님이면 스님의 때가 있고 성직자면 성직자의 때가 있습니다. 사람들이 받드는 것에 젖어 자기도 모르게 거들먹거리는 것이지요.

깨달은 사람 행세하면서 아는 척하기도 합니다. 잘 알지도 못하면서 "자네는 어떻고, 진로는 어떻게 해야 하고……" 하면서 잘못 인도합니다. 남을 인도해야 하는 위치에 있는 사람이 길을 잘못 인도하는 것은 대단한 죄입니다. 공功보다 과過가 더 많습니다.

기수련 좀 했다고 선불리 차리고 나와 업을 더하기도 합니다. 차라리 가만히 있으면 죄는 안 짓는데요. 남을 잘못 인도하거나 모범을 보이지 못하고 상처를 주는 행위는 어마어마한 죄가 될 수 있습니다.

타인의 마음을 흔들어 놓은 업

가장 큰 업은 타인에게 실망을 주었을 때입니다. 상대방의 마음을 흔들리게 만들어 놓는 것이야말로 가장 큰 업인 것이지요.

사람이 하는 일이기에 실수가 있을 수 있지만 납득될 수 있는 범위여야 합니다. 납득될 수 있다는 것은 인간으로서 그럴 수도 있다는 뜻입니다. 하지만 '인간이 그럴 수는 없다'고까지 생각되는 경우는 납득이 되지 않으므로 타인의 감정을 손상시켜 업이 됩니다.

예를 들어 부부가 살아 보다가 끝끝내 안 될 때는, 너무나 공부에 방해가 되고 에너지를 뺏기고 서로 스트레스를 줄 때는 이혼

할 수도 있습니다. 하지만 이혼할 때 상대방에게 업을 남기지 말아야 합니다. 납득이 되도록 이해시키면서 이혼을 해야지 원수처럼 헤어져서는 안 됩니다.

아이 문제에 있어서도, 아이가 그 부부 사이에서 자라는 것보다는 이혼해서 한 부모 가정에서 자라는 편이 더 낫다고 판단이 될 때 이혼하는 것입니다. 아이 입장에서도 이혼을 납득할 수 있어야 하고요. 그렇게 업을 남기지 않는 선에서 이혼해야 합니다.

❁ 함부로 참견하지 말라

말로 짓는 업이 많습니다. 저도 남의 일에 가타부타하면서 지은 죄가 커서 수련하면서 많이 혼났습니다. 주변 사람들에게 상담을 많이 해줬는데 현명한 판단을 내려 줌으로써 당사자가 당연히 겪어야 할 일을 피하게 한 것도 업이 되더군요.

사람은 우주이며 한 사람에 관한 정보는 우주에 관한 정보만큼이나 방대하다고 말씀드렸지요? 그러기에 함부로 타인의 일에 참견할 수는 없는 일입니다. 우주에 참견하는 것만큼이나 엄청난 일이기 때문이지요.

얼핏 생각하면 좋게 참견하여 좋게 인도했다고 생각할 수도 있습니다. 그러나 좋게 참견했는지 나쁘게 참견했는지는 알 수 없는 일입니다. 우주만큼 방대한 그 사람의 정보를 다 알기 전에는 선불리 판단할 수 없는 일입니다.

❂ 부실한 몸도 업으로부터

우리 회원님들을 보면 건강 상태가 천차만별인데 건강이 조화롭지 못한 것은 대개 전생이나 금생의 업과 관련이 있습니다. 이번 생에 잘 살아오셨다 하더라도 전생의 업이 전부 축적된 상태이기 때문에 그 부분은 또 따져봐야 됩니다.

10년 이상 된 소아당뇨와 관절염 악화로 수술을 받게 된 분이 계셔서 전생을 살펴보았습니다. 고려 말에 태어났으나 건강이 뒷받침되지 않아 어떠한 일을 하지 못하고 40대 초 향천(向天, 하늘로 돌아감)하셨더군요. 금생에도 원래부터 몸이 부실하게 나왔습니다. 몸이 부실한 데다 부실한 몸이 견디지 못할 정도의 과로를 하였으니 건강이 나빠지는 것은 당연하지요. 전생부터 쌓여 온 건강에 대한 자신의 관리 부실이 원인인 것입니다.

학창 시절 다친 등뼈 때문에 힘들어하시는 분이 계십니다. 정밀검사를 해보면 아무 이상이 없다고 나오고요. 이분의 경우 등의 부상은 전생의 업이 현생에 나타난 것입니다. 전생에 농사 반 나무꾼 반으로 생활하였는데 워낙 큰 나무를 베어서 장작으로 만들어 팔았으므로 경제적으로 부를 축적할 정도였습니다. 헌데 당시 건드려서는 안 될 거목을 베던 중 무리한 힘을 가하다가 등에 부상을 입었습니다. 이 부상이 금생에도 지속적으로 성격이나 신체에 영향을 끼쳐왔고요.

남달리 체력이 약해서 고생하시는 분을 살펴보니 전 전생에 고질병에 걸려 큰 고생을 했고 전생에도 건강 때문에 오래 살지 못했습니다. 이번 생은 업장이 소멸되어 가는 생명기로서 몸 공부를 통해 깨달음에 가야 하는 스케줄입니다.

이분이 부실한 몸을 타고난 두터운 업장은 단지 잡념이 많은 것 때문이었습니다. 잡념이 많은 것도 엄청난 업인 것이지요. 전에 이분을 두고 '쌍지팡이를 짚은 노인'이라고 표현한 적이 있는데, 쌍지팡이의 한 쪽은 생각이고 다른 쪽은 판단입니다. 생각만 해도 벅찬데 판단까지 하기가 얼마나 힘이 들겠어요? 그러다 보니 몸이 어려서부터 이미 늙은이의 것이 되어버렸습니다. 불필요한 것을 많이 쥐고 있어서 그것이 업이 되어 몸이 좋지 않은 것입니다.

잡념은 대개 내 소관이 아닌 것들입니다. 생각은 주제가 있는 것이고, 주제가 없이 왔다 갔다 하는 것은 잡념입니다. 필요한 생각은 그리 많지 않으며 잡념은 사람을 지치게 합니다. 손 하나 까딱하기 힘들어질 정도가 되기도 합니다.

이분이 금생에 금해야 할 것은 '생각하고, 판단하는 것'입니다. 이분에게는 오로지 '느끼고, 사는 것'만 허락되어 있습니다. 이분은 이제부터 머리를 닫고 가슴만을 열어야 합니다. 생각은 그만 하고 이제 진정 '인생을 살아야' 합니다.

❁ 어떤 마음으로 했는가?

같은 행동이라도 어떤 마음으로 했느냐에 따라 업이 될 수도 안 될 수도 있습니다. 똑같은 살인도 왜, 그리고 어떤 마음으로 했느냐에 따라 평가가 달라집니다. 즐기는 마음으로 했는가, 심심풀이로 했는가, 아니면 자신이 살기 위해 정당방위로 했는가?

또 누가 했느냐에 따라 업의 무게가 다릅니다. 인간계의 법도 과실과 고의가 다르듯 하늘의 법도 선한 자가 저질렀느냐 악한 자가 저질렀느냐에 따라 같은 행동이라도 업의 무게가 다릅니다. 착한 학생의 한 번 잘못과 악한 학생의 또 한 번의 잘못이 다르듯 본성의 차이에 따라 같은 행동의 업이라도 다른 결과를 가져오는 것입니다.

여름에 수련을 하다가 모기가 달려들면 잡아 죽이는데, 그러고 나면 살생을 한 것 같아 기분이 안 좋습니다. 이런 것도 업이 되는지요?

생물이란 있어야 할 곳, 있어야 할 시기에 있어야 하는 것입니다. 있지 않아야 할 곳, 있지 않아야 할 시기에 있으면 자리를 잘못 잡은 것입니다. 왜 죽게 됐는가 하면 모기가 있어야 할 자리에 있지 않았기 때문입니다. 제자리가 아닌 곳에 있으면서 남을 훼방 놓고 병균도 옮기고 하니까 죽게 된 것입니다. 그렇기 때문에 죄가 아닙니다.

이 경우도 의도가 중요합니다. 수련에 방해가 되기 때문에 잡는가 심심풀이로 잡는가에 따라 평가가 달라집니다. 같은 살생이라도 의도에 따라 평가가 달라지는 것이지요.

물론 되도록이면 살생을 하지 않는 것이 좋습니다. 옛날 스님들은 산길을 갈 때 지팡이로 땅을 똑똑 두드리면서 갔다고 하더군요. '밟혀 죽지 말고 미리 피해라' 하는 뜻이 있었다고 합니다. 사랑이 있으면 그렇게 하는 것입니다.

그런데 모기나 파리 같은 미물은 아무리 말을 해도 못 알아듣더군요. 파장을 보내어 "다른 곳으로 가라" 해도 못 알아듣습니다. 대화가 통하려면 어느 정도 지능이 있어야 하는데 안 그런 것이지요. 지능이 너무 낮으니까 막무가내입니다. 그러니까 할 수 없이 죽이는 겁니다.

❁ 알고 지은 죄, 모르고 지은 죄

사람마다 단계에 따라 죄의 무게가 다릅니다. 어느 정도 공부가 된 사람은 알고 지은 죄가 더 크고, 공부가 안 된 사람은 모르고 지은 죄가 더 큽니다.

'이렇게 하면 안 되는데……' 하면서 지은 죄는 그래도 양심의 가책이라도 받습니다. 왠지 편치가 않습니다. 그런데 무슨 죄를 지었는지도 모르고 지은 죄는 막무가내입니다. 남한테 어떤 죄를 지었는지, 자기 자신에게 어떤 죄를 지었는지도 모르고 쿨쿨 잡니다. 더 무지한 것이지요. 이처럼 인간 진화의 초기 단계에는 모르고 지은 죄가 더 큽니다.

그런데 어느 정도 공부가 되고 나면 그때는 알고 지은 죄가 더 큽니다. 이미 무지를 벗어난 단계에서는 알면서 안 하는 게 더 괘씸한 것입니다. 가르침을 통해 무지에서는 벗어났습니다. 판단할 수 있는 능력은 주어진 상태입니다.

그런데도 실천을 안 한다면 그때부터는 죄입니다. 갓난아기가 불인지도 모르고 장난치다가 불을 지르는 것보다 성인이 재산도 타고 인명도 죽는다는 것을 알면서 불을 지르는 게 더 큰 죄인 것과 같습니다.

금생과 전생의 모든 업을 해소하는 수련

우리 수련은 업을 모두 해소하는 수련입니다. 그래서 수련을 하다 보면 업이 몰려올 수 있습니다. 전생, 전 전생, 몇 생 전의 업이 몰려 와서 해업해야 하는 과정이 있습니다. 그 과정에서 현실적인 일들이 오히려 더 꼬일 수도 있습니다.

수련을 하면 일이 더 잘 되어야지 왜 안 되는가? 왜 자꾸 주변 환경이 어려워지는가? 업을 풀고 가야 하기 때문입니다. 업은 수련으로만 해소되는 게 아니며 생활 속에서 겪어 나가야 하는 것이기 때문입니다.

수련하시는 분들, 특히 수사(修士, 대주천을 인가받은 수련생. 자신의 본성과 기운이 연결되어 있다) 이상의 분들은 자신에게 다가오는 일들이 그냥 오는 게 아니라 다 이유가 있어서 오는 것입니다. 그것을 어떻게든 갚아 나가야 합니다. 몸으로 아파서 겪든 주변에 사고가 나서 겪든 경제적인 손실이 있어서 겪든 다양한 형태로 겪어 나가야 합니다.

금생에 지은 업만 겪어 나가려고 해도 상당히 많이 고통을 겪습니다. 그런데 수련하시는 분들은 금생뿐 아니라 전생, 전 전생, 몇 생 전의 업까지 다 갚아 나가서 아예 '제로(0) 상태'가 되어야 합니다. 그 다음에는 덕을 베풀어서 플러스(+)가 되는 과정이 있고요. 그렇게 하면서 갚아 나가는 겁니다.

업을 다 풀어야만 깨달음으로 진입할 수 있습니다. 우리 수련은 본성으로 돌아가는 길인데 본성으로 돌아가려면 반드시 자신이 걸어온 길을 다시 거치면서 가야 합니다. 출발했던 원점으로 돌아가려면 지금까지 걸었던 그 길을 되돌아가야 하는 것이지요.

그 길을 걸어오면서 술을 먹고 외상값을 내지 않았던 일들, 남을 비웃은 일 등 잘못했던 일들에 대하여 되돌아가면서 갚고 사과함으로써 모든 것을 복구해야 하며 이것이 바로 업의 해소입니다.

어떻게 하면 업을 해소할 수 있는가?

첫째, 자신의 과오를 인식하고 사죄해야 합니다. 자신의 과오를 인식하는 순간 업장의 반은 소멸됩니다. 자각수련 숙제를 내드리는 것에는 그런 의미가 있습니다. 숙제를 하면서 자신의 잘못을 통감하고 사죄하라는 것이지요. 그 과정에서 업이 많이 감해집니다.

둘째, 내 탓으로 생각해야 합니다. 업은 스스로 짓는 것이지 전혀 남의 탓이 아닙니다. 이것은 어떤 업이 온 것이고, 저것은 어떤 업이 온 것이고……, 하는 것까지는 알 수 없더라도 자신의 업이 자신에게 온 것입니다.

내 탓이 아니라고 생각하는 한 짐은 계속 내려오게 되어 있습니다. 받아서 내가 지고 간다고 생각지 않는 한, 업을 덜 수 있는 일이라도 업을 쌓고 마는 식으로 처리하게 됩니다. 같은 일로도 어떤 사람은 업을 덜고, 어떤 사람은 업을 쌓습니다. 닥쳐오는 모든 것을 내 탓으로 생각해야 업을 소멸시킬 수 있습니다.

셋째, 겪을 만큼 겪겠다는 마음가짐을 가져야 합니다. 인생은 원래 고해이며 고해의 의미는 본인의 업을 소멸시키는 과정이라는 데 있습니다. 겪어야 하는 모든 것은 겪을 만큼 겪어야 하는 것이므로 피하는 것은 더 좋지 않은 결과를 가져올 수 있습니다. 꾀를 부리거나 원망을 하면 더 큰 매가 올 수 있습니다.

병으로 겪어 넘기는 경우

갚아야 할 업이 있을 경우 사고를 당하거나 돈을 잃거나 직장에서 좋지 않은 일을 겪거나 하는 여러 가지 해업의 방법이 있는데, 제일 좋은 방법은 병입니다. 예기치 못한 사고를 겪는 것보다는 본인이 아파서 고통 받으며 겪어 넘기는 게 더 낫다는 것이지요.

그러니 갑자기 병이 발견되어 수술을 하게 되었다면 비관적으로만 생각할 것은 아닙니다. 금년이 좋지 않은 업이 드러날 시기인데 병으로 때우는 것일 수 있습니다. 질병이 자신의 업을 해소하는 방법일 수 있음을 이해한다면 불청객을 맞이하듯 하지 말고 담담하게 맞이하세요.

전생의 업에 의해 평생 불완전한 건강을 감수해야 하는 분이 계십니다. 마음공부 수준은 상당히 높은데 몸이 부실해서 문제인 분입니다. 이분의 경우 완전한 건강이 찾아지면 그때는 이미 본성을 만나는 단계일 것입니다.

제가 이분께는 "대주천은 아예 생각도 마십시오"라고 했습니다. 마음속에서 버리라고 말씀드렸습니다. 평생 불완전한 건강과 친구처럼 함께 가야 하는 스케줄이기 때문입니다. 건강이 웬만해졌다 하면 그때는 이미 상당한 차원입니다. 부실한 몸을 거부하지 말고 친구처럼 맞이하라고 말씀드렸습니다.

정확하게 계산해서 갚는 경우

아는 분이 병석에서 3년을 보내고 돌아가신 일이 있었습니다. 지금 살아 계시면 연세가 백세쯤 되실 텐데 그 시절에 유학을 다녀오시고 박사까지 하신 분이었습니다. 살아생전 종교생활을 열심히 하시고 주위에 덕도 많이 베푸신 분이셨는데 넘어져서 허리를 다친 후 일어나지 못하셨습니다.

그런데 누워계시는 3년 동안 온갖 수모를 다 겪으셨습니다. 아들 내외가 모셨는데 인간적으로 모욕을 당하며 사셨습니다. 수발들기가 귀찮으니까 음식을 아주 적게 드리더군요. 그래서 사람만 보면 배고프다고 하소연하셨습니다. 그러면서도 원망을 안 하고 끝까지 아들과 며느리를 옹호하셨고요.

그분을 보면서 참 이상했습니다. 저렇게 선량하고 평생 베풀며 산 분이 어떻게 말년에 그런 수모를 겪게 되었는가? 왜 3년 동안이나 저런 고통을 당하고 돌아가셨을까? 살펴보니 그분이 전생에 자기 일 한다고 병석에 계신 시아버지를 안 모셨습니다. 그렇게 내버린 것 때문에 금생에 아들과 며느리로부터 수모를 당한 것이지요.

업이라는 게 그렇게 정확한 것입니다. 지금 죽는 게 나은가? 반신불수가 되는 게 나은가? 식물인간이 되는 게 나은가? 그런 것을 다 따지면서 부채관계가 정확하게 계산됩니다. 몇 년, 며칠, 몇 시간 겪어야 하는지 시간까지 정확하게 나옵니다.

그러니 죽는 것도 자기 마음대로 못한다는 말이 맞는 것입니다. 자기는 죽고 싶은데, 이렇게 살 바에는 죽고 싶은데 남을 공부시켜야 하기에 못 죽는 이치가 있습니다. 누워 있으면서 가족들에게 시중드는 공부를 시켜야 하기에 못 죽는 것이지요. 생사가 인간의 소관이 아니라 신의 소관이라고 하는 것은 이렇기 때문입니다.

❄ 눈에는 눈, 이에는 이, 그리고……

그런데 업해소가 반드시 "눈에는 눈, 이에는 이"는 아닙니다. 예를 들어 어떤 남자가 여자들을 희롱하고 마음에 상처를 주는 업을 지었다면 자신도 똑같이 실연을 당함으로써 갚는다고 생각하기 쉽잖습니까? 그런데 다른 방법으로 갚게 합니다.

이유도 모르게 자꾸 기운이 빠지는 분이 계셔서 알아보았더니 바로 이런 업 때문이더군요. 특별히 아픈 데도 없는데 몸이 무겁고 기운이 없습니다. 병원에 가면 만성피로라고 할 뿐 이유를 모릅니다.

눈에는 눈, 이에는 이가 아닙니다. 잘 나가다가 갑자기 이유도 모르게 돈을 떼이거나, 배우자나 가까운 사람이 아파서 뒤치다꺼리를 하게 되거나……, 이렇게 다른 방법으로 갚게 합니다.

보통 사람의 경우에는 눈에는 눈, 이에는 이로 갚기도 합니다. 앞서 말씀드린 분처럼 전생에 시아버지를 방치했기에 며느리로부터 똑같이 돌려받는 경우입니다. 고행을 함으로써 상쇄하는 것이지요.

그러나 수련을 하시는 분들은 똑같은 일로 겪게 하지 않습니다. 명상을 하면서 반은 상쇄가 되고 반은 본인들이 겪는데 다른 일로 겪게 합니다. 그 사람으로서는 제일 혼나는 게 되는 일을 겪게 합니다. 다들 취약한 부분이 있잖아요? 예를 들어 마음의 고통을 받으면 못 견디는 사람은 마음의 고통을 겪게 합니다. 뾰루지 하나 못 견딜 만큼 몸 아픈 것을 못 견디는 사람은 몸의 고통을 겪게 합니다. 돈 없으면 쩔쩔매는 사람은 돈이 없게 합니다. 제일 치명적인 허점을 노리는 것이지요. 그래야 빠르니까요. 고통이 극심하지만 제일 빠른 방법입니다.

특히 병을 많이 이용합니다. 사람은 다 오행의 불균형을 타고 났기 때문에 누구라도 취약한 부분은 있게 마련인데 그 부분을 아프게 하면서 상쇄하는 방법을 씁니다. 멀쩡하던 눈이 안 보이거나 가물가물하기도 합니다. 정체불명의 병을 앓으면서 바짝바짝 마르기도 합니다.

물론 일률적으로 다 그렇다고 얘기할 수는 없습니다. 눈이 안 보인다고 해서 꼭 업 때문이라고 얘기할 수는 없다는 것이지요.

업 해소를 위한 가족의 인연

우리 회원님들 중에 귀가 잘 안 들리는 분이 계십니다. 마음 면에서는 본성을 볼 수 있을 정도의 바탕이 있으신데 업에 의해 귀가 잘 안 들리는 장애가 있습니다. 대단히 큰 업인가 하면 그렇지도 않습니다. 전생에 부모를 잘 못 모신 업입니다.

전생에 학문을 하셨는데 학문만 한 게 아니라 당파 싸움을 많이 하셨습니다. 갑론을박 논쟁을 하려면 상당히 지식이 많아야 했는데 그런 전생의 지식을 아직도 가지고 있습니다. 그런 지식들이 본인도 모르게 튀어나옵니다. 언어조차도 생소한 고어들이 자꾸 나옵니다.

전생에 당파 싸움을 하느라 가정을 돌보지 않았고, 그 업으로 인해 금생에 부모를 잘 못 만났습니다. 그런데 금생의 부모에게 좋지 않은 점만 있는 게 아니라 배울 점이 또 있습니다.

귀가 잘 안 들리는 것은 어렸을 때 홍역을 앓았기 때문이고, 또 연탄가스를 5번 정도 마셔서 뇌세포가 많이 죽었다고 하는군요. 처음 오셨을 때는 청력이 2~3% 남은 상태였는데 수련을 열심히 해서 지금은 40% 정도까지 회복이 되었습니다. 우주기운으로 열리고 있는데 50%만 넘으면 금방 좋아질 수 있습니다. 머지않아 좋아질 거라고 봅니다.

그런데 수련자에게는 청각 장애가 오히려 좋은 조건일 수 있습니다. 귀가 안 들리면 들리지 않는 소리를 들을 수 있거든요. 사람의 기능이라는 것이 어떤 한 길이 막히면 다른 길로 흐르게 되어 있습니다. 귀가 안 들림으로 인해 내면의 소리를 듣는 귀가 열릴 수 있는 것이지요.

어느 나이 드신 회원님은 마흔이 넘은 아들이 있는데 그 아들이 아직까지 자립을 못해 마음고생을 하고 계셨습니다. 처음 만났을 때 보니까 기적氣的으로 장정을 업고 있더군요. 칠십이 넘은 노인인 아버지가 장성한 아들을 업고 있었습니다. 마음이 안 놓여서 내려놓지를 못하는 것이지요. 눈은 만날 충혈되어 있고 아들을 업은 채 내내 집안 걱정을 하고 있었습니다.

어떤 인연이었는가 알아보니 전생에 길에서 한 번 만난 적이 있었습니다. 이분이 전생에 중국에서 지위가 높은 관리여서 대궐같이 큰 집에 살았는데 어느 날 지나가던 거지가 구걸을 했습니다. 그런데 동전 한 닢 안 줬고, 그것이 빚이 되어 아들로 만났습니다.

구걸하는데 안 줬으면 안 줬지 그게 왜 빚인가? 앞서 얘기한 우화와 같은 경우입니다. 하느님께서 "오늘 네게 세 번이나 임했으나 네가 나를 알아보지 못하고 박정하게 쫓아내었다. 나는 몹시 슬프구나"라고 말씀하셨잖습니까? 낮은 모습으로 나타나셨는데 알아보지 못했다는 것이지요.

이분에게 길가는 거지가 동냥을 한 것은 공부 차원에서 그랬던 것입니다. 돈을 안 줬다는 것은 인색했다는 얘기지요. 옛날에는 지나가던 길손이 하룻밤 재워달라고 하면 다 재워주었지요. 잘 사는 사람들은 방을 내주어 식객들이 열흘이고 한 달이고 묵어 가게 하기도 했고요. 그런데 지나가는 거지에게 동전 한 닢 안 줬다는 것은 그만큼 인색했다는 뜻입니다.

그 인색함을 고쳐주기 위해 아들로 보낸 것입니다. 아들로 보내 한없는 부담을 지운 것이지요. 한 번 줘서 보냈으면 끝났을 것을, 안 줬기 때문에 평생 시주해야 하는 것입니다.

어느 분은 아이를 낳았는데 아이가 태어날 때부터 불구였습니다. 심장에 결손이 있고, 팔다리가 짧고 심하게 휘어져 있는 등 선천성 기형이 있었습니다. 이 아이의 경우 전생에 사냥꾼으로, 백정으로, 걸인으로, 술주정뱅이로 살아오면서 쌓인 업이 모여 이러한 몸을 받은 것입니다.

아이가 자라면서 많은 고난이 있을 것입니다. 하지만 이러한 조건 속에서 자신의 길을 찾아 진화할 수만 있다면 진정 큰일을 할 수 있을 것입니다. 큰일이라 해서 위대한 업적을 남기거나 하는 것을 말하는 것은 아닙니다. 보통의 인간이 감내하기 어려운 일을 감내하면서 정상적인 진화의 길을 가는 것이 보다 큰일이 될 수도 있습니다. 큰일이란 자신의 입장에서 보아 결정되는 것이니까요.

아이의 아버지는 전생에 14세기경 중동 지역의 성직자였는데 길을 잘못 인도하여 많은 사람들을 오류에 빠지게 한 업이 있습니다. 이분에게 금생의 숙제는 아이를 통해 하늘을 배우는 것입니다. 아이가 교재입니다. 아이에게서 조물주님의 모습을 발견할 수만 있다면 너무나 축복일 수 있다는 것입니다.

인간은 다 조물주의 분신이라고 말씀드렸지요? 조물주님이 이 사람에게는 이런 모습으로 저 사람에게는 저런 모습으로 나타나시는데 이분에게는 그런 모습으로 나타나신 것입니다. 그러니 '조물주님이 나로 하여금 하늘을 느끼게 하기 위해서 불구인 자식의 형상으로 오셨구나'라고 알아챘다면 지름길로 가는 것입니다. '조물주님은 완전하고 근사한 모습이다, 하늘 높은 데 계신 분이다'라고 생각하는 한 끝끝내 못 만날 것이고요.

❂ 맺힌 상대방과 직접 풀어라

내가 어떤 사람과 업이 있다 할 때 그 사람과 주거니 받거니 하면서 직접 갚을 수도 있고, 그 사람과는 계산을 안 했어도 다른 분야에서 많이 기여하여 상쇄할 수도 있습니다. 수련을 많이 하여 맑은 기운으로 주변 사람들에게 좋은 영향을 주거나 다른 일을 통해 인류에 많이 기여하면 업이 상쇄될 수 있습니다.

그런데 맺힌 사람과 직접 해결하는 것이 훨씬 빠릅니다. 업은 대개 상대방이 감정적인 응어리를 품고 있을 때 생깁니다. 어떤 사람과 언짢은 일이 있었는데 그걸 안 풀면 그 사람 생각만 하면 기분 나쁘고 밥맛이 떨어지지요? 누가 말 한마디 한 것이 맺혀서 그 생각만 하면 불쾌하고요.

헌데 두 사람이 만나서 조금 얘기하면 금방 풀어질 수 있는 일입니다. 별일 아닌데 그걸 안 해서 눈덩이처럼 오해가 불어난 것입니다. 상대방은 아무 뜻 없이 이야기했을 수 있고, 길 가다가 못 본 척한 것도 눈이 나빠서 못 보았을 수 있습니다.

아무리 바쁘더라도 그때그때 해결을 보고 넘어가는 게 좋습니다. 다른 쪽으로 많이 기여해서 내 모든 업을 상쇄하겠다 하는 것보다는 맺힌 상대와 직접 해결을 보는 것이 훨씬 빠릅니다.

사과하는 것처럼 좋은 일은 없습니다. 당사자가 없으면 혼자 '참 미안했다, 잘못했다' 이런 마음을 가지면 됩니다. 파장이라는 건 전달이 되기 마련이거든요. 계속 미안한 마음을 먹고 있으면 상대방에게 전화가 옵니다.

저는 그런 경우가 참 많았습니다. '그때 무슨 일이 있었는데 풀어야겠다'라고 마음을 먹으면 먼저 연락이 옵니다. 제가 마음 먹은 것이 상대방에게 전달이 된 것이지요. 그러니 마음만 먹어도 되는 것입니다. 내 마음에 맺힌 게 있으면 그게 상대방에게 전달이 됩니다. 내가 마음을 풀면 그것 또한 전달이 됩니다.

떠오르는 대로 해결하고 넘어가라

수련을 하면서 자꾸 잡념이 나는 것은 자신들이 지었던 업 때문입니다. 보통 때는 생각이 안 나다가 수련하고 있으면 떠오르는 것들이 있습니다. 예전에 했던 말 같은 것들이 다 생각납니다. 그것들을 어떻게든 해결을 봐야 합니다.

꼭 상대방을 만나서 해결을 보지는 않더라도 마음속으로 '아, 그런 일이 있었는데 잘못했다, 참 미안하게 됐다' 하면 해결이 됩니다. 매듭이 지어집니다. 매듭을 짓지 않고 그냥 떠오르는 대로 내버려두면 계속 그 상태고요.

무슨 생각이 떠오르면 어떤 식으로든 매듭을 지으세요. 그러면 거기에 대해서는 자기가 해결을 봤기 때문에 더 이상 안 떠오릅니다. 그렇게 계속 매듭을 지어나가면 됩니다.

잡념은 끊임없이 나옵니다. 잡념이 안 나오려면 한참 걸립니다. 수련을 하다 보면 온갖 잡념들이 나오는데 그것들을 다 해결을 봐야 더 이상 안 나옵니다. 수련 중에 해결을 못하면 꿈에서라도 해결을 봐야 합니다.

그러니 생각만 하지 말고 떠오르는 대로 해결을 보세요. 결론을 내리시라는 것입니다. 지금 수준에서 가능한 만큼 생각하고 결론을 내리면 넘어갑니다.

• • • 호흡과 의식으로

수련과 종교의 근본적인 차이점

예전에 어느 분이 "종교와 수련이 어떻게 다릅니까?"라는 질문을 하신 적이 있습니다. 그분은 일종의 피해의식이 있는 분이셨습니다. 특정 종교에 오래 몸담으셨는데 그곳에서 착취당한다는 느낌을 강하게 받으셨습니다. 그래서 '수련도 결국 같은 게 아닌가' 하는 의심을 갖고 계셨습니다.

기성 종교의 잘못된 점이라면, 다 그런 것은 아니지만, 부정부패를 했다거나 착취를 했다거나 여자 문제가 있다거나 하는 점들이 있을 것입니다. 헌데 저는 그런 것들보다는 '가는 방법'을 알려주지 않은 것이 근본적인 문제점이라고 봅니다.

예수님의 경우 제자를 기르셨다고 볼 수가 없습니다. 3년 동안 공公생활을 하면서 길렀다기보다는 일을 하셨습니다. 그래서 그분을 따르는 종교의 경우 특별한 방법이 없습니다. "믿으면 된다, 신앙하면 된다"라고 가르칩니다.

부처님의 경우는 제자를 기르셨습니다. 40년 동안 제자를 기르면서 말씀을 전파하셨습니다. 헌데 수련법을 알려주시지는 않았습니다. 말씀으로만 전파하셨지 어떻게 해야 자신처럼 될 수 있는지 그 방법은 안 알려주신 것이지요. 그래서 오늘날에 이르기까지 그분이 어떻게 수행을 하셨는지, 어떻게 깨달음을 얻으셨는지 정확한 수련법이 전해지지 않고 있습니다. 이런저런 설만 있을 뿐입니다. 공자님도 제자를 기르셨지만 역시 말씀으로만 가르치셨지 어떤 방법을 알려주지는 않으셨습니다.

이처럼 역대 성인들은 말씀으로만 가르치셨지 구체적으로 가는 방법은 알려주지 않으셨습니다. 타 수련 단체나 신흥 종교의 경우도 마찬가지입니다. 다른 여러 가지 문제점이 있을 수 있겠지만, 가는 방법을 알려주지 않은 것이 제일 근본적인 문제점이라는 것입니다.

그에 비해 우리 수련은 구체적으로 가는 방법을 알려드립니다. 지금 이 시대에 우리 수련이 필요한 이유입니다.

내기를 강화하고 파장을 낮추는 수련

우리 수련을 간단히 표현하면 두 가지인데, 내기內氣를 강화하고 파장을 낮추는 것입니다. 내기 즉 내 안의 기운을 강화하여 업을 해소하고, 또 파장을 낮추는 수련을 하는 것입니다.

우선 왜 내기를 강화해야 하는가에 대해 말씀드리겠습니다. 기공氣功의 경우 기운의 흐름을 강조하는 방법입니다. 기공을 하시는 분들은 온몸을 흐르는 기의 유통에만 관심을 두고 축기 같은 것은 안 합니다. 그리고 기공을 하면 기운이 많이 느껴집니다. 기공에 빠진 분들을 보면 대개 기운을 많이 느끼기 때문에 빠지더군요. 기공의 맥은 지기(地氣, 땅의 기운)인데 지기는 강렬한 것이기 때문에 기공을 하고 나면 몸 전체가 짜릿합니다.

우리 수련은 기운을 밖으로 발산하지 않습니다. 내기를 강화하고 익혀서 그 기운의 힘으로 업을 풀어내는 수련이기 때문입니다. 오랜 세월 쌓여온 업을 어떻게 풀겠습니까? 기운으로 업을 풀어내는 것입니다. 수없이 쌓여온 업을 하나하나 풀어서 정리해야 하는데 기운이 없으면 못합니다. 마음만 먹다가 "에라, 통과!" 하고 뒷전으로 밀쳐두게 됩니다. 그러다 보면 계속 더 쌓입니다.

기운을 강화하여 그 기운의 힘으로 하나하나 풀어가야 하는 것입니다. 깨달음으로 가려면 반드시 업을 해소하지 않으면 안 되는데 내기를 강화하여 해소하는 것입니다.

두 번째로 왜 파장을 낮추는가 말씀드리면 하늘과 통하려면, 하늘 중에서도 가장 높은 하늘과 통하려면 그 하늘의 파장에 맞추는 수밖에 없기 때문입니다. 또 자신의 본성을 만나려면 본성의 파장에 맞추는 수밖에 없는 것이고요.

그 하늘의 파장, 본성의 파장은 한없이 낮은 대역의 파장인 알파파장입니다. 숨을 쉬는지 안 쉬는지, 있는지 없는지 모를 만큼 아주 잔잔한 파장입니다. 거기에 맞추려면 파장을 낮추는 방법밖에 없습니다.

수련은 구체적이다

수련이란 구체적인 것입니다. 가만히 선방에 앉아 있다고 해서 되는 것이 아니며 구체적으로 탁기를 빼고, 기운으로 목욕을 하고, 축기를 하면서 진전되는 것입니다. 마음공부 또한 이런 구체적인 행위를 통해서 진전이 됩니다. 가만히 앉아 있으면 백날 해도 진전이 안 됩니다. 잡념에 시달리기만 합니다.

가만히 앉아 있기만 하면 어느 세월에 잡념에서 해방이 되겠습니까? 구체적으로 기운을 타는 행위를 하면서 공부가 되는 것입니다. 기운의 세계가 마음의 세계이기 때문입니다. 기운이 조성되고 이 기운이 마음으로 연결될 때라야 진실로 마음공부가 되는 것입니다.

실제적으로 정리가 되는 것을 느낄 수 있습니다. 몸이 개운해지고, 마음도 개운해지고, 가슴이 후련해집니다. 수련하면서 점점 시원해집니다.

❁ 왜 우주기가 필요한가?

우리 수련은 결국은 마음공부입니다. 기로 하는 것은 마음공부를 하기 위한 기반 조성으로 필요한 것이며 결국은 마음으로 갈 수밖에 없습니다.

마음공부는 세 가지라고 말씀드렸습니다. 첫 번째는 마음을 낮추는 것 즉 겸손해지는 것이고, 두 번째는 마음을 비우는 것, 세 번째는 마음을 조절하는 것입니다. 마음을 낮추다 보면 사물이 제대로 보이고, 마음을 비우다 보면 무심의 경지에 들어가서 편견 없이 공정하게 보이고, 또 그럴 때 마음을 조절할 수 있습니다.

마음은 어떻게 갈고 닦는가? 생각만 한다고 되는 것은 아니지요. 마음이란 게 형체가 없고 너무 추상적이거든요. 그래서 기운의 힘을 빌려오는 방법을 씁니다. 우주기를 계속 받음으로써 알게 모르게 마음이 비워집니다. 우주기는 비우게 하는 기운이기 때문입니다. 우주는 원래 비어 있는 곳이기에 우주기에는 비우는 성질이 있는 것이지요.

쇠 같은 것도 오래 두다 보면 공기, 기운에 의해 마모되는 것을 볼 수 있습니다. 도저히 부서질 수 없을 것 같은 강철도 기운에 의해 마모됩니다. 형태가 없는 마음에 자꾸 뭔가를 담아두면 돌덩이처럼 딱딱하게 굳어져서 벽이 생기는데, 비어 있는 곳에서 오는 비어 있는 기운을 받으면 자꾸 마모되고 부서지고 형체가 없어져서 결국은 비워집니다. 그런 능력이 있기 때문에 우주기를 빌려오는 것입니다.

편집자 주 지기, 천기, 우주기

지기地氣는 지구에서 나오는 기운이다. 지구에서 존재하는 한 지기에서 벗어날 수 없으며 지기 없이는 살아갈 수 없다. 살아 있는 한 30% 정도는 지기를 받아야 한다.

지기는 상당히 강렬하다. 그래서 지기를 받으면 힘 있고 든든한 느낌이 든다. 몸에 힘을 기르는 데는 지기 이상 좋은 것이 없다. 허나 지기는 오염되어 있는 경우가 많으므로 선별해서 받아들일 필요가 있다.

천기天氣는 지구가 속한 태양계에서 나오는 기운이다. 지구가 속한 태양계의 목화토금수, 오행의 기운을 일컫는다. 천기는 감미로운 봄바람 같은 기운이다. 착착 감기고 따뜻하고 편안하게 해주며, 마음을 깨우고 사랑을 피우는 기운이다. 축기는 지기로도 할 수 있지만 혈과 경락을 여는 것은 천기 이상의 기운으로만 가능하다.

우주기宇宙氣는 무한한 우주에서 내려오는 기운이다. 구체적으로 말하면 우주단계에 속한 별들, 북극성과 북두칠성의 3성과 4성, 헤로도토스 등의 진화된 별들, 그리고 우주의 정점에 있는 기적인 공간인 선계에서 내려오는 기운이다. 우주기를 받아들일 때의 느낌은 시원하다. 정신이 번쩍 나게 하는 시원하고 서늘한 기운이다. 우주기는 영을 깨우고 영력을 키우는 기운이며 깨달음을 얻으려면 반드시 우주기가 필요하다.

❁ 왜 알파파장이 중요한가?

알파파장은 무심의 파장, 흔들림이 거의 없는 파장입니다. 그러기에 알파파장에 주파수를 맞춤으로써 내 마음 상태를 흔들림이 없이 고요하게 만들 수 있습니다.

나아가 알파파장은 자신의 본성을 만나기 위한 수단입니다. 기공이나 대부분의 타 수련은 일정한 파장을 지속적으로 유지하도록 하는 동작을 거듭합니다. 이들 수련에서 필요한 파장은 베타파장이며, 따라서 지속적으로 베타파의 생성을 유도하는 동작을 하는 것입니다. 허나 베타파로서는 결코 본성을 만날 수 없으며 수련이 더 이상 진전될 수도 없습니다.

알파파장의 중요성은 자신의 본성을 만날 수 있는 가장 직접적이고 중요한 수단이라는 데 있습니다. 이 알파파를 찾기 위하여 우주기를 이용한 단전호흡으로 파장을 낮추는 수련을 하는 것입니다.

수련은 이러한 알파파를 자신의 내부에서 지속적으로 발생케 함으로써 자신의 본성과 만나는 시간을 증가시키고, 종국에는 자신과 일체를 이루어 나가는 여정입니다. 일상적인 단전호흡의 반복 수련을 지속적으로 하는 것은 매일이 동일한 것 같아도 수련에 있어 가장 중요한 것이며, 이 과정을 거치며 수련을 완성하여 나가는 것입니다.

호흡으로 알파파장을 내 것으로 할 수 있습니다. 모든 잡념을 깨고 호흡에 자신을 실으면 결국 닿는 곳이 알파파장 대역인 것입니다.

❁ 왜 호흡이 중요한가?

어떤 종교는 호흡을 통하지 않고 참선으로 가는 방법을 사용하고, 또 어떤 종교는 믿음을 통해 가는 방법을 사용합니다. 또 많은 명상 단체들이 호흡을 통하지 않고 의식으로만 가는 방법을 사용하고 있습니다. 요즘 사람들이 힘들여 호흡하는 것을 싫어하기 때문이지요. 쉽게 의식으로만 가는 방법을 좋아하다 보니까 거기에 맞추느라고 의식수련만 합니다.

허나 그렇게 하면 끝이 길지가 않습니다. 기운이 지원되지 않기 때문입니다. 힘이 지원되지 않기 때문에 지속력이 없을 수밖에 없습니다.

또 단전이 형성되지 않은 상태에서 어쩌다가 무심에 들거나 보이지 않는 세계에 들어가는 것은 실상이 아니라 허상입니다. "명상 중에 나타나는 것은 모두 허상이다"라고 말하는 종교가 있는데 그 얘기가 맞는 것이, 호흡을 통하지 않고 들어가서 보는 세계는 모두 허상이며 지나가는 그림자에 지나지 않기 때문입니다.

어느 분은 대학교수이고 오래 수련을 하셨는데도 호흡을 못하시더군요. 단전호흡을 하려고 무지 애를 썼지만 끝끝내 못하셨습니다. 저는 단전호흡을 못하는 사람이 있다는 것을 그때 처음 알았습니다. 사람은 다 단전호흡을 할 수 있다고 생각했는데 그분은 아무리 노력해도 안 되더군요.

그래서 그분은 '호흡을 통하지 않고 가는 방법이 없을까?' 하고 많이 찾아 헤맸습니다. 여러 가지 수행법을 많이 섭렵했는데 어떤 한 가지에 몰두할 때마다 세상을 다 얻은 것처럼 얘기하더군요. 이제는 찾았다고, 더 이상 헤매지 않는다고 얘기하고는 했습니다. 그게 몇 년 동안 반복되었습니다.

"이번에는 틀림없어요?"라고 물으면 "틀림없습니다!"라고 대답합니다. 그런데 몇 달 지나서 보면 다시 다른 것을 찾아 헤매고 있습니다. 왜 그런가 하면 순간적이기 때문입니다. 그 당시에는 깨달은 것 같았는데 이어지지가 않는 것이지요. 기운이 받쳐주지 않기 때문에 다시 원점으로 돌아갑니다. 호흡을 통하지 않고 깨닫는 것은 불가능한 것 같다고, 결국은 그렇게 얘기하시더군요.

일주일 만에 깨달을 수 있다고 주장하는 어떤 명상 단체에서는 '버리는 방법'으로 가능하다고 얘기하더군요. 우리 마음속에 찌꺼기가 많이 끼어 있기 때문에 그런 걸 다 버려야 하는 것은 맞습니다. 버려야만 본성에 도달할 수 있습니다. 허나 버리는 것만으로는 부족합니다. 버리는 것만으로는 힘, 즉 지속력이 생기지 않기 때문입니다. 호흡을 통해 기운을 지원하고, 진화할 수 있는 말씀을 불어넣어야만 지속력이 생깁니다.

우주기로 하는 단전호흡

현대인들은 복잡한 것에 중독되어 있어서 몇 달씩 똑같은 걸 하라고 하면 견디지를 못합니다. 또 항상 뛰어다니는 상태이다 보니 가만히 있는 것을 못 견딥니다. 제가 회원님들께 자꾸 이런저런 새로운 명상법들을 소개해 드리는 것은 그래서입니다.

사실 그렇게 많은 명상법이 필요하지는 않습니다. 지금까지 알려드린 명상법만으로도 깨달음까지 갈 수 있습니다. 다들 지루함을 견디지 못하기 때문에 몇 달에 한 번씩 명상법을 바꾸고 또 여러 가지 명상법을 접함으로써 본인에게 가장 적합한 명상법을 선택할 수 있도록 하는 것이지, 한 가지 명상법만으로도 무심에 들 수 있고 깨달음까지 갈 수 있습니다.

진리는 단순한 것인데 사람들의 수준에 맞추다 보니 자꾸 복잡해집니다. 저는 오히려 지금보다 더 단순하게 하고 싶은데 잘 받아들여지지가 않기에 자꾸 이런저런 복잡한 방법을 내놓는 것입니다.

단전호흡이 정법正法입니다. 그리고 거기에 우주기가 있으면 금상첨화입니다. 이 두 가지가 접목된 상태이면 이런저런 복잡한 명상법이 필요치 않습니다. 단전호흡과 우주기이면 되는 것입니다.

왜 우주기를 불러와서 호흡을 하는가? 우주기에 실려 있는 파장이 알파파장이기 때문입니다. 본성의 파장이 알파파장이기 때문에 본성을 만나기 위해서는 불가피하게 알파파장이 실려 있는 우주기를 불러와야 하는 것이지요.

❁ 깨달음은 꽃이 피듯이……

우리 수련은 호흡과 의식이 같이 가는 것입니다. 마음이 굉장히 중요하지만 마음만으로 깨달으려면 너무 힘듭니다. 또 몸이 갖춰진 다음에 마음이 따라와야지, 마음이 갖춰진 다음에 몸이 따라오는 것은 힘듭니다.

몸이 갖춰져서 하단전下丹田에서 축기가 되고 기운이 차오르면 꽃이 피듯이 혈이 열립니다. 안에서 힘이 뻗어 나와 기운의 힘으로 꽃이 피는 것입니다. 꽃이 바람 분다고 피는 것이 아니듯 바깥에서는 아무리 혈을 열어도 소용이 없습니다. 작은 도움은 될 수 있겠지만 결국 꽃은 안에서 피어나오는 것이지요.

기운의 힘으로 하단下丹에서부터 축기가 되고, 하단의 이쪽저쪽 혈들이 모두 열리고, 중단中丹이 열리고, 상단上丹까지 차오르면 잃어버렸던 감각이 다 살아나면서 깨달음이 옵니다. 상단이 터지면서 깨달음이 오는 것입니다.

깨달음은 기적인 현상입니다. 기운으로 몸이 충만하고 혈이 다 열리면 기운의 힘으로 깨달음이 저절로 옵니다. 몸이 갖춰지면 오지 말라고 해도 오는 것이 깨달음입니다. 꽃은 뿌리에서부터 핍니다. 필 수 있는 조건을 갖추면 피는 것입니다. 그러기 전에는 어떤 현상이 나타나도 일시적인 것이고 허상입니다.

❁ 하단부터 차오르는 것이 정법

우리 수련은 하단 완성, 중단 완성, 상단 완성의 순서로 진행됩니다. 파장이나 천기天氣를 읽는 것은 맨 마지막 단계인 상단에서 이루어지는 일입니다.

기운이 하단에서부터 축기가 돼서 상단까지 가득 차올라오면 그때는 어느 정도 상단을 쓰는 일을 해도 됩니다. 그러나 하단이나 중단이 부실한 상태에서 그런 일을 하면 되지도 않을뿐더러 부작용이 생깁니다. 기운이 뜬다거나 하는 기병氣病만 얻는 것이지요. 그렇기 때문에 더디더라도 하단에서부터 차올라가는 것이 정법입니다.

상단이 먼저 깨이는 사람도 있는데, 경험에 비춰 보면 하단이나 중단이 완성되기 전에 상단이 먼저 깨이면 가다가 삼천포로 빠지더군요. 어느 날 갑자기 스스로 깨달았다고 하고, 절 받으려고 하고, 상당히 건방져집니다. 왜 이런 현상이 생기느냐 하면 순서대로 가지 않았기 때문입니다. 영으로만 깨였지 다 깨인 게 아니기 때문이고요. 근기가 높으면 그렇게 되지 않는데 근기가 어중간할 때 그런 일이 발생합니다.

❁ 선인, 의지와 사랑과 지혜가 완성된 분

하단, 중단, 상단을 완성한 사람을 선인이라고 합니다. 하단은 의지를 말하는데 인간으로 태어나서 하고자 하는 바를 이루기 위한 기초 단위가 바로 하단입니다. 하단이 완성되면 범인이라고 합니다. 하단도 완성되지 않은 상태는 범인도 아니라고 볼 수 있습니다.

중단이 완성되면 성인聖人이라고 합니다. 기독교의 사랑, 불교의 자비 등 수련을 통하지 않고 사랑을 실천하는 분들은 중단이 완성되었다고 봅니다.

나아가 상단이 완성되고 지혜가 열리면 선인이라고 봅니다. 이 단계에 이르면 모든 것을 알고 깨닫고 자신의 것으로 만들 수 있습니다. 순서는 반드시 하단, 중단, 상단의 순이며 이렇게 세 가지를 다 완성해야 비로소 선인이 되는 것입니다.

하근기, 중근기, 상근기라는 말이 있지요? 하단, 중단, 상단 중 어느 하나만 완성되면 하근기라고 하고, 하단과 중단을 완성하여 의지와 사랑을 갖추면 중근기라고 합니다. 거기에 더해서 지혜의 눈까지 열리면 상근기라고 합니다. 선인은 바로 이런 상근기를 말하는 것입니다.

··· 집중과 무심으로

연금술사의 가르침

『연금술사』를 읽어 보면 연금술사를 만나기를 갈망하는 영국인이 나옵니다. 연금술사를 만나기 위해 10년 동안 준비를 했다고 합니다. 연금술에 관한 책을 엄청나게 많이 읽었고요.

그러던 중 이집트 피라미드 근처에 연금술사가 있다는 말을 듣고 어렵게 어렵게 찾아갑니다. 동서로 아프리카를 가로질러 가는데 사막을 건너면서 죽을 고생을 합니다. 마침 그 부근이 전쟁 중이어서 죽을 고비도 몇 번 넘깁니다.

그렇게 목숨을 걸고 연금술사를 찾아가서 질문을 했습니다.

"어떻게 하면 쇠로 금을 만들어 낼 수 있는가?"

"만들어 봤는가?" 연금술사가 묻습니다.

"안 만들어 봤다" 하니까,

"만들어 봐라" 하고 연금술사는 사라집니다.

무슨 얘기인가 하면, 가장 빠른 길은 자기가 직접 해보는 거라는 것입니다. 이 사람은 해볼 생각은 않고 이 책, 저 책 보면서 연구만 했다는 것입니다. 그러고는 '연금술사를 만나면 만드는 법을 알려 줄 것이다', '연금술사는 그 비결에 대해 한마디 말을 해줄 것이다' 하고 기다렸습니다. 한 번도 직접 만들어 보지는 않으면서요.

직접 숨을 쉬어 봤는가?

우리 수련과 어찌나 똑같던지……. 사실 저는 한마디만 해줘야 하는 사람입니다. "직접 숨을 쉬어 봐라", "직접 깊이 들어가서 본성을 만나 봐라" 하고 사라져야 하는 사람입니다.

그런데 사라지지 않고 여기 계속 앉아서 너무 많은 이야기를 하고 있습니다. 좋은 선생이 아닌가 봅니다. "직접 해봐라" 딱 한마디만 해야 하는데, "이렇게 해라, 저렇게 해라" 하고 너무 친절하게 이야기하고 있습니다.

저는 제 노력으로 해냈습니다. 보이지 않는 스승의 인도를 따라 어둠을 헤치면서 갔습니다. 혼자서 그렇게 해냈습니다. 그런데 제가 너무 열심히 지도를 해서인지 다들 엄두를 못 내시더군요. 다들 하느라고 하고는 있지만, 그저 앉는다고 되는 게 아니라 들어가야 되는 것입니다. 무심으로 들어가야 본성을 만납니다. 본성은 무심이기 때문에 잡념이 있는 채로는 못 만납니다.

저도 저절로 그렇게 된 것은 아니었습니다. 저처럼 잡념이 많은 사람이 없었는데 해냈습니다. 처음에는 저도 무심으로 들어갈 때마다 한 30분씩 걸렸습니다. 잡념 속을 헤매다가 어렵게 들어가곤 했지요. 그런데 이제는 앉으면 들어갑니다. 훈련의 결과입니다. 쇠로 금을 만들어 내듯이…….

상징적인 이야기인데 쇠를 금으로 바꾸겠다는 마음이 물질인 쇠를 움직인다는 것이지요. 물질은 정신의 표현이기 때문입니다. 고도의 집중 상태에서 금으로 바꾸겠다는 일념으로 임하면 금이 됩니다. 고도의 집중에서 가능한 일입니다. 우리 수련 과정과 같습니다.

수련은 무심으로 들어가는 훈련

수련은 방법만 터득하면 쉽습니다. 들어가는 방법을 몰라서 그렇지 무심으로만 들어가면 쉽습니다.

그리고 무심으로 들어가야 수련이라고 볼 수 있습니다. 무심으로 들어가기 전에는 진전이 없습니다. 보면 다들 그 전 단계에 있는데 무슨 수를 써서라도 무심으로 들어가야 합니다.

무심은 요가에서는 사맛디라고 하고 불교에서는 입정入定이라고 하는데 20~30년을 수행해도 무심의 경지에 들어가기가 참 어렵습니다. 죽기 전에 한 번만이라도 무심에 빠졌으면 좋겠다고 소원하기도 합니다.(편집자 주 - 무심無心에는 웬만해선 흔들리지 않는 마음의 평온함, 기대하지 않는 마음, 감정이입하지 않는 것, 마음에 간직하지 않고 이내 잊어버리는 것 등 다양한 의미가 있다. 여기서는 호흡에 깊이 빠짐으로써 얻어지는 고도의 집중 상태를 의미한다)

저도 처음에는 30분씩 용쓰고 그랬습니다. 한 번 길 터놓기가 그렇게 어려워서 죽어라고 훈련하고 애를 써도 안 되었습니다. 무심으로 들어가기까지의 수련이 얼마나 길고 좌절이 많은지 모를 겁니다.

그런데 한 번 되고 나면 쉽습니다. 지금은 아무리 복잡한 일이 있어도 앉으면 금방 파장이 연결되고 다른 차원으로 갑니다. 얼마나 인간으로서 능력의 한계를 뚫는 일인지……. 초능력이 아니라 인간이 원래 가지고 있는 능력을 발휘하는 것입니다. 다 가지고 있는 능력인데 못 찾아서 못하는 것입니다. 저만 할 수 있는 일이 아니라는 것이지요.

그렇게만 되면 수련이 너무나 재미있습니다. 정말 목숨 걸고 해볼 만한 가치가 있는 일입니다. 그렇게 되지 못하면 수련을 했다고 볼 수가 없고요. 10년을 해도 그 상태가 되지 않으면 수련을 헛한 것입니다. 앉아서 흉내만 낸 것입니다.

방법을 모르면 10년을 해도 안 됩니다. 제가 "생각하지 마라, 버려라, 가벼워져라" 하고 수없이 방법을 얘기했는데 직접 해봐야 합니다. 이론이 아닌 실기이기 때문입니다.

안 되는 것은 습관 때문입니다. 좋지 않은 습관을 안 고치니까 안 되는 것입니다. 뒤통수에 매달고 있는 생각들 때문에 안 되는 것입니다. 아무리 대단한 일이 있다 해도 앉으면 잊어버릴 수 있어야 합니다. 그걸 훈련하자는 게 수련입니다. 수련이란 다른 것이 아니라 앉으면 잊어버리는 훈련을 하는 것입니다.

수련이 왜 힘든가 하면 그렇게 단련하느라고 힘든 것입니다. 고도로 집중하는 훈련, 무심으로 들어가는 훈련을 하느라고 어려운 것입니다. 하여간에 무심으로 들어가는 방법만 터득하시라고 말씀드립니다.

무심에 빠지는 비결

얼마 전 수선재에 큰 경사가 있었습니다. 어느 회원님이 수련하시면서 무심에 들어간 것입니다. 대주천 인가 받은 것보다 훨씬 기쁜 일이며 비로소 수련이 본 궤도에 올라갔다고 볼 수 있습니다. 처음 들어가기가 어렵지 길을 한 번 닦아 놓으면 계속 그 상태로 갈 수 있습니다. 이분은 앞으로의 수련이 굉장히 빠르게 진전되리라고 봅니다. 모두 수련하실 때 정중동靜中動의 상태에 깊이 빠져서 무심에 드시기 바랍니다.

무심으로 들어가는 비결은 호흡에 깊이 빠지는 것입니다. 단전호흡만 열심히 깊게 하다 보면 생각이 딱 끊기면서 호흡 속으로, 단전 속으로 깊이 들어갑니다.

이분이 그렇게 된 이유는 우선 정성입니다. 수련에 대한 마음에 있어서는 어느 누구도 이분을 따를 수 없다고 생각합니다. 수련에 대한 강한 신념과 정성이 있는 것입니다. 또 이분은 수련할 때 흠뻑 빠지는 습관이 있습니다. 깊이 호흡에 몰두해서 한 숨 한 숨을 정성 들여 쉬는 성격이기 때문에 그런 상태에 도달하셨다고 봅니다.

수련할 때는 수련만 해야 하는데 대개 수련할 때 다른 생각을 많이 합니다. 학교 가서는 집 생각하고, 집에 있을 때는 학교 생각하는 분들 있지요? 직장에 가서도 그러는 경우가 많고요. 집에 있을 때는 다 잊어버리고 쉬어야 합니다. 직장 생각은 출근하면서부터 하면 됩니다. 직장에서는 또 다 잊고 몰두해서 일해야 하고요. 집 생각은 집에 돌아와서 하면 됩니다.

어느 분은 누우면 일 분 내로 잠이 든답니다. 그런 성격이 수련에 몰두하고 호흡에 깊이 들어가기가 쉽습니다. 잠도 잘 못 자고 수련할 때 계속 다른 생각을 하는 것은 놓지 못해서입니다. 수련하기에는 참 어려운 성격이지요. 온갖 근심 걱정을 달고 잠자리에 들고, 또 수련 자리에 앉기 때문입니다. 그런 것들을 한순간에 탁 놓을 수 있어야 합니다.

생활 속에서 연습을 하세요. 뭐든 한 번에 한 가지만 하는 마음가짐을 갖는 것입니다. 그렇게 하는 것이 빠른 시일 내에 이 수련이 목적하는 무심에 빠지는 비결입니다.

❁ 다른 차원으로 가다

축기가 된 상태에서 천천히 호흡을 고르다 보면 어딘가 굴속으로 빨려 들어가는데 그런 굴이 3개 있습니다. 우리 몸의 상단, 중단, 하단으로서 모두 자기 안으로 들어가는 굴입니다. 우주로 가는 블랙홀이지요. 청룡열차를 탄 것처럼 훅 빨려들어 갑니다. 『콘택트』라는 영화에 보면 굴속으로 빨려 들어가는데 상당히 비슷합니다.

잡념을 많이 하다가 들어가면 상단 굴로 들어가는데 그렇게 되면 굉장히 위험합니다. 중단도 상당한 테크닉이 있기 전에는 들어가면 안 됩니다. 우주 미아가 될 위험이 있습니다. 물론 우리 회원님들은 다 개별 선생님이 계시기에 그렇게 빨려 들어가지 않도록 어느 정도 보호를 해주십니다.

무조건 하단으로 들어가야 합니다. 하단으로 들어가면 틀림이 없고 길을 잃지 않습니다. 그렇게 들어가면 수백억 광년 떨어진 곳도 순식간에 다녀올 수 있습니다. 시공과 차원이 다른 세계로 가는 것이지요.

그런 체험을 하려면 가벼워야 하고 잡념이 없어야 합니다. 그러려면 '놓아야' 하고요. 또 완전히 축기가 되어야 가능한 일입니다. 기운이 충만하지 않은 상태에서는 어느 정도밖에 못 갑니다. 자신이 가고자 하는 곳에 못 가는 것입니다.

정성과 꾸준함으로

온갖 정성을 다하여

"온갖 정성을 다하여"라는 말이 있지요? 무슨 뜻인가 하면 다른 것은 생각하지 않는다는 것입니다. 오로지 그 생각만 하는 것이 정성입니다.

저는 맛있는 음식을 보면 굉장히 즐거워하면서 먹거든요. 그걸 보고 무슨 도인이 그렇게 맛있게 먹느냐고 말하는 분도 계시더군요. 이상한 고정관념이 있어서 도사란 모름지기 음식을 보고도 본체만체하고, 먹는 티 내지 않고, 있으면 먹고 없으면 굶어야 한다고 생각하는데 도인이란 그런 것이 아닙니다.

음식을 먹을 때는 맛있게 먹고, 수련할 때는 아주 열중해서 정성 들여 수련하고, 공부하거나 일할 때나 무얼 하든지 열심히 하는 것입니다. 저는 집안일도 참 재밌게 했습니다. 제 일이 주로 머리 쓰는 일이었기 때문에 집안일처럼 몸을 움직이는 일이 오히려 휴식이 되더군요. 즐겁게 땀 흘리고 나면 아주 개운해지고 머리가 맑아졌습니다.

작은 일도 열심히 즐겁게 하는 것이 정성입니다. 방 닦는 일 같은 것도 온갖 마음을 다해서, 정성 들여, 땀을 뻘뻘 흘리면서 깨끗이 닦는 것입니다.

정성이란 같은 행동을 되풀이하는 것

'정성'이라고 하면 거창한 것을 생각하기 쉽습니다. 그러다 보면 아예 엄두도 못 내기도 합니다.

그런데 꼭 백일기도를 해야 하고 새벽같이 정화수를 떠 놓아야 정성이 아닙니다. 정성은 작은 것입니다. 아무리 작은 일일지라도 매일 같은 일을 반복해서 하는 것, 예를 들어 '새벽 다섯 시에 수련을 하겠다'라고 마음을 정하면 무슨 일이 있어도 다섯 시에 일어나서 하는 것입니다. 너무 피곤하면 일어나서 인사만 하고 다시 눕는 한이 있더라도 일어나는 것이지요. 이렇게 자기가 이루고자 하는 목적을 위해 같은 행동을 계속 되풀이하는 것이 정성입니다.

수련에 대해 스트레스를 많이 받는 분이 계십니다. 왜 스트레스를 받는가? 학교 다닐 때 보면 숙제를 잘 하면 스트레스가 안 생기는데 안 하면 스트레스가 생기지 않습니까? 숙제를 해놓지 않고 자면 자도 잔 것 같지가 않고 비몽사몽이고요.

안 하면서 스트레스 받지 마시고 수련을 꾸준히 하세요. 스트레스 받지 말고 재미로 하시라는 말씀입니다. 기운 받는 재미, 기운 타는 재미로 하시면 됩니다. 수련한 걸로 시험 보는 게 아니잖아요? 머리로 되는 수련이 아니잖아요? 우리 수련은 공부 못하는 사람이 오히려 더 잘할 수 있습니다. 늘 일정한 시간에 수련을 하면 됐지 스트레스 받아가며 하지는 말라는 말씀입니다.

몇 달을 안 하다가 갑자기 불이 붙으면 7시간, 8시간, 10시간……, 이렇게 수련하는 분도 계십니다. 그렇게 하면 몸이 감당을 못합니다. 금식했다가 밥 먹을 때도 물만 마시다가 주스 마시다가 죽 먹다가……, 이렇게 하지 않습니까? 오늘 10분 수련을 했으면 내일 20분 모레 30분 이렇게 해야지 죽기 살기로 하지는 마시라는 말씀입니다. 이런 게 다 수련의 요령입니다.

죽기 살기로 한다는 말의 참뜻은 꾸준히 한다는 것입니다. '오늘은 피곤하니까 자야겠다' 하는 게 아니라 피곤해도 하는 것입니다. 이렇게 하는 것이 어려운 것입니다. 수련이 어려운 이유는 꾸준히 해야 하기 때문입니다. 다른 게 어려운 게 아니라 매일같이 꾸준히 하는 게 어려운 것이지요.

수련을 위해 하루를 어떻게 살까?

수련하기 위해 최상의 컨디션을 유지하는 일은 어렵습니다. 수련할 때의 컨디션은 최상이어야 하거든요. 그러기 위해서는 쓸데없는 에너지를 안 써야 합니다. 내가 저녁에 수련해야겠다, 맑은 정신으로 최상의 컨디션으로 해야겠다, 하면 낮에 어떻게 지내야겠습니까? 더러 화나는 일이 있어도 '수련을 해야 하는데 이런 상태로는 안 되지' 하고 털어버리고, 밥을 많이 먹고 싶다가도 '수련해야 하는데 이러면 지장이 있지' 하고 적당히 먹고, 이렇게 매사가 수련 위주로 돌아가야 하겠지요. 그런 걸 조절하기가 어렵다는 것입니다.

그 외에는 어려울 것이 없습니다. 꾸준히 하는 것, 최상의 컨디션으로 수련하기 위해 생활을 조절하는 것, 수련에서 어려운 것은 이 두 가지뿐입니다.

• • • 감사와 기쁨으로

우주가 가장 좋아하는 파장은 감사

우주 진화의 원동력은 무엇일 것 같습니까? 우주는 어떤 것에 힘을 받아서 진화하는 것일까요? 우주 진화의 원동력이 되는 에너지는 무엇일까요?

우주가 가장 좋아하는 파장은 '감사'입니다. 『물은 답을 알고 있다』라는 책을 보면 사랑과 감사에 대한 이야기가 나옵니다. 사랑이 하나의 에너지를 낸다면, 감사는 둘 즉 배의 에너지를 낸답니다. 맞는 이야기입니다.

사랑의 경우, 인간이 "나는 당신을 사랑합니다" 하는 것에는 "나는 당신을 미워합니다" 하는 것도 같이 섞여 있습니다. 인간의 사랑은 애증입니다. "사랑해요"에는 "당신이 미워죽겠어" 하는 미움이나 질투 같은 것들이 섞여 있습니다.

"사랑합니다" 하면 파장이 조금 일그러져 있는 것입니다. 이에 비해 감사는 오로지 순에너지입니다.

❁ 행복과 불행의 열쇠

그럼 어떻게 하면 감사한 마음을 가질 수 있을까요? 감사하는 마음을 일으키는 것은 깨달음입니다. 같은 상황에서도 마음을 이렇게 일으키면 원망이 되고 저렇게 일으키면 감사가 되는데, 깨달으면 감사할 수 있는 것입니다.

지구는 모든 것이 한꺼번에 갖춰진 별입니다. 지구에는 모든 것이 반반 섞여 있습니다. 그 반반 중에서 어떤 것을 택하느냐에 따라 행복해지기도 하고 불행해지기도 합니다.

결혼을 예로 들면 "결혼은 해도 후회, 안 해도 후회" 이런 말이 있지요? "결혼을 하면 후회한다, 그러나 안 하면 더 후회한다" 이런 말도 있고요. "안 하면 후회한다, 하면 더 후회한다" 이렇게 말하기도 합니다. 결론적으로 결혼을 해도 좋은 점과 불편한 점이 있고, 결혼을 안 해도 좋은 점과 불편한 점이 있다는 것입니다. 반반입니다.

다른 별에서는 그렇지가 않습니다. 진화가 많이 된 별에 가면 좋은 점만 있습니다. 소위 지옥이라고 말하는 진화되지 않은 별에 가면 나쁜 점이 더 많고요. 그런데 지구는 고난도 수련장이기에 반반씩 있습니다. 인간이 태어나서 무조건 해야 하는 것으로 인식되어 온 결혼에서조차 반반이라는 것입니다.

인간도 반반입니다. 반은 동물이고 반은 신입니다. 신성과 동물의 속성을 반반 가지고 있습니다. 한 사람이 이런 점은 좋고 저런 점은 나쁘고 하는 여러 가지를 한꺼번에 가지고 있습니다. 거기서 이런 점을 끌어내면 그 사람을 사랑하게 되고, 저런 점을 끌어내면 그 사람을 미워하게 됩니다.

선善이란 가운데에서 약간 긍정적인 방향으로 가는 것입니다. 좋고 싫은 것이 반반 있는 속에서 가운데로 가되, 약간 오른쪽 즉 긍정의 방향으로 가는 것입니다.

반반 있는 중에서 자신이 감사하는 것을 끄집어내면 행복하고 편안하고 맑고 밝고 따뜻해질 수 있습니다. 감사함을 찾아내지 못하고 "하느님, 나를 왜 이렇게 낳으셨습니까?", "부모님, 왜 공부도 못 시킬 거면서 나를 낳으셨습니까?" 하고 이렇게 저렇게 원망을 하는 한 계속 퇴화할 수밖에 없고요.

그런데 이 두 가지가 멀리 있는 것이 아닙니다. 중용이란 같이 있는 것입니다. 같이 있는 데서 이것을 끄집어내면 감사이고 저것을 끄집어내면 원망입니다. 어떤 것을 취하느냐에 따라 행복해지기도 하고 불행해지기도 합니다.

가진 것이 더 많음을 생각한다면

대개의 보통 사람들은 반반으로 태어납니다. 가진 것이 반, 가지지 못한 것이 반입니다. 그런데 이 자리에 오신 분들은 그래도 가진 것이 더 많은 분들입니다. 일곱, 여덟, 아홉까지 가진 것이 있고, 하나, 둘, 셋 정도 부족한 스케줄로 오신 분들이지요.

사람은 자기가 가진 것은 당연하게 여기고, 못 가진 것에 대해서는 계속 추구하게 마련입니다. 못 가진 것만 크게 보입니다. 특히 수련하러 오신 분들은 한두 가지 정도 크게 비워진 것들이 있습니다. 비워진 그것을 하늘로 채우라는 스케줄을 가지고 태어난 분들이십니다. 몸이 좀 불편하다거나, 마음이 어떤 쪽으로 치우쳐 있다거나, 돈이 없다거나, 부모 혹은 형제가 없다거나 하는 장애를 가지고 태어나는데 그게 정상이라는 얘기입니다.

비록 불완전하게 태어났지만 그래도 이 자리에 오신 분들은 많이 가지고 태어난 분들이라는 점을 항상 기억해 주십시오. 수련을 할 수 있는 상태로는 태어났다는 것입니다. 기적, 지적, 영적인 수준이 갖춰진 분들이십니다. 몸이 수련을 할 만하고, 지적으로 수련을 이해할 만하고, 우리 책을 해독할 만한 수준에 있습니다.

돈이 없다 하시는 분들도 수련비는 내고 있지 않습니까? 지하도에 앉아서 동냥을 받을 처지라면 여기 오실 수가 없었겠지요. 서점에 가서 책을 사볼 수 없는 처지라면 못 오셨을 것이고요. 그러니 기본은 된 것입니다. 가족이 없다 하는 분도 계시지만 알고 보면 가족이 없는 것이 수련에는 오히려 좋은 조건일 수 있습니다. 걸리는 게 없기 때문입니다.

자신에게 없는 것이 무엇인지, 어느 정도의 수준에서 없는 것인지 생각해 보시기 바랍니다. 눈이 없거나 귀가 먼 것은 아니지 않습니까? 많이 받은 축에 속합니다. 그렇게 생각하면 감사할 수 있습니다.

❁ 수련을 왜 하는가?

백일수련 참가 신청을 보니 행복하지 않은 분들이 계시더군요. 행복하지 않은 정도가 아니라 고통스럽게 살고 있는 분도 계셨습니다.

행복하지 않은 수련을 왜 하는가? 그런 분의 모습을 본다면 누가 이 수련을 하고자 하겠는가? 이 수련으로 되고 싶고, 하고 싶고, 이루고 싶은 구체적 목표는 그리 먼 곳에 있는 것이 아닙니다.

첫째, 지혜(상단)가 밝아져서 시시각각 자신에게 다가오는 일의 이유(하늘의 뜻)를 알고 이에 대처하고자 함입니다.

둘째, 무심(중단)의 상태가 되어 웬만한 일에는 흔들리어 뿌리 뽑히지 않고자 함입니다.

셋째, 업에 의해 타고난 건강(하단)을 잘 관리하여 더 이상 나빠지지 않고 생활하고자 함입니다.

이 세 가지 목표에 조금씩 다가가고 있다면 행복하지 않을 이유가 없을 것입니다. 우리 삶의 대부분을 지배하고 있는 돈 문제, 정情 문제들은 위의 세 가지 행복의 요건이 개선되고 있다면 해결하는 데 있어 그리 큰 문제가 아닐 것입니다.

다만 문제는 우리들의 생각이 많이 긍정적이지 않다는 데 있습니다. 그리고 우리들의 목표가 너무 원대하다는 데 있습니다.

수련을 할 수 있다면, 하루 세 끼 먹고 자신의 몸을 누일 수 있는 공간이 있다면 되는 것입니다. 지구에 공부하기 위해 태어난 우리들은 먹고, 자고, 학교에 다닐 수 있는 지능지수와 심리상태와 두 발로 걸어 다닐 수 있는 건강과 수업료를 낼 수 있는 경제력이 허락된다면 되는 것입니다. 그 이상은 모두 욕심입니다.

우리 인간들은 안 해도 되는 일들을 너무 많이 하고 있습니다. 자식 공부 너무 많이 시키기, 장성한 자식 걱정 죽을 때까지 하기, 평생을 걸려 대도시에 내 집 가지기, 여러 번에 걸쳐 사람 사랑하기…….

최근 제가 가장 부러워하는 분이 생겼습니다. 강원도 산 속 오두막에서 혼자 생활하신다는 법정스님입니다. 사회에서 자신의 할 바를 다 하고 책을 낸 인세로 생활비를 벌어 쓰시는 그분의 모습은 제가 미래에 하고자 하는 모습입니다. 열심히 노력한다면 저에게도 그럴 날이 오겠지요.

장마철입니다. 웅녀가 그랬듯이 공부 과정이 끝날 때까지는 마늘과 쑥만 먹으며 굴 속에서 그저 참고 견뎌야 하는 지구에 공부하러 온 우리들에게, 저의 글과 저의 역할이 한줄기 햇볕이 될 수 있다면 더 바랄 것이 없겠습니다. 우리 모두 희망을 가지고 즐거운 마음으로 수련하게 되기를 바랍니다.

❁ 기쁘기 때문에 한다……

새벽수련을 하러 일어나려면 참 고생이지요. 뭐 하러 그렇게 꼭 두새벽에 일어나시나요? 매일 새벽 일어날 때마다 '아, 더 자고 싶다' 하지는 않으시나요?

정말 왜 그런 고생을 하십니까? 더 나은 삶을 위해서? 자신과 우주의 진화를 위해서 괴롭지만 한다? 이런 마음이라면 힘이 듭니다. 자연히 오만상을 찌푸리게 됩니다.

이제는 생각을 바꿔서 '기쁘기 때문에 한다' 이렇게 생각해 보세요. 내가 기쁘기 위해서……. 추운데 일찍 일어나서 나올 때는 너무나 괴롭지만, 수련을 마치고 나면 날아갈 듯이 기쁘지요. 겉마음은 괴롭고 싫다고 느끼지만, 마음속 깊은 마음은 기쁘다는 것을 알기에 그렇게 하는 것입니다.

우리는 거창하고 어렵게 생각하는 데 길들여 있습니다. 그래야만 멋있다고 생각합니다. 그래서 '내가 기쁘기 위해서 무얼 하면 안 되는 것 아닌가', 심지어는 '죄가 아닌가'라고까지 생각합니다. 그런데 솔직하게 '기쁘기 위해서'입니다.

선행을 하는 분들이 왜 선행을 할까요? 기쁘기 때문에 시간과 돈을 써 가면서 하는 것입니다. 베푸는 것이 얼마나 기쁜지 알기 때문입니다. 김밥 할머니 같은 분들이 자신의 전 재산을 어딘가에 바치는 것도 기쁘기 때문입니다. 자신이 평생 안 먹고 안 쓰고 모은 돈을 가족에게 물려주는 것도 기쁜 일이지만, 그보다는 더 많은 분들에게, 자신을 길러주고 보살펴주고 때로는 못살게도 군 사회에 돌려주는 게 더 기쁘다는 것을 알기 때문입니다.

우리는 기쁘기 때문에 수련을 하는 것입니다. 겉마음은 싫고 귀찮을지라도 자신의 깊은 마음은 기쁘다는 것을 알기 때문입니다. 그렇게 좀 더 솔직해지자…….

기쁘기 때문에 한다……. 이제부터 생각의 방식을 이렇게 바꾸어 보자는 말씀을 드립니다. 기쁘기 때문에 하면 자연히 얼굴에 웃음이 핍니다.

··· 겸손과 하심으로

겸손은 도를 담는 그릇

"마음공부를 한다"고 할 때의 '마음공부'란 대체 무엇일까요? 여기에 대해 말씀드리겠습니다. 마음공부의 첫째는 마음을 낮추는 것입니다. 둘째는 마음을 비우는 것이고, 셋째는 마음을 조절하는 것입니다.

'마음을 낮춘다'라고 표현을 했는데, 겸손은 최상의 수련법이자 굉장히 어려운 고도의 수련법입니다. 여기 들어오면서 모든 것을 버리고 새로 시작하는 마음을 가져주십사 부탁드리는 것은 바로 이 겸손을 공부하기 위해서입니다. 마음공부를 하려면 먼저 겸손해야 하기 때문이지요.

겸손은 도道를 담을 수 있는 그릇입니다. 도는 겸손이라는 그릇이 아니면 담을 수가 없습니다. 그래서 "그릇이 되었다"라는 말에는 '비로소 겸손해졌다'는 뜻이 있습니다. 고사古事에도 나오듯이 옛날에는 겸손하지 않으면 법을 전수해주지 않았습니다. 3년 나무하게 하고, 3년 물 긷게 하고, 3년 밥 짓게 하는 것은 도를 담을 수 있는 겸손이라는 그릇을 만들기 위한 과정이었습니다.

"마음을 낮출 수 있는 자만이 천하를 얻을 수 있다"고 했습니다. 멀리 갈 것도 없이 삼국지만 봐도 알 수 있습니다. 유비라는 분이 제갈공명에게 삼고초려三顧草廬한 얘기는 다들 아시지요? 유비는 왕손이었지만 제갈공명을 모셔오기 위해 세 번이나 찾아가서 마음을 낮추고 가르침을 청했다는 것입니다.

그렇게 해서 제갈공명을 모셔 올 수 있었기에 유비라는 인물이 있을 수 있었고 삼국지가 유비의 삼국지가 될 수 있었습니다. 만약 유비가 마음을 낮추지 못했다면, 그래서 제갈공명을 얻지 못했다면 삼국지는 아마 조조의 삼국지가 되었을 것입니다. 마음을 낮출 수 있을 때 천하를 얻는다는 얘기입니다.

그릇이 되어야만 법을 전수한다

수련생에게 있어 낮추어야 할 때라 함은 수련에 들었을 때이며, 낮추어야 할 장소란 수련하는 장소를 일컫습니다. 이곳 수선재는 하늘과 땅의 기운을 연결해서 수련을 하는 곳으로서 수선재에 입문하시면 반드시 겸손이라는 그릇을 검증받아야만 수련법을 전수받을 수 있습니다.

우리는 흔히 자신에게 필요한 것을 갖고 있는 사람에게 마음을 숙이고 겸손한 척합니다. 다른 곳에서 세상살이를 할 때는 그렇게 행동합니다. 하지만 하늘을 배우는 이곳 수련장에 와서는 그렇게 해서는 안 됩니다. 사회적인 지위나 재산에서는 자신보다 훨씬 낮은 자리에 있지만 마음 면에서는 자신보다 높으신 분들일 수 있습니다. 함부로 대하거나 잘난 척을 해서는 안 되는 것입니다.

하늘에서 보실 때는 지위나 재산으로 우열을 가리지 않습니다. 저도 들어오신 회원님들의 나이, 지위, 남녀, 직업 같은 걸 따지지 않고 다 같이 대합니다. 아무리 가진 것이 없고 낮은 자리에 있는 분일지라도 마음이 겸손하고 비워져 있으면 제가 대단한 관심을 가지고 바라보는 것을 보셨을 겁니다. 많이 가졌지만 마음이 비워지지 않고 건방진 분에게는 한없이 냉정하게 대하는 것도 보셨을 것이고요.

드라마 『허준』을 보니까 '비인부전非人不傳'이라는 구절이 나오더군요. 중국의 서성書聖이라 불리는 왕희지라는 분이 제자들에게 하신 말씀인데 "인간이 아니면 법을 전수하지 않는다"는 뜻입니다. 우리 수련도 마찬가지여서, 초급 과정에서는 기운을 널리 전해도 고급 과정으로 들어가면 반드시 인간이 되어야만 법을 전수합니다.

가끔씩 "제가 수련이 되는 겁니까? 아무리 해도 수련이 안 되는 것 같습니다"라고 질문하는 분이 계시더군요. 그렇게 질문할 때 저를 쳐다보는 얼굴을 보면 꼭 빚쟁이가 빚 달라고 조르는 표정입니다.

수련이란 갈고 닦는 것인데 무엇을 갈고 닦는가? 마음을 갈고 마음을 닦는 것입니다. 그런데 질문하시는 분의 마음속에는 갈고 닦는다는 생각보다는 어떤 능력에 대한 기대가 더 많은 것 같았습니다. 왜 수련을 열심히 해도 파장이 연결이 안 되는가? 의통이 연결이 안 되는가? 눈이 안 열리는가? 이런 뜻으로 질문을 하시는 것 같습니다.

그런데 우리 수련에서는 겸손이라는 그릇이 되지 않으면 아무리 노력을 해도 되지가 않습니다. 필요에 의해 연결을 해드려도 겸손이라는 그릇이 되지 않으면 다시 끊깁니다.

우리가 선仙이라는 것, 도道라는 것을 공부할 때, 선사나 도사라고 지칭하지 않고 선인仙人 또는 도인道人이라고 지칭하는 것에는 '사람이 된다', '사람이 되도록 한다'라는 뜻이 담겨 있습니다.

'사' 자에는 어쩐지 자격증 같은 뉘앙스가 있지 않습니까? 박사, 의사, 변호사……, 이런 식으로 시험을 쳐서 자격증을 얻은 사람이라는 뉘앙스가 있습니다. 그러나 선인은 사람입니다. 자격증을 얻은 사람이 아니라 '사람다운 사람', '하늘을 아는 사람'이면 선인입니다.

앞으로는 "제가 수련이 되고 있습니까?" 하는 질문보다는, "제가 좀 겸손해졌습니까? 마음이 좀 비워졌습니까? 마음이 좀 열렸습니까?" 하고 질문해 주시면 반갑겠습니다. 그러면 제가 기꺼이 어느 정도 열렸다, 어느 정도 비워졌다, 말씀드릴 것입니다.

우리 공부는 얼마나 많이 비워내느냐에 달렸습니다. 플러스 즉 가진 상태에서 계속 비워내서 제로로 가고, 제로에서 더 비워내서 마이너스로 가는 공부입니다. 그렇게 끝없이 비워지면 그때 뭔가가 열리고, 주어지고, 새로운 세계가 열리는 공부입니다. 그것을 잊지 마시고 "제가 마음이 비워졌습니까? 쓸 만해졌습니까? 그릇이 좀 됐습니까?" 해주시면 좋겠습니다.

무엇을 안다고 할 수 있겠는가

우리는 아는 것이 없습니다. 인간을 모르고 자연도 모르고 하늘도 모릅니다. 전생도 모르고 앞으로 어떻게 될지도 모릅니다. 모르는 것투성이입니다. 의사가 자신의 몸도 모르잖습니까? 어떤 암 전문의가 있는데 자신은 대장암 4기랍니다. 다른 사람 암 수술은 많이 해줬는데 본인은 자기 몸에 암이 4기가 될 때까지 모른 것입니다.

아무리 논리적이고 많이 아는 분이 있다 해도 지금 지구인의 지식은 우주의 입장에서 보면 영점 몇 퍼센트에 불과합니다. 그 잣대로 무얼 어떻게 잴 수 있겠는가 하는 것입니다. 아예 자를 꺾는 것이 낫습니다. 하늘을 아는 순간 이미 내 자는 자가 아닌 것입니다. 도저히 잴 수가 없습니다.

내가 잔뜩 안다고 생각할 때는 지금 알고 있는 것만도 버거워서 뭘 더 알려고 하지 않습니다. 그런 것들을 자꾸 버리다 보면 정말 몰라집니다. '내가 아는 것이 다가 아니었다, 근본을 몰랐다'라는 생각이 듭니다.

사람이 왜 죽는지 모르잖습니까? 더 살고 싶어도 죽어집니다. 아무리 발버둥을 쳐도 죽어진단 말이지요. 그런 원리도 모르고 살면서, 살아지는 대로 살면서 뭘 안다고 얘기할 수 있겠는가 하는 것입니다. 그렇게 모르는 것투성이이기 때문에 그냥 밑에서 겸손할 수밖에 없습니다.

낮아져야만 이해할 수 있다

또 겸손해야 알아집니다. 안다고 생각하는 한, 알아지지 않습니다. '안다'라는 것은 '이해한다'는 얘기인데 영어로는 'understand'라고 합니다. 'stand'는 '서다'라는 뜻인데 거기에 'under'가 붙어 '밑에 서다'라는 뜻이 됩니다. 'overstand'라고 하지는 않습니다.

그러니까 이해한다는 것은 밑에 선다는 얘기입니다. 상대방과 눈높이를 대등하게 하는 것도 아니고, 위에서 내려다보는 것도 아니고, 밑에 서서 바라볼 때 '이해한다'라고 합니다.

영어의 표현이 그렇게 정확합니다. 겸손해야만 이해할 수 있다는 얘기입니다. 내려다봐서는 결코 이해할 수 없습니다. 낮은 자세로 알려고 해야 합니다.

❁ 어린 아이에게도 머리를 숙일 수 있어야

사람이 소우주이기에 어린 아이한테도 숙일 수가 있어야 합니다. 어린 아이에게서도 내가 배울 점이 있습니다. 어린 아이같이 순수한 사람이 어디 있습니까? 어디 가서 그런 순수함을 배우겠습니까? '아, 참 맑고 순수하구나' 하고 숙일 수 있어야 합니다.

어떤 회원님이 "하심 하십시오"라는 인사의 말을 듣고 "하심下心은 우주를 향해 하는 것이지 사람에게는 안 한다"고 하셨다지요.

풀 한 포기, 나무 한 그루, 기어 다니는 벌레 한 마리에게도 그 생명의 신비로움에 절로 머리가 숙여지지 않는 사람은 우주를 향해서도 하심할 수 없습니다.

하물며 소우주인 사람에게 머리가 숙여지지 않는다니요. 바보에게도, 어린 아이에게도 종종 머리가 숙여지는 것이 수련생의 마음입니다. 자신이 지니지 못한 천진난만함을 지닌 분들 아닙니까? 동냥하는 거지는 또 어떤가요? 노숙하는 분들은 또 어떤지요?

자신으로서는 도저히 하지 못하는 행동을 하는 용기를 지닌 분들입니다. 어리석음은 있을망정 살려고 몸부림치는 분들입니다.

'하심'에는 대상이 없습니다. 대상이 있는 것은 계산이요, 흥정이지, 겸손함이 아닌 것입니다.

❁ 나이 드신 분들을 존경해야 하는 이유

나이 드신 분들을 존경해야 하는 이유는 그분들이 겪은 고통의 무게 때문입니다. 만고풍상을 겪으며 그 나이까지 오신 분들입니다. 천근만근의 고통을 묵묵히 견뎌 오신 분들입니다. 이런 것에 대해 인간으로서의 존경심을 가지고 예우를 해드려야 합니다.

무지렁이 노인이라 할지라도 너무나 존경스러운 것은, 가슴에 피멍이 들고 가슴이 재가 되었을망정 그 고통을 견뎌왔다는 것입니다. 엄청난 고통을 담고 삭이며 살아왔습니다. 우리는 조그만 고통도 못 견뎌서 울부짖고 발버둥치고 별별 짓을 다 하는데 그 고통을 묵묵히 견뎌왔다는 것, 그 점을 존중해 줘야 합니다.

인간은 경험하러 나왔다고 했지 않습니까? 경험하기 위해 이 세상에 태어났는데 나이 드신 분들은 좋은 경험이든 나쁜 경험이든 경험을 많이 하신 분들입니다. 슬픔도 겪고, 기쁨도 겪고, 고통도 겪고……. 살다 보면 너무너무 괴로워서 죽을 것 같은 순간들이 많이 있는데 자기보다 한 살이라도 더 나이가 많은 분들은 하나라도 더 겪었다는 얘기입니다. 인간으로 태어나 고해에 살면서 많이 겪은 분들입니다. 그런 고통에 대해 경외심을 가져야 합니다.

노인의 얼굴을 보면 절로 존경심이 우러나오지 않나요? 지식 같은 것으로는 따질 수 없는 문제입니다.

❁ 모래 한 알의 역사가 우주의 역사

인간이 벌레보다 낫다고 할 수 있을까요? 벌레로서 살아간다는 것이 굉장히 어려운 일입니다. 하루 이틀이면 밟히거나 먹히거나 합니다. 동물의 세계라는 게 약육강식이잖습니까? 하루 이틀 살아 있으면 잘 살아 있는 것입니다. 벌레의 고통이 있습니다. 수련을 하다 보면 어느 순간 벌레가 그렇게 커 보일 수 없는데 그 고통의 무게 때문입니다. 벌레 이전에는 뭐였겠습니까? 그 역사가 굉장히 깁니다.

인간이 과연 그렇게 잘났다고 할 수 있는가? 인간의 삶을 살펴보면 벌레만도 못한 경우가 많습니다. 이상한 생각, 이상한 짓을 많이 합니다. 벌레는 죄는 안 짓는데 인간은 얼마나 많이 죄를 짓는가? 그러니 벌레만도 못하다, 벌레가 참 위대하다, 이런 생각을 합니다.

하다못해 기어가는 바퀴벌레 한 마리를 봐도 그렇습니다. 참 쉬지 않고 끈질기게 갑니다. 끊임없이 힘을 내서 갑니다. 쉬지도 않습니다. 그 꾸준함이 참 대단하지요. 우리 인간은 가다가 뒤돌아보고 가다가 뒤돌아보고 그러지 않습니까? 절 수련을 할 때도 한 배 하고 딴생각하고 또 한 배하고 딴생각하고 그러고요.

그런데 바퀴벌레는 잡념이 없습니다. 끊임없이 갑니다. 그 한 가지만이라도 내가 배울 수 있다면, 내가 가지지 못한 한 가지 장점이라도 발견해낼 수 있다면 그것이 진리에 다가가는 첩경입니다. 모래 한 알에도 고개가 숙여진다는 것은 바로 그런 것이지요.

남사고 선인은 모래 한 알 얘기를 하셨고, 우리 회원님 중 한 분은 "바위 이야기"라는 동화를 쓰셨는데 파장을 받아서 쓴 글이더군요. 오랜 세월 표정도 없이 서 있지만 바위 하나가 가지고 있는 역사가 우주의 역사와 같다는 것입니다. 인간은 나와서 60~70년 살다가 가지만 바위는 수억만 년을 그렇게 있습니다. 우주의 역사를 보고, 같이 하고, 온갖 풍상을 겪어 왔습니다. 이리저리 비바람을 맞고, 이끼가 끼고, 파내어 글이 새겨지고, 깎아져서 집이 되고……, 바위로 살아가는 고통이 엄청납니다. 그 앞에서 머리를 숙일 수밖에 없습니다.

❂ 내 마음대로 안 되는구나

우리는 하늘 속의 인간으로서 하늘을 벗어날 수 없습니다. 하늘의 범위 내에서 우리가 살고 있는 것이며 생사여탈권을 하늘이 다 쥐고 있습니다.

깨달음이란 무엇인가? 단도직입적으로 얘기하면 인간이 할 수 있는 일은 아무것도 없다는 것이 깨달음입니다. "내가 낳고 싶어서 낳은 줄 아니?"라는 말이 정답인 것이지요.

내가 나오고 싶어서 나온 게 아니라 하늘이 내보내 줘서 나온 것입니다. 죽고 싶어서 죽는 것이 아니고, 늙고 싶어서 늙는 것이 아니고, 병들고 싶어서 병드는 것이 아닙니다. 생로병사를 내 마음대로 할 수가 없습니다. 내 목숨이 내 것이 아니라는 겁니다.

지금은 어쩔 수 없이 내 맘대로 못합니다. 섭리에 의해 돌아가는 수밖에 없습니다. 그러니 엎드릴 수밖에요. 모를 때는 용감할 수 있습니다. 모르면 버텨보기도 하는데 알고 나면 엎드리지 않을 수가 없습니다.

자신들이 할 수 있는 게 없잖습니까? 인간의 능력은 아마 1%의 비율일 겁니다. "99%의 노력, 1%의 영감"이라고 말하는데 그것은 인간의 기준일 뿐입니다. 아무리 99%의 노력을 해도 1%의 영감에는 경쟁이 안 됩니다. 자신의 힘으로는 100%가 안 됩니다. 99%는 자신의 힘으로 해도 나머지 1%는 누군가가 쥐고 있습니다. 그런데 그 1%가 99%보다 훨씬 힘이 셉니다.

저는 그것을 수련 초기에 일찍이 알았습니다. '아, 내 마음대로 안 되는구나, 아무리 용을 써도 안 되는구나, 스케줄에 의해 되는 것이구나' 하는 것을 알았습니다. 탄생부터 내 마음대로 안 됐다는 걸 안 것이지요.

계속 그렇게 종속관계면 재미가 없겠지만 같은 반열에 갈 수 있는 방법을 알려주십니다. 조물주님만 찾다가 끝나면, 나를 어떻게 해달라고 빌기만 하다가 끝나면 그게 뭐겠습니까? 그런 수련은 저도 안 합니다. 그런데 조금씩 조금씩 다가가는 방법을 알려주시고 결국은 같은 수준에 도달하게 해주십니다. 그러니까 할 만합니다.

하루하루 살얼음을 딛듯이

저도 참 건방지기 짝이 없는 사람이었는데, 그래도 제가 좀 겸손할 수 있었던 것은 하늘을 알고부터였습니다. 하늘은 절대 머리로는 알 수 없습니다. 가슴으로 알아야 합니다.

중단이 막히신 분들이 "제가 어떻게 하면 중단이 열릴 수 있습니까?"라고 묻는 경우가 있더군요. 중단은 마음입니다. 하늘을 느껴보면 마음이 열리고 중단이 열립니다.

하늘은 절대 머리로는 느낄 수 없으며, 가슴으로 느껴서 가슴으로 전해야 합니다. 저도 그렇게 가슴으로 느껴서 가슴으로 전달해 드리는 방법을 씁니다.

하늘을 알지 못하면 겸손할 수가 없습니다. 하늘을 조금이라도 알고 느끼면 그때 비로소 겸손할 수 있습니다. 겸손하고 싶고 마음을 비우고 싶다면 하늘을 느끼려고 노력하시기 바랍니다.

저도 수련지도를 하러 들어오면서 매번 '내가 이 자리에 앉을 수 있는가? 수련지도를 할 수 있는가?'라는 생각을 합니다. 회원님들과 얘기를 나누고 돌아가서는 '무슨 실수를 하지 않았는가?' 하고 검토해 봅니다. 피곤해서 그냥 자면 다음 날에라도 반드시 점검을 합니다.

한 마디 한 마디가 너무 중요하기 때문입니다. 인간적인 말이 툭툭 튀어나왔을 수 있습니다. 그러면 그것을 정정합니다. 최소한 지금부터라도 업을 짓지는 말아야지요. 본성을 만났다고 해서 장담할 수는 없습니다. 업을 짓지 않을 수 있는 지혜에 닿았다는 것뿐이지 늘 자신만만할 수는 없습니다. 어떤 분이 질문을 했는데 잘못 대답해주기라도 하면 남을 잘못 인도하는 업을 짓는 것입니다. 그 말대로 따라 하면 그분도 업을 짓는 것이고요.

그렇게 하루하루가 살얼음을 딛듯 쉽지가 않습니다. 자신만만하게 '공부 끝났다' 하는 마음이 아니라 죽는 순간까지 계속 깨어 있으면서 한순간도 실수하지 않고자 하는 마음입니다. 남을 안내하는 위치는 너무나 중요하기 때문입니다.

수련을 지도하는 수사님들은 진심으로 우러나서 그런 마음을 지니시기 바랍니다. 내가 이 자리에 앉을 만한가? 우주의 기운을 받고 하늘의 말씀을 들을 만한가? 그런 것을 한 번쯤 반성할 수 있어야 합니다. 그런 마음이 겸손한 마음이 아닌가 합니다.

겸손해질 때까지 담금질을……

우리 수련의 시작은 자신을 낮추는 것입니다. 자신을 계속 낮추어서 아예 바닥까지 닿았을 때 수련이 시작된다고 봅니다.

'내가 많이 안다', '내가 상당한 수준에 있다'라고 여기는 분에게는 계속 관심을 갖지 않습니다. 마음을 굽힐 때까지 내쳐 둡니다.

마음을 바닥까지 굽혀서 '나는 아무것도 모른다', '나는 하찮은 존재이다'라는 마음을 가질 때 비로소 공부가 시작됩니다. 그런 것은 저도 알거니와 같이 공부하시는 도반들도 이심전심으로

다 느낍니다.

그렇게 되기까지는 계속 내치고, 격려하지 않고, 관심을 갖지 않습니다. 바닥으로 계속 떨어뜨리면서 '그래도 수련을 하는가?' 지켜보면서 기다리는 방법을 씁니다.

그런데 혈이 거의 열리고 대주천이 되기 직전 상태에서 더 이상 견디지 못하고 나가시더군요. 이제는 못하겠다, 자존심 상해서 못하고, 기분 나빠서 못하고, 섭섭해서 못하고……, 이러시더군요. 조금만 더 추위를 견디면 그걸 깨고 진전을 할 텐데 중도에 그만두시더군요. 본인 스스로는 상당히 수련이 되었다고 여기는데 그만큼 인정받지는 못했다고 생각하시더군요.

그럴 때 보면 상당히 마음이 섭섭합니다. 타 명상단체에서는 상당히 인정을 받고 내로라하는 위치에 있었는데 여기서는 그걸 몰라주고 관심을 안 가져 주니까 소외감과 섭섭함을 느끼는 것입니다. 그럼에도 격려하거나 달래주지 않는 것은 겸손한 상태가 되기를 기다리기 때문입니다.

혹시라도 그런 섭섭한 마음이 드신다면 '내가 아직 마음을 굽히지 않고 있구나', '내가 아직도 많이 안다고 생각하고 있구나'라고 생각해 주시기 바랍니다. 그렇게 겸손한 마음가짐을 가지시면 다시 관심을 갖고 이끌어 드리는 방법을 씁니다. 끝끝내 마음을 열지 못하고 수련을 그만두시는 분도 있습니다만…….

담금질을 한다고 하지 않습니까? 쇠를 담금질하는 것처럼 한 번에 그치지 않고 여러 번 두드립니다. 여러 번 담금질을 해야만 좋은 쇠가 되기 때문입니다. 그렇게 단련을 시킵니다.

비움과 버림으로

버리는 공부

우리 수련은 버리는 공부입니다. 버리면 얻어지고, 버리면 주어집니다. 경락이나 혈도 버리면 열립니다. 잔뜩 가지고 있으면 닫힐 수밖에 없습니다.

다 버리면 뜻하지 않게 다른 곳에서 주어지는 것이 우리 수련의 원리입니다. 어떤 사람에게 뭔가 줬다고 해서 반드시 그 사람한테서 보상이 오지는 않습니다. 엉뚱하게 다른 사람한테서 옵니다.

도의 세계는 냉정해서 준만큼 거둡니다. 다 주고 다 버린 줄 알았는데 엉뚱한 곳에서 주어지는 것이 도의 원리입니다. 이런 원리를 터득하면 공부가 쉽습니다. '내가 이만큼 수련을 했으니까 이만큼 얻어가야 한다' 하는 마음가짐이라면 처음부터 다시 공부를 해야 하고요.

버리는 원리를 터득하면 마음이 가벼워지고, 마음이 가벼워지면 몸도 편안해집니다. 건강수련 지도 시에도 "어떤 병에는 어떤 처방" 하는 식의 대증 처방을 내려드리지는 않는데, 몸이 아픈 것은 마음이 편치 않은 것이 몸의 어딘가에 증상으로 나타나는 것이며 먼저 마음을 고침으로써 몸의 병을 고치고자 하기 때문입니다. 이곳 수선재는 마음을 고치는 곳이기 때문입니다.

직장도 버리고, 돈도 버리고……, 이런 식으로 물질을 다 버리라는 말씀인지요?

물질을 버리라는 게 아니라 물질을 추구하는 마음을 버리라는 것입니다. '꼭 돈을 많이 벌어야 한다'는 마음, '결혼해서 가정을 이루고 재미있게 살아야 한다'는 마음이 있는데 '반드시 그래야 하는 건 아니다'라고 생각하는 것이 버리는 것입니다. 요구하는 게 적어지면 마음이 편해집니다. 그런 식으로 버리는 공부를 하는 것입니다.

❁ 버린 만큼 홀가분해진다

제가 기공氣功, 신공身功, 신공神功 공부는 재미있게 했는데 그 다음 심공心功 단계에서는 상당히 괴로웠습니다. 버리는 공부를 했기 때문입니다. 깨달음으로 가는 방법은 여러 가지가 있는데 저는 버리는 방법을 택했던 것이지요.

그런데 버리고 나면 그렇게 홀가분할 수가 없습니다. 버릴 때는 아깝다는 생각이 드는데 버리고 나면 홀가분하고 자유롭습니다. 버리면서 기분 좋고 홀가분한 것은 버려보지 않으면 모릅니다. 버리는 재미를 알게 되면 '뭐 버릴 것 없나' 하고 자꾸 버릴 것을 찾게 됩니다. 버리는 시원함이 굉장합니다. 가진 것만큼 머리가 아프고, 버린 것만큼 홀가분합니다.

본인이 귀하다고 생각하는 것, 어려운 것, 큰 것, 버리지 못하는 것들을 버리면 다음번에는 극복이 됩니다. 또 그렇게 버리고 나면 몇 년, 몇 십 년 후에는 몇 십 배로 돌려받는 기회가 옵니다. 궁극적으로는 자신까지 버려서 깨달음을 얻습니다. 자신을 버려 우주를 얻는 것입니다.

❁ 받으려면 먼저 비워야 한다

순서는 버리는 것이 먼저입니다. 버리고 맑아져야 하고, 버리고 밝아져야 하고, 버리고 따뜻해져야 합니다. 쥐고 있는 한은 맑지도, 밝지도, 따뜻하지도 않습니다. 내 것이 아니어야만 그렇게 될 수 있습니다.

또 비운 만큼 채워주십니다. 소주잔만큼 비우면 소주잔만큼 들어오고, 맥주잔만큼 비우면 맥주잔만큼 들어오고, 하늘만큼 비우면 하늘이 들어옵니다. 왜 비우라고 하시는가? 주시기 위해서입니다. 채워져 있으면 들어갈 곳이 없기 때문입니다.

그런데 먼저 달라고 합니다. "먼저 주시면 내가 비우겠습니다" 합니다. 순서는 그게 아닙니다. 먼저 비우면 주십니다. 틀림없이 몇 배, 몇 십 배 주시는데 조건은 비우는 것입니다.

우주라는 곳이 비어 있는 곳이잖습니까? 하늘만 해도 뭔가 있습니다. 구름도 있고 해도 있고 바람도 있고 달도 있습니다. 하늘만 해도 희로애락의 표현이 있는 것입니다. 하지만 우리가 가려고 하는 곳은 우주입니다. 텅 비어 있는 곳, 소리도 없는 곳, 아무 감정이 없는 곳입니다.

그래서 다 던져 보는 것, 버려 보는 것이 중요합니다. 가지고 있는 것들이 별것도 아닌데 안 버립니다. 버리면 죽는 줄 알고 악착같이 안 버립니다. 그런데 다 던져야 합니다. 일단 빈 그릇을 만들고 난 후 그 다음에 채워야 합니다.

본성을 만나려면……

제가 『선계에 가고 싶다』에도 썼듯이, 본성을 만나고 우주로 진입할 때는 CD처럼 가늘고 얇은 상태가 되어야 합니다. 마음 상태가 그렇게 가벼워져야 합니다. 한없이 가벼워지고 한없이 맑아져야만 들어갈 수 있습니다.

그러려면 잡념 같은 것들이 얼마나 없어야 하겠습니까? 머릿속이 잡념으로 가득 차 있고 마음속이 애증으로 가득 차 있어서는 도저히 진입할 수 없습니다. 우주로 들어갈 때는 가벼워져야 합니다. 아무 생각도 안 나는 상태, 감정적인 것들이 정화가 된 상태가 되어야 합니다.

조그만 일에도 울고불고 난리잖습니까? 그런데 어느 정도 건망증 환자가 되어야 하느냐 하면, '내가 그 사람을 좋아했었나?' 하고 기억이 안 날 정도가 되어야 합니다. 그런 사람이 있었는지 없었는지조차 모르는 상태가 되어야 합니다.

날아가려면 가벼워져야 한다

어제 책을 읽다가 눈에 띄는 구절이 있었습니다. 새에 관한 글이었는데 이런 구절이 있더군요.

"사람이 아무리 가난하다고 한들 공중을 나는 새보다야 더 가난하겠는가?"

아, 깜짝 놀랐습니다. 저는 새까지는 미처 생각을 못했거든요. 새가 가진 게 없지요. 가난합니다. 그러니 새보다 더 가난하겠는가?

새들은 집도 겨울에만 짓습니다. 겨울에는 아무 데서나 잘 수 없기에 집을 짓습니다. 숲이 우거지면 집이 없어지고요. 또 새끼를 낳아서 기를 때까지만 집이 있습니다. 새끼가 날아다니면 집이 없어집니다. 그렇게 참 가난합니다.

그리고 제가 생각한 것이 '가벼우니까 새들이 잘 날아다니는

구나' 하는 것이었습니다. 머리와 몸에 잔뜩 지니고 있다면 날아다니겠습니까? 무거워서 못 납니다. 가벼워서 잘 날아다니는구나 싶었습니다.

'새처럼 가벼워져야 날아가겠구나' 하는 생각을 했습니다. 우리는 날아가야 합니다. 걸어가도 안 되고 기어가면 더더욱 안 됩니다. 날아서 올라가야 하니까 가벼워져야 합니다.

인생은 날숨 한 번

큰 호흡으로 보면 생명으로 있을 때는 '호呼'의 단계입니다. 내쉬는 숨이고 버리는 단계입니다. 그 다음에 죽어서 영생으로 들어가면 들이쉬는 단계가 되고요.

그러니 인생이란 그저 한 호흡입니다. 한 생 동안 들이쉬고 내쉬고를 다 하는 것도 아닙니다. 지상에 몸을 쓰고 나왔을 때는 내쉬는 일, 버리는 일만 하면 됩니다. 채워지는 일은 죽고 나면 저절로 됩니다.

덜 내쉬면 죽어서 덜 채워집니다. 버리는 만큼 채워지기 때문입니다. 금생에 충분히 버리면 다음 생에는 가득 채워지는 것이 원리입니다. 그러니 우리는 숨만 쉬고 버리기만 하면 되는 것입니다.

❁ 무엇이 가장 나를 지배하는가?

“버리는 게 싫은데 왜 자꾸 버리라고 하십니까?” 하고 불평하는 분도 계시더군요. 가족도 버리고, 부모도 버리고, 직장도 버리고……, 이래야 한다는 강박관념을 가진 분도 계시고요. 그렇게 말씀드린 적이 없는데 그렇게 이해하시더군요.

다 버리라는 게 아닙니다. 다 버리면 어떻게 살겠습니까? 식욕을 버리면 굶어 죽을 것입니다. 수면욕을 버려도 죽을 것이고요. 하나씩 하나씩 버리라는 것입니다. 순차적으로 버리되 자신을 가장 많이 지배하는 것을 버리라는 것입니다. 마음이 밭이라 하면 거기 커다란 바윗덩어리가 차지하고 있습니다. 그것도 하나만 있는 게 아니라 여러 개 있습니다. 밭을 갈자면 제일 큰 것부터 덜어내야 합니다. 큰 건 놔둔 채 자잘한 것들만 덜어내면 밭이 갈아지지 않습니다.

자기 마음을 들여다보면 자신을 제일 많이 차지하고 있는 것이 있습니다. 내가 무엇에 가장 지배를 받는가? 그걸 찾아내서 버리면 됩니다. 큰 걸 버리면 나머지는 쉬워집니다. 큰 걸 버릴 수만 있다면 작은 걸 버리기는 그리 어렵지 않습니다.

버려야 할 대상에는 어떤 것들이 있는가? 먹고 자고 하는 본능적인 욕구가 굉장히 두꺼운 분이 있습니다. 인간은 반은 신이고 반은 동물이라고 말씀드렸지요? 동물적인 욕구 또한 인간이 갖고 있는 속성인 것입니다.

본능적인 욕구는 얇은데 자기만의 두께가 두꺼운 분이 있습니다. 그런데 그게 진짜 자기냐 하면, 아닙니다. 이합집산이 된 자기인데 많은 부분 허술합니다. 꽉 찬 자기가 아니라 뭔지 몰라도 많이 비어 있는 자기인 것입니다. 그래서 항상 뭔가 생각하는데 반은 쓸데없는 생각입니다. 자기도 비어 있는 부분이 뭔지 모르기 때문입니다.

자기는 없고 남으로 가득 차 있는 분도 있습니다. 어떤 타인이 많이 자리 잡은 경우입니다. 사랑하는 남녀의 경우는 굉장합니다. 80~90% 이상입니다. 본성을 다 싸고 있어서 그 안으로 들어갈 수가 없습니다. 상대방이 너무 큰 것이지요.

아예 뿌리째 뽑힌 분도 있습니다. 상대방 속으로 몽땅 다 들어갑니다. 자아가 강한 사람은 들어가지는 않는 대신 남을 자기한테 끌어옵니다. 끌려가는 것도 끌어오는 것도 죄입니다. 그 사람은 그 자리에 나는 내 자리에 머물면서 서로 남는 부분을 교류해야 합니다.

일 중독증이라 할 만큼 일을 못 놓는 분이 있는가 하면, 게으르고 싶고 편하고 싶은 욕심을 끝까지 못 놓는 분도 있습니다.

버려야 할 대상이 욕심만 있는 게 아닙니다. 성격적인 결함을 버려야 하는 경우도 많습니다. 다들 건드리면 경기하는 부분들을 갖고 있지 않습니까? 열등감이 많은 분은 조금만 그 열등감을 건드려도 경기를 일으킵니다. 자존심이 강한 분은 조금만 그 자존심에 생채기를 내도 부르르 떨며 분노합니다.

내 생각만 옳다고 여기는 편협한 분들은 그걸 버려야 합니다. 매사 시시비비를 가려주는 분들 있잖습니까? 자기가 재판관도 아닌데 옳다 그르다 판단해 줍니다. 매사에 지식을 대입하는 분도 있습니다. 자기 본성으로 판단하지 않고 "누가 이렇게 말했다, 누구는 저렇게 말했다" 하고 남의 지식을 빌려와서 판단합니다. 사랑이 온통 지배하고 있는 분, 눈 먼 애정으로 결점도 무조건 감싸는 분은 그걸 버려봐야 하고요.

자신은 어느 것에도 지배를 받아서는 안 되는 존재이기 때문입니다. 욕망, 지식, 감정 같은 것들에 지배받고 휘둘리면 안 되는 것입니다.

이처럼 사람마다 버려야 할 것이 다 다른데, 한 가지를 버리는데 평생이 걸리는 분도 있습니다. 한 가지를 뿌리 뽑기 위해 몇 생을 되풀이하는 분도 있고요. 돈이 너무 중요한 분은 그걸 뿌리 뽑기 위해 몇 생을 나옵니다. 명예욕, 권력욕, 상승하고자 하는 욕구가 너무 강하면 그것 때문에 몇 생이 걸리기도 합니다.

한 가지가 뿌리 뽑히면 그 다음 단계의 공부를 시킵니다. 그 공부가 안 되면 금생에 다른 공부는 안 시킵니다. 그러니 다 버려야 한다고 너무 걱정하지는 마세요. 공부를 그렇게 마구 시키지는 않습니다. 그 사람을 가장 지배하는 것을 버려야만, 그것도 어지간히 버려야만 그 다음 공부로 진입시킵니다. 평생 한 가지 버리기도 벅찰 수 있습니다.

❁ 버리는 방법

버리는 방법에는 강물에 띄우는 법, 절벽에서 밑으로 떨어뜨리는 법, 공능으로 분해시키는 법, 잊어버리는 법 등이 있는데 잊어버리는 방법이 가장 자연스럽게 버려지는 법입니다. 무심으로 드는 방법이지요.

버리기 싫어서 자꾸 생각하고 쫓아가니까 안 버려지는 것인데 그냥 잊어버리고 생각을 안 하는 것입니다. 있다는 것조차 잊어버리면 저절로 사라지게 되어 있습니다. 잊어버리지 않는 한 언젠가는 다시 떠오르게 되어 있습니다. 잊어버리도록 하세요.

의념수련을 통해 버리기도 합니다. 단전 안에 넣고 태우고, 부수고, 절벽에서 떨어뜨리고……, 이렇게 여러 가지 방법으로 버립니다. 의식으로 다 가능한 일입니다. 계속 호흡을 하면서 의념을 하면 호흡과 의식으로 버릴 수 있습니다.

지감과 금촉으로

조식과 지감과 금촉

우리 수련은 조식調息 즉 호흡을 고르는 것에서 시작해서, 마음 상태는 지감止感을 해야 하고, 몸 상태는 금촉禁觸을 하는 과정을 넘겨야 합니다.

하나씩 살펴보면 우선 호흡은 기본적으로 갖춰야 하는 수련법입니다. 지감은 "마음에 관한 모든 사항을 끊는 것"을 말하는데 흔들리지 않는 것이 근본 원리이고, 금촉은 "몸에 관한 모든 사항을 끊는 것"을 말하는데 기운을 섞지 않는 것이 기본 원칙입니다.

지감이란 느낌을 멈추는 것

마음에 관한 사항을 끊는다는 것은 희로애락애오욕 즉 느낌에 대해서 느끼지 않는 것입니다. 어떤 느낌이 오면 계속 깊이 들어가지 않고 그 느낌 자체를 잊어버리는 것이지요.

갑자기 누가 전화해서 굉장히 기쁜 소식을 알려줘도 그 기쁨을 오래 간직하지 않고 이내 잊어버립니다. 슬픔도 마찬가지로 느낌을 간직하지 않습니다. 사람이기 때문에 무슨 얘기를 들으면 마음에서 반응이 옵니다. 반응조차 오지 않는 것은 아닌데 그 반응을 금방 잊어버리는 것입니다. 그래서 항상 비어 있는 상태, 무심의 상태로 있는 것이 지감하는 상태입니다. 느낌을 멈춘다, 감정이입이 안 된다, 감정의 흔들림이 없다, 다 같은 말입니다.

아는 한의사가 계신데 환자가 많아서 하루 종일 굉장히 바쁩니다. 그런데 퇴근할 때 만나보면 항상 쌩쌩합니다. 하루 삼사백 명씩 환자를 보면서도 어떻게 그렇게 쌩쌩하냐고 물었더니 자기는 무심으로 한다고 얘기하더군요. 환자를 볼 때 여자인지 남자인지, 아이인지 어른인지, 돈이 많은 사람인지 없는 사람인지, 얼굴 생김은 어떤지 등 잡다한 생각을 하지 않고 그냥 환자로만 본다는 것이었습니다.

일할 때 피곤해지는 이유는 감정을 섞기 때문입니다. 일 자체는 그렇게 힘들지 않은데 옆 사람에게 신경 쓰고 일에 감정을 이입하기 때문에 지치고 피곤한 것입니다.

거래처 사람과 마찰이 생겨서 일이 잘 안 되거나, 상사로부터 꾸지람을 들어서 화가 나고 부당하게 여겨질 때는 그냥 무심으로 드세요. 거기에 같이 감정 섞어가며 얘기하다 보면 더 피곤해질 뿐 아니라 때로는 단전을 놓치기도 합니다. 그냥 상대방이 하는 말을 들어주고, 그럴 수도 있다고 공감해 주고, 이쪽 입장도 전달하면서 타협점을 찾으면 화가 안 납니다.

금촉이란 기 교류를 멈추는 것

금촉은 몸에 관한 일체의 접촉을 하지 않는 것, 기 교류를 하지 않는 것을 말합니다. 금촉에 금욕이 포함됩니다. 누구를 만나도 기운을 열지 않고 만나므로 공사公私가 분명합니다. 대화만 하고 상대방 일에는 참견하지 않으므로 기운을 섞지 않습니다.

단군 신화에도 곰과 호랑이가 백 일 동안 동굴 속에서 견디는 이야기가 나오지요? 백 일이란 어떤 수준에 도달하기까지의 기간을 이야기한 것이지 꼭 백 일이 아닐 수도 있습니다. 그리고 금촉 하는 데 있어 가장 큰 장애가 무엇인지도 사람마다 다릅니다. 근기가 낮으면 금촉을 하다가 뛰쳐나가는데 뛰쳐나가는 이유는 일률적이지 않다는 것입니다.

예를 들어 기운이 장해지면 자꾸 과시하고 싶어 하는 사람이 있습니다. 자신의 능력을 남들이 알아주기를 바라는 것입니다. 누구를 앉혀놓고 수련을 시키고 상대방이 완전히 제압당할 때까지 단전을 다 열어 놓아야 직성이 풀립니다. 그런 분에게는 그런 욕구를 꾹 누르는 것이 금촉입니다.

끊임없이 누군가와 얘기하고 싶어 하는 사람도 있습니다. 어떤 일이 일어나면 해소하는 방법이 대화라서 여기저기 전화를 겁니다. 그런 경우 꼼짝 안 하고 집에 있다고 해서 금촉하는 게 아닙니다. 뭐든지 대화로 풀려고 하는 습성을 끊는 것이 그분에게는 금촉입니다.

먹는 것을 굉장히 즐기는 사람도 있습니다. 식도락 하시는 분들은 대충 먹지 않고 꼭 찾아다니지 않습니까? 맛있는 것을 먹으러 지방으로 원정도 갑니다. 금촉수련을 하면서도 먹을 것을 찾아다닙니다. 기운을 그쪽으로 자꾸 분출하는 것입니다. 흔히들 성적인 접촉만 안 하면 금촉을 하는 거라고 생각하는데, 알고 보면 에너지를 다른 쪽으로 쓰고 있는 것이지요.

눈으로 사치하는 사람도 있습니다. 계속 책이라도 보고 아이쇼핑이라도 하고 번화가라도 거닐어야 직성이 풀립니다. 듣는 것을 굉장히 즐기는 사람도 있습니다. 가만히 있지 않고 늘 음악을 틀어놓고, 하다못해 새소리라도 듣고 낙엽 떨어지는 소리라도 들어야 사는 것 같은 분입니다. 그런 분에게는 그런 욕구가 금촉의 대상입니다.

이처럼 사람에 따라 금촉의 대상이 다른데 기존에 에너지를 분출해왔던 일들을 금하는 것, 혹 그 일을 한다 하더라도 반응하지 않는 것이 중요합니다.

❁ 안 해보면 새로운 차원이 열린다

금촉수련을 왜 해야 하는가? 말하라고 입을 만들어 주셨는데 왜 말을 안 하는 수련을 해야 하는가? 이런 의문이 들지 않으십니까?

그런데 말이라고 다 말이 아닙니다. 본다고 다 보는 게 아니고요. 내가 입이 달렸다 해서 과연 말다운 말을 하고 있는가? 귀머거리가 아니라고 해서 소리다운 소리를 듣고 있는가? 정말 들어야 할 소리는 안 듣고 듣지 않아야 할 쓰레기 같은 소리만 듣고 있는 것은 아닌가? 금촉은 이런 것들을 한번 검토해 보는 시간입니다.

금촉하는 공부를 마치면 그 이후에 듣는 소리는 예전에 듣던 소리가 아닙니다. 그동안 정말 들었어야 했는데 못 들었던 새로운 소리를 듣게 됩니다. 모래 알갱이가 숨 쉬는 소리가 들리고, 화초 이파리가 벌떡벌떡 숨 쉬는 것이 느껴집니다. 차원이 달라지는 것이지요.

먹는 것도 잘 먹어야 하는데 왜 금식을 하는가 하면, 금식을 해보면 음식을 보는 눈이 생기기 때문입니다. 음식을 보면 그것이 나에게 이로운 음식인지 해로운 음식인지 본능적으로 압니다. '좋지 않은 성분이 들어 있다' 하는 것을 혓바닥에 대는 순간 압니다. 아무리 포장을 잘 했어도 본능적으로 좋지 않은 것이라고 판단이 섭니다.

저절로는 그렇게 안 됩니다. 안 먹어봐야 그렇게 발달합니다.

후각도 마찬가지여서 냄새를 안 맡아 봐야 트이고요. 종교 행사 같은 곳에서 '좋은 냄새가 난다'고 체험하는 분이 계시는데 그런 향기를 맡을 수 있게 됩니다.

이런 것들이 전부 안 해봄으로써 터득이 됩니다. 성적인 것도 몇 번 안 해보는 데 성공하면 다음에는 전혀 다른 차원에서 접촉을 하게 됩니다. 새로운 눈이 뜨이는 것이지요. 전과는 다른 차원의 눈, 안목을 갖게 됩니다.

하던 것을 계속 하면 익숙해져서 모릅니다. 그런데 안 해보면, 그것도 충분히 안 해보면 그런 눈이 열립니다. 피부도 마찬가지입니다. 피부로 접촉하는 것에 너무 익숙해지면 만성이 되어서 아무 느낌이 없을 수 있는데 안 해보면 다른 차원으로 와 닿습니다. 우리 몸의 모든 기능이 그렇게 되어 있습니다.

안 해보면 됩니다. 변증법이란 게 그런 것이지요. 긍정, 부정을 거쳐 제3의 현상이 나타나는 것입니다. 기존에 해오던 것을 부정해보면 또 다른 차원으로 넘어갑니다.

인체의 숨겨진 감각이 열린다

인간에게는 열 가지 감각이 있습니다. 그중 다섯 가지는 시각, 청각, 후각, 미각, 촉각의 오감五感이고, 나머지 다섯 가지는 보이지 않는 세계를 보는 눈, 들리지 않는 세계를 듣는 귀, 맛이 없는 것을 맛보는 미각, 냄새 없는 것을 냄새 맡는 후각, 만져지지 않는 것을 만지는 촉각입니다.

이렇게 열 가지 감각을 가지고 나왔는데, 보이는 세계를 보는 눈에 너무 치중하면 보이지 않는 세계를 보는 눈은 계속 장님인 채로 가게 됩니다. 듣는 일에 너무 치중하면 들리지 않는 세계를 듣는 귀는 영원히 귀머거리로 가게 되고요.

두 눈 똑바로 뜨고 현실적인 것만 계속 응시하면 보이지 않는 세계는 영원히 못 봅니다. 숨어 있는 이치는 모르고 그림 보듯이 현상만 봅니다. 뒤로 가면 뒷면이 보이고 옆으로 가면 옆면이 보일 뿐 앉은 자리에서 입체적으로 꿰뚫어 보지는 못합니다. 보이는 세계를 보지 않아야 비로소 입체적으로 안까지 볼 수 있습니다.

왜 보이지 않는 세계를 봐야 하는가? 보이지 않는 세계가 더 많기 때문입니다. 비율로 따지면 보이는 세계는 1~2%이고 나머지가 보이지 않는 세계입니다. 청각을 예로 들면 자연의 소리나 인간이 만들어 놓은 음악이 전부인 것 같지만 들리지 않는 세계의 소리가 더 많습니다. 그 소리를 들으려면 듣는 귀를 잠시 닫아야 합니다.

그렇게 조건을 까다롭게 해 놓았기 때문에 다섯 가지 숨은 감각을 키우려면 보이는 것을 보고 들리는 것을 듣고 하는 감각을 닫아야 합니다. 닫아야만 숨은 감각이 키워집니다. 그래서 금촉을 하라는 것입니다.

기운은 어느 한 쪽으로 통하면 계속 그쪽으로 쓰이는 성질이 있습니다. 어떤 사람은 보는 눈이 굉장히 예리하고, 어떤 사람은 청음이 굉장히 뛰어납니다. 어떤 사람은 미각이 아주 뛰어나고, 어떤 사람은 후각이나 촉각이 굉장히 예민합니다. 성적인 면도 기운을 쓰면 그쪽으로 계속 발달합니다. 오감이 고루 발달하기는 참 어려워서 사람마다 이렇게 다릅니다. 이런 것들을 닫아야만 다른 감각이 열립니다.

수련은 우리가 원래 가지고 태어난 감각을 열고, 인체에 부여된 여러 기능을 회복하기 위해 하는 것입니다. 그렇게 해내지 못하면 수련하는 의미가 없습니다. 현실적으로 한 사람이 모든 면에서 다 뛰어나기는 어렵습니다. 허나 어느 한 가지 능력이라도 제대로 갖추면 두각을 나타내게 되는데 이러기 위해 보이지 않는 세계에 대한 감각을 키우는 훈련을 하는 것입니다.

금촉을 한 번씩 하다 보면 다른 세계가 열립니다. 한쪽으로만 기운을 쓰면 계속 그쪽으로만 기운이 가고 다른 쪽으로는 안 갑니다. 물꼬를 터놓아야 기운이 다른 쪽으로 갑니다. 그러지 않으면 그쪽은 영영 마비된 채 하던 일만 하다 가게 됩니다. 그래서 금촉을 하는 것입니다.

❂ 반응하지 않는 훈련

보지 않는 것, 듣지 않는 것만 금촉은 아닙니다. 보되 반응하지 않는 것, 듣되 반응하지 않는 것도 금촉입니다. 방법은 내가 거기 들어가서 같이 휩쓸리고 않고 텔레비전 보듯이 보는 것입니다. 자신에게 벌어지는 일들을 주인공이 아닌 제3자의 입장으로 보는 것이지요.

이른바 '관觀한다'는 것입니다. 자신을 보되 텔레비전에서 연기하는 것을 보듯이 남의 일처럼 보는 것입니다. 텔레비전을 보면 감정이 생기지요? 무표정으로 보지는 않습니다. 재미있으면 웃고 슬프면 웁니다. 하지만 내가 텔레비전 속에 들어가서 같이 움직이지는 않습니다. 그런 식으로 제3자의 입장에서 나를 보는 것이 '관'입니다.

본다는 것은 눈이 보는 게 아닙니다. 마음이 보는 것입니다. 길에 지나가는 사람이 많지만 다 보지는 않잖습니까? 마음이 가는 사람만 봅니다. 그 사람만 기억에 남고요. 눈으로 봐도 마음이 안 보면 안 보이는 것입니다.

너무 비판적이고 예민한 분들은 돌아가는 현상을 일일이 보지 마시고 그냥 흘려보내세요. 그러면 보이지 않는 세계를 볼 수 있습니다. 시시비비 가리기 좋아하는 분 있지요? 무슨 얘기를 들으면 꼭 시시비비를 가려주고 판단을 해줘야 직성이 풀리는데 그런 분들은 그냥 들어 넘기는 것, 한 귀로 들으면 한 귀로 흘리는 것이 금촉입니다. 소리는 들리되 마음으로 듣지 않는 훈련을 하는 것입니다. 그렇게 하면 들리지 않는 세계의 소리를 들을 수 있습니다.

저를 볼 때 '어떻게 저렇게 우주와 통하고 보이지 않는 것을 볼 수 있는가?' 궁금해 하실 수도 있는데 어느 날 갑자기 제게 신이 내려서 접합된 상태가 아닙니다. 고도의 훈련을 통해서 터득한 능력입니다. 저는 능력이라고 보지도 않지만요. 본래 가졌던 기능을 되찾은 것이지 그게 능력이겠습니까? 고도의 훈련을 통해서 그렇게 하는 것입니다. 바로 금촉입니다.

❁ 산속에서의 금촉, 속가에서의 금촉

가정에서 주부로 생활하면서 어떻게 금촉을 할 수 있었는가 묻는 분이 계시더군요. 그런데 할 일은 다 했습니다. 밥도 하고 살림도 하고 가족과 같이 밥도 먹었습니다. 그런 가운데 반응하지 않는 것이 금촉입니다.

예를 들어 아이들이 늦게 들어오거나 남편이 술 먹고 늦게 들어오거나 연락도 없이 안 들어오거나 할 때, 그것을 보지 않는 것은 아닙니다. 다 보는데 거기서 더 이상 들어가지는 않습니다. 그냥 그렇다, 하고선 반응하지 않습니다. 반응해서 주고받으면 벌써 접촉을 하는 것이거든요. 기운을 섞는 것입니다.

차라리 산속에 들어가서 혼자 수련하면 쉽습니다. 속가俗家에서 할 일 다 하면서 반응하지 않는다는 것은 어떻게 보면 잔인한 일입니다. 허나 해낼 수만 있다면 훨씬 빠른 길입니다. 다 버리고 산속으로 들어가서 기껏 수련을 했는데, 어느 경지까지 갔는데 속으로 내려오면 다시 공부를 해야 합니다. 사람들 사이에서 살아가면서 아무 반응을 하지 않는 공부를 해야 합니다.

『선계에 가고 싶다』의 서문에도 썼듯이, 테니스를 칠 때 백보

드를 상대로 혼자 아무리 연습을 많이 했어도 선수를 만나면 다시 연습을 해야 합니다. 또 상대가 이 선수냐 저 선수냐에 따라 치는 스타일이 달라집니다. 아무리 잘 쳐도 특정 상대에게는 대책이 없는 경우가 있잖습니까? 다양한 선수와 연습하면서 점점 더 고수가 됩니다. 공이 어떤 선수로부터 어떻게 넘어와도 맞받아칠 수 있는 고수가 됩니다. 우리 수련은 그런 고수를 만드는 수련입니다.

안 하는 재미

계획을 세워서 재미있게 해보면 어떨까요? 예를 들어 이번 12월은 말 안 하는 달로 해보겠다, 하고 주위에 선포하는 겁니다.

띠를 둘러 표시하는 방법이 있습니다. 스님이나 수녀님은 제복을 입으니까 사람들이 한눈에 '아, 저분은 스님이시구나, 수녀님이시구나' 압니다. 그래서 술집에 가자거나 담배 피우자고 권하지 않습니다. 제복을 입는다는 것은 '나는 이런 사람이다' 하고 나타내는 것이거든요. 그런데 우리 수련하는 사람들은 보통 옷을 입고 다니니까 금촉을 해도 잘 모릅니다. 그래서 수련의 한 방편으로 옛 선인들은 띠를 두르거나 하는 방법을 썼습니다.

너무너무 생각을 많이 하는 분, 생각이 꼬리에 꼬리를 무는 분들은 머리에 띠를 두릅니다. '나는 일주일 동안 생각 안 할 거다, 나한테 생각하게 하지 마라' 하고 옆 사람한테 선언합니다. 자기 머리띠를 보면서 '나는 지금 생각 안 하는 공부를 하는 중이지' 하고 스스로 기억해 냅니다.

이것저것 자꾸 보이면 띠를 둘러 눈을 아예 가려 버리기도 합니다. 안 보겠다는 것이지요.

입에 띠를 두르는 방법은 어떻습니까? 계속 말로 푸는 분들이 있습니다. 말로 기운을 훼손하는 분들인데 입에 띠를 질끈 동여매고 "나는 말 안 한다" 하고 선언해 보세요. 재미있지 않나요? 집에서 한번 해보세요. 식구들이 얼마나 재미있어 하는지요. 귀에 붕대를 매고 아이들한테 "안 들리니까 엄마에게 말하지 마라" 하는 것입니다. 그렇게 금촉도 좀 재미나게 해보세요.

'다 버리라고 하니까 나는 수련이 너무너무 스트레스다, 편하게 수련하고 싶은데 자꾸 버리라고 해서 싫다' 이런 분 계시지요? 그런데 다 버리라고는 안 합니다. 한꺼번에 다 버릴 수도 없고요.

기간을 정해서 하시면 됩니다. 일주일, 보름, 한 달……, 이렇게 기간을 정해놓고 '오늘은 말을 안 하겠다' '오늘은 술을 안 마시겠다' 하고 한 가지씩 버려보는 겁니다. 그렇게 하면 재미있습니다.

뭘 하는 것만 재미있는 게 아니라 안 하는 게 더 재미있습니다. 단계적으로 점점 버리는 공부에 재미를 들리면 참 재미있습니다. 쓰레기 버리는 것 좋아하는 사람들 있잖아요? 버리는 일에 한번 맛 들이면 신나게 계속 버립니다. 또 버릴 게 뭐 없나 하고 살피게 됩니다. 그렇게 신나고 재미있는 일이 없습니다. 너무 무리하지 마시고, 스트레스 받지 마시고 하나씩 하나씩 재미있게 해보세요.

안 하는 재미를 얘기하니까 '그게 뭐가 재미있나? 도저히 모르겠다' 하는 분도 계실 겁니다. 그럴 수도 있습니다. 안 하는 재미를 못 느껴봐서……. 그런데 안 하는 재미가 그렇게 재미있을 수가 없더군요.

40~50평생 해오던 걸 계속 하는 것은 재미없습니다. 그런데 남들이 하는 것을 안 하는 재미가 꽤 있습니다. 남들 하는 것을 안 하고 남들이 안 하는 것을 하는 재미입니다. 안 듣는 재미, 안 보는 재미, 맛보지 않는 재미……, 이렇게 하면 다른 감각이 트입니다.

❁ 몸에 끌려가지 않게 된다

원 없이 이 경험 저 경험 다 해보고 싶다는 분도 계십니다. 이왕 세상에 태어났으니 물리도록 다 해보고 싶다는 것이지요. 그런데 사실 인간은 안 해도 되는 경험들을 너무 많이 하고 있습니다. 쓸데없는 경험을 반복해서 하고 있습니다.

타성에 젖어서입니다. 몸에도 의사가 있다고 말씀드렸잖습니까? 나는 안 하려고 하는데 오랜 시간 습관이 들여 있어서 몸이 저절로 당깁니다. 나는 마시고 싶지 않은데 술만 부으면 괜히 군침이 돌면서 몸이 반응합니다. 성적인 것도 마찬가지여서 이성이 개입하기 전에 몸이 먼저 반응합니다.

몸이 반응하지 않는 버릇을 들여야 합니다. 끌려가지 않고 자유자재로 조절할 수 있어야 합니다. 저절로 그렇게 되지는 않습니다. 우리 몸의 기능이 묘해서 안 해봐야 조절할 수 있는 능력이 생깁니다. 변증법이라고 말씀드렸듯이 긍정, 부정을 거쳐 제3의 능력이 얻어지는 것입니다.

❁ 마음을 통제할 수 있게 된다

자신을 통제하는 마음공부를 하는 가장 좋은 방법이 금촉입니다. 금욕수련이나 묵언수련 등 자신을 제어하는 수련을 강하게 함으로써 마음을 통제할 수 있게 되는 것입니다.

생각과는 반대로 행동이 나가거나, 가만히 있다가 갑자기 열이 뻗쳐 일을 저지르거나 하는 경우가 있습니다. 통제가 안 되는 건데 이런 분들은 금촉수련을 해보세요. 21일 정도 오전만이라도 금식을 해보거나, 말을 안 해보거나 하는 훈련을 통해서 자기 마음을 통제할 수 있는 능력이 생깁니다.

인간이 가지고 있는 본능을 한 번 이겨보는 것은 대단한 일입니다. 죽을 때까지 하지 말라는 게 아닙니다. 그런 데 구애받지 않을 자신이 생기면 그때는 해도 되는 것입니다.

금촉으로 얻어지는 자신감

금촉을 해서 얻어지는 수확은 자신감입니다. 내가 해냈다는 자신감, 뭐든지 할 수 있다는 자신감입니다. 가령 '내가 일주일 동안 말을 안 해보겠다' 결심하고 일주일을 그렇게 해내면 별것 아닌데도 아주 자신감이 생깁니다. 그걸 어기고 실수로 말을 하면 패배감이 생기고요. '그것도 제대로 못한다' 하고 자신을 비하하게 됩니다.

자신을 불신하는 것처럼 비참한 일은 없습니다. 남이 자기를 못 믿어 주는 것보다 '내가 생각해도 나를 못 믿겠다' 하는 게 더 비참합니다. 반대로 해냈을 때는 남이 나를 알아주는 것보다 훨씬 더 자신감이 생깁니다. 그렇게 일주일을 금촉하고, 삼 주일을 금촉하고 하면서 '아, 내가 해냈다!' 하는 자신감이 쌓입니다. 어려운 분야의 금촉을 해내면서 스스로 자신을 믿게 됩니다. 엄청난 자신감으로 비축됩니다.

금촉만큼 빠른 길이 없다

금촉은 빠른 길입니다. 넉넉하게 할 것 다 하면서 하면 참 오래 걸립니다. 실제로 제가 해보니까 금촉만큼 빠른 길이 없더군요.

특히 색色에 대한 욕망을 끊는 것은 이 방법밖에 없습니다. 끝까지 가보면 아무렇지도 않아지는데 힘들다고 그때그때 해소하면 끝이 없습니다. 60~70살이 되어도 해결이 안 납니다. 평생 끄달리며 살게 됩니다. 그러니 한번 해보시라는 얘기입니다.

성욕이라는 게 굉장히 힘듭니다. 평소에는 아무렇지 않다가도 금촉하라고 하면 죽을 것 같고 발광이 납니다. 하지만 고비를 넘고 나면 달라집니다. 언제까지 해야 하는지 정해진 기한은 없습니다. 이성을 봐도 아무렇지 않고, 스스로도 아무 생각이 안 날 때까지 하면 됩니다.

보면 회음이 열려 있는 사람들이 있습니다. 마음이 내내 그쪽으로 가 있기 때문입니다. 마음이 가 있으면 자나깨나 그 생각이 납니다. 굉장히 괴롭습니다.

잊어버리려고 노력해야 합니다. 쫓아가지 말고 그 생각이 떠오르면 잊어버립니다. 떠오르면 잊어버리고, 떠오르면 잊어버리고……, 의도적으로 이렇게 하면 정말 잊게 됩니다. 생각이 난다고 자꾸 쫓아가면 끝이 없습니다. 아주 끝까지 따라가야 합니다. 그런 괴로움을 안 당하려면 자꾸 잊어야 합니다.

외로움도 마찬가지입니다. 외롭다고 그걸 풀려고 누군가에게 전화 걸고 편지 쓰고 하면 끝이 없습니다. 하지만 외로움이 끝까지 가면, 극에 달하면 통합니다. 묵언하는 이유가 그것입니다.

사람으로 태어난 이상 금촉은 한번 해봐야 한다는 생각입니다. 경험자로서 말씀드리는데 금촉, 한번 해볼 만합니다. 결혼하기 전에 해보면 더욱 좋습니다.

❁ 결혼과 금촉

수련을 하면 무조건 금욕을 해야 한다고 생각해서 가정에 문제가 생기는 분이 계십니다. 부부가 같이 수련하시는 경우, 백일수련이나 단전재건 수련을 하는 기간에는 금욕하시는 것이 좋습니다. 또 수련 진도에 따라 "지금부터는 금촉을 하십시오"라고 제가 개별적으로 말씀드리는 경우가 있는데 그럴 때 금욕을 하시면 됩니다.

그렇지 않은 경우에는 부부간에 서로 좋게 지내시는 것이 좋습니다. 너무 손기(損氣, 기운이 손상됨)되는 상황이 아니라면 그 문제로 인해 부부간에 스트레스 쌓일 정도로 지내지는 마세요.

또 부부가 같이 수련하지 않는 경우, 평소 잘 지내던 분이 갑자기 금욕을 하면 상대방에게 스트레스를 주게 되는데 그것 또한 도리가 아니지요. 적당한 선에서 유지를 하는 것이 좋습니다.

손기되지 않는 적당한 선은 어디인가? 아무래도 손기가 되는 것은 사실인데 한 사람이라도 빨리 가고 어느 정도 간 다음에 배우자와 같이 가야겠다고 생각하시는 분은 좀 내쳐 가셔도 좋습니다. 그러나 좀 늦게 가더라도 손잡고 같이 가야겠다면 그러셔도 됩니다. 어디까지나 본인이 선택하실 문제입니다.

겪을 것은 겪어야

우리 수련이 금촉만 하는 것은 아닙니다. 금촉도 때가 있어서 어떤 때 어떤 부분에 관한 금촉을 하는 것이지, 처음부터 다 금촉을 하라고 하지는 않습니다. 많이 경험하지 못한 젊은 분들에게 무조건 금촉하라고 하지 않습니다.

처음 수련을 시작해서 100일 동안 단전을 형성할 때는 금욕을 해야 하지만, 그 다음부터는 금촉을 할 때가 되면 하라고 합니다.

왜냐하면 겪을 것을 겪지 않으면 공부가 안 되기 때문입니다. 겪으면서 배우는 것이 있기에 수련이 어려울 지경까지 가면 얘기를 해주지만 그렇지 않은 상태에서는 그냥 두고 봅니다.

항상 본인이 몸으로 부딪쳐서 터득하는 것이 공부가 크게 됩니다. 옆에서 얘기해줘서 아는 것보다 훨씬 공부가 많이 됩니다. 뜨거운 맛을 봐야 단맛을 안다는 말이 있지 않습니까? 아무리 사랑이 어쩌고저쩌고해도, 본인이 부딪쳐서 뜨거운 맛을 봐야 느낌이 오는 것이지 남의 경험만 가지고는 모릅니다. 진짜로 겪어봐야 압니다.

깨달음으로의 진입

맞절로 삼배한 의미

오늘 다 함께 하늘에 29배를 드렸습니다. 29배란 수련자가 본성을 만났을 때 하늘에 드리는 절입니다. 보통 사람은 아직 108번뇌를 여의지 못했다 해서 108배를 드리지만 깨달으신 분은 그걸 생략하고 29배를 드립니다. 하늘을 향해 3배, 땅을 향해 3배, 부모님께 3배, 자신에게 10배, 천지만물에 10배, 이렇게 29배로서 하늘에 신고하는 것입니다.

여기 계신 분들 중에 깨달으신 분이 한 분도 안 계시는데 어떻게 29배를 드렸는가? "여기 모이신 모든 회원님들이 본성을 만나십시오" 하는 격려의 뜻으로서, 최고의 예우로서 드린 것입니다.

저와 같이 맞절로 삼배하신 것도 같은 의미입니다. 삼배는 깨달으신 분에게 드리는 절입니다. 수련 선배에게는 일배를 드리고, 돌아가신 분에게는 이배를 드리고, 깨달으신 분에게는 삼배를 드리는데 "같이 깨달으십시오" 하는 축복의 인사로서 삼배를 나눈 것입니다. 회원님들 한 분 한 분을 너무나 존중하고 격려한다는 의미를 전달하고자 절을 나눈 것입니다.

오늘의 이 절이 헛되지 않도록 금생에는 기필코 깨달으시기를 바라는 마음 간절합니다.

❂ 우주의 세 가지 경사일

우주에서는 경사일이 세 날이 있습니다. 생일, 스승을 만난 날, 그리고 본성을 만난 날입니다. 이 세 날은 우주에서도 경사입니다.

생일은 생명을 받아서 공부를 할 수 있는 기회를 부여받았기 때문에 축하해야 할 날입니다. 스승을 만난 날 또한 그런 기회를 부여받은 날이기에 축하해야 할 날입니다. 그리고 본성을 만난 날은 영적인 생일입니다. 우주에서 이 세 날은 특히 기억을 하시더군요.

여기 계신 분들은 모두 생일을 축하받을 수 있는 삶을 살아야겠고, 또 기회가 왔을 때 놓치지 않고 꼭 붙들 수 있어야겠습니다. 아직은 잘 와 닿지 않겠지만 지금 부여받은 기회는 오래도록 기다려온 결과입니다. 수없이 많은 생을 돌고 돌아 여기까지 온 것입니다. 그러니 하찮게 생각하지 마시고 이 기회에 반드시 이루셔서 우주가 생일을 기억해주고 축하해주는 사람이 되셨으면 합니다.

깨달음은 우주의 이치를 아는 것

깨닫는다는 것은 '안다'는 것입니다. 다른 엄청난 게 깨달음이 아니라 우주를 움직이는 법칙을 알았다는 것입니다. '우주가 제 마음대로 움직이는 줄 알았는데 하나의 질서에 의해서 움직이더라' 하는 것을 깨달았다는 얘기입니다. 인간들의 행동이나 인간 사회의 모습이 우연인 것 같고 억울한 희생자도 많은 것 같고 중구난방인 것 같았는데, 알고 보니까 어떤 법칙에 의해서 움직이고 있더라는 겁니다.

대개는 모르잖습니까? 자기에게 닥치는 일뿐 아니라 사회적으로 전체적으로 닥치는 일에 대해서도 모릅니다. 그 모든 사태에 대해 아는 게 없습니다.

모르니까 과학적, 학문적으로 규명을 하기도 합니다. 가뭄이 몇 년 이상 계속되면 어떻게 되더라, 어떤 전염병이 나오더라, 하고 과학적으로 규명을 합니다. 그런데 깨닫고 나면 과학적으로는 몰라도 그냥 압니다. 왜 계속 가문지, 하늘의 뜻이 무엇인지 아는 것이지요. 지식이 아니라 지혜로 알아집니다.

❁ 아, 그거였구나!

수련하기 전에는 어설프게 책 같은 것을 읽고 많이 안다고 생각합니다. 그런데 수련을 하다 보면 점점 '아무것도 모르겠다' 하는 상태가 됩니다. 많이 알았다 싶었는데 '내가 아는 것이 아는 게 아니었다, 하나도 모르겠다' 하게 됩니다. 완전히 무장이 해제되어 판단이 마비되는 상태가 됩니다. 기존의 지식은 하나도 도움이 안 되고 모르는 것투성이입니다.

그러다가 점점 작은 깨달음들이 옵니다. 어느 날 갑자기 큰 게 깨달아지는 게 아니라 '아, 그렇구나, 그렇구나, 그건 그렇구나……' 하고 작은 깨달음들이 오는 것입니다.

어느 날 갑자기 꽃 한 송이가 눈에 들어오는가 하면 모래 한 알이 새롭게 다가옵니다. 전에는 전철 안에 가득한 사람들을 보면서 '쓸모없는 인간들, 반은 싹 없어졌으면 좋겠다'라고 생각했는데 어느 날 갑자기 모든 인간이 사랑스럽게 보입니다. '어머, 코도 잘 생겼어! 입도 잘 생겼어!' 하고, '어머, 저 사람은 어디서 왔을까?' 하고 궁금해집니다. '서울에서 왔을까? 부산에서 왔을까?' 하는 얘기가 아닙니다. '근본이 어디일까? 태초에 뭐하던 사람일까?' 하고 거슬러 올라가며 새롭게 보이는 것입니다. 사랑의 눈으로 보게 되는 것이지요.

진리에 대해서도 마찬가지입니다. 너무나 정보가 넘쳐나고 쓰레기 같은 책도 많아서 '싹 쓸어버려야겠다' 하다가 어느 날 새롭게 진리가 와 닿습니다. 눈이 열린다는 것은 바로 그런 것이지요.

그렇게 작은 깨달음들이 계속 반복되고 쌓이면 그 다음에 무릎을 탁 치면서 '아, 내가 그걸 몰랐구나!' 하는 순간이 옵니다. 크게 깨달아지면서 '아, 그거였구나!' 하고 소리치게 됩니다. 그런 순간이 올 때 깨달았다고 얘기합니다.

'본성을 만났다'라든가 '본성을 봤다'는 것은 그렇게 '알게 되었다'는 것을 다른 말로 표현한 것입니다.

본성을 만난다는 것

깨달음은 본성을 만나는 것입니다. 사람은 누구나 자신의 본성을 가지고 태어나는데 처음에는 깊이 숨어 있습니다. 보석도 깊은 곳에 묻혀 있지 않습니까? 귀한 것일수록 숨어 있습니다.

그런 것을 껍질을 깎아내고 세공하면서 드러나게 만듭니다. 가지고 있는데 드러나지 않았던 보석을, 남도 몰랐고 본인도 있는지 없는지 몰랐던 귀한 보석을 드러나게 하는 것입니다. 수련하면서 계속 버리면서 그렇게 하는 것인데, 버린다는 것은 깎아서 버리는 것이지요. 불필요한 부분을 자꾸 깎아서 세공하다 보면 감춰져 있던 본래의 모습, 본성이 드러납니다.

그렇게 되면 본래의 자리인 본성과 만나집니다. 분리되어 있던 것이 호흡으로써, 기로써 끈이 되어 만나집니다. 같이 꿰어지는 것입니다. 개체로 있다가 본성의 일부가 됩니다. 한 번 그렇게 연결이 되면 우주의 본체로서 활동을 합니다. 본성을 만난 사람은 우주의 일부로서 활동하게 되는 것이지요.

❁ 본성을 만나는 과정, 우주와 일체가 되는 과정

본성은 우주의 본래 자리입니다. 분자로만 가득 차 있는, 물질화할 수 있는 가능성만 지닌 상태로서 팔문원의 가운데 원이 이러한 본성을 상징합니다. 본성은 '성性'이라고도 표현하는데, 성 앞에 '본本' 자를 붙여 '본래의 성'이라고 한 것입니다.

본성을 만나는 과정을 살펴보면, 초자아의 가운데에 자아가 있고 또 그 가운데에 본성이 있습니다.

인간은 본성에서 나왔는데 자꾸 껍질을 뒤집어씀으로써 그것을 잊어버렸습니다. 껍질을 깨뜨리고 들어가야 다시 원래의 자리로 갈 수 있습니다. 본성을 만나는 과정은 아래 그림에서 보자면 4에서 3과 2를 거쳐 1에 도달하기까지의 과정입니다.

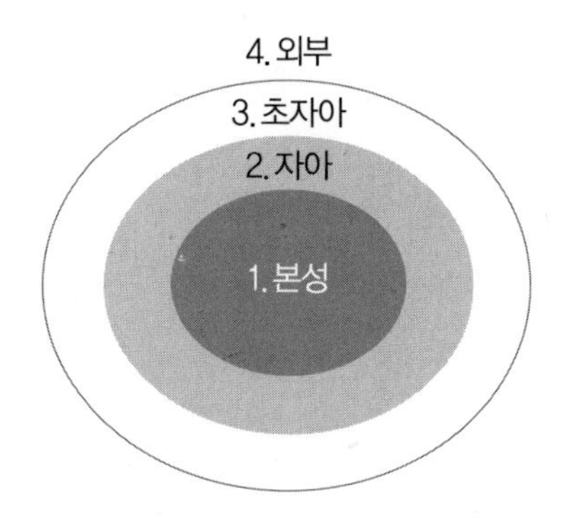

그 다음에는 본성과 점점 하나가 되어가는 과정이 있습니다. 깨달음과 하나가 되고 우주와 일체가 되는 과정입니다. 1에 도달한 후 2와 3을 흡수하며 1, 2, 3과의 일체를 이룬 후 4와도 일체를 이루는 과정입니다.

본성을 만나는 것을 '견성見性'이라고 하는데 우리 수련에서는 견성은 공부의 시작일 뿐이라고 봅니다. 견성 이후 본성과 완벽하게 일치를 이루고 나서야 비로소 공부를 마무리했다고 봅니다.

깨달음, 그 머나먼 길

깨달음도 경지가 있는데 우리 수련에서는 그것을 초각初覺, 중각中覺, 종각終覺으로 구분합니다. 모두 각(覺, 깨달음)이지만 어디까지 깨쳤는가, 어디까지 생각이 바뀌었는가에 따라 달라지는 것입니다.

초각 때는 그게 끝인 것 같고 다 된 것 같은데, 또 남아 있는 것이 있습니다. 그때는 거기까지 깨달은 것입니다. 중각은 더 깨달은 것이고 종각은 그보다 더 깨달은 것입니다. 깨달음의 정도, 밀도가 달라지는 것이지요.

초각은 자신에 대한 정확한 정보를 아는 경지입니다. 중각은 내 안의 우주, 내 마음이 우주라는 것을 아는 경지입니다. 더 나아가 종각은 우주 안의 나, 우주 안의 우주를 아는 경지입니다.

그렇다면 초각, 중각, 종각은 각각 어느 정도의 비율을 차지하는 것일까요? 만일 내가 이번 생에 완성까지 가야겠다면 각각 공부해야 할 비율이 어떻게 되는 것일까요? 초각이 10% 정도 되고, 중각이 또 10% 정도 되고, 종각이 나머지 80%를 차지합니다.

초각 즉 견성을 마치면 10대, 청소년이라고 볼 수 있습니다. 중각 즉 해탈을 마치면 20대로서 비로소 성인이 되었다고 보는 경지입니다. 본격적인 공부는 종각에서야 시작된다고 볼 수 있으며, 다듬으면서 우주와 하나가 되는 과정입니다. 우리 수련은 이렇게 깨달음을 완성하기까지 먼 길을 가야 하는 과정입니다.

❁ 초각의 경지

초각은 자신에 대한 기초적인 정보를 아는 것이며, 이것은 호흡과 의식으로 가능합니다. 이 단계에서 수련생들은 모든 것을 안 것과 같은 착각을 하게 되며 전부 깨달은 듯한 착각에 빠지는 것입니다. 시험은 이 단계에서 가장 많이 오며 99%의 수련생들이 이 초각에서 중각으로 넘어가지 못하므로 결국 초각에서 수련을 멈추게 됩니다. 항해에 비하면 막 출항한 단계입니다. 수련의 재미를 알고 기의 용법을 알아 수련이 재미있게 되며 급진전이 있는 것도 이 단계입니다.

초각은 3단계로 나눌 수 있습니다. 1단계는 기를 알게 되는 지기知氣단계요, 2단계는 알고 있는 기에 대한 기초 지식을 더욱 연구하는 습기習氣단계이며, 3단계는 이 기를 이용하여 인간의 병을 치료한다거나 하는 용기用氣단계이니 곧 의통의 수준입니다.

극한 상황에 가야 깨달아진다

제가 초각을 할 때 '아, 죽겠다', '세상에 태어나서 이렇게 힘든 공부는 없겠다' 했습니다. 얼어 죽을 것 같은 냉탕과 타죽을 것 같은 열탕을 번갈아 가면서 겪었는데 시베리아에 가있는 것처럼 덜덜 떨리다가 갑자기 용암이 뿜어져 나오는 것처럼 뜨겁고 했습니다. 한 달 동안 밤마다 몇 번씩 그렇게 겪은 끝에야 껍질을 벗고 본성을 만났습니다.

깨달으려면 극한 상황에 가야만 하기 때문입니다. 죽기 아니면 살기로 해야만 껍질이 벗겨집니다. 양단간에 결론이 납니다. 보통 때는 깨달아지지 않습니다. 그냥 일상생활을 하다 보면 그저 그러다 말고 어떤 생각이 떠올랐다가도 사라지고 마는데, 그걸 깨달았다고 볼 수는 없습니다. 그래서 기운으로 극한 상황을 만드는 것입니다.

깨닫는다는 게 무엇인가 하면 바뀐다는 것입니다. 기존에 내가 해왔던 생각이 바뀌는 것을 깨닫는다고 합니다. 그런데 생각이 바뀌기가 그렇게 힘들어서 기적으로 극한 상황에 가야만 바뀝니다. 껍질이 두꺼울수록 더 심하게, 아예 죽기 직전까지 가야만 뭔가 깨달아지는 것입니다.

❁ 중각의 경지

중각은 자신과 우주에 대하여 아는 것이며, 서로 비교하면서 자신의 보잘것없음을 아는 것입니다. 이 단계에서 자신의 명(사명)을 알게 됩니다. 이 단계에 오면 다른 사람의 앞에 나서는 것을 두려워하게 되며 우주에 대한 경이로움으로 스스로 겸손하게 됩니다.

이 단계에 들기 직전 엄청난 두려움과 시련이 닥쳐오며 기존의 항로에서 벗어나 새로운 길로 가게 됩니다. 기존의 사고방식과 수련 방법에 있어 일대 전환이 필요하며 중각의 단계를 벗어나기까지 무한한 인내를 요합니다. 본격적으로 이 중각의 경지에 들면 마음의 평정을 찾아 어떤 동요가 와도 흔들림이 없으며, 마냥 편한 가운데 정진하게 됩니다.

중각 역시 3단계로 나뉘는데 지심知心단계, 습심習心단계, 탈심脫心단계입니다. 지심단계는 자신의 마음을 알게 되는 단계이며, 습심단계는 자신의 마음을 어떻게 사용해야 하는가를 알게 되는 단계이고, 탈심단계는 이러한 마음의 위력을 알고 이 마음에서 벗어나는 것입니다. 탈심단계(○교에서의 해탈)를 넘어야 종각으로 갈 수 있습니다. 종각은 내 마음으로 하는 것이 아니며 온 우주와 더불어 함께 호흡하는 것입니다.

❁ 언어로 표현할 수 없는 세계

초각은 기의 세계이지만 중각으로 넘어가면 마음의 세계입니다. 마음의 세계는 언어도단입니다. 기는 표현할 수 있지만 마음은 표현할 길이 없습니다. 마음의 세계는 아무것도 없는 세계이기 때문이지요. 그냥 망망대해에 떠있는 것인데 도저히 표현을 못 합니다.

제 수련기를 보면 초각 단계까지만 쓰여 있습니다. 중각 단계로 넘어가면서부터는 수련기가 없습니다. 마음의 세계에 들어가면 표현할 길이 없어서 표현을 안 한 것입니다.

제가 예전에 "천지가 반긴다"라는 표현을 썼는데 천지가 환희의 파장, 기쁨의 파장을 보내는 것입니다. 온몸으로 느껴지니까 그렇게 표현한 것인데 눈에 보이게 나타나지는 않습니다. 무지개가 뜨고 어쩌고 하는 것만 해도 차원이 낮은 것입니다. 사람들이 봐야 하고 믿어야 하니까 그렇게 나타내는 것인데 그 다음 단계로 넘어가면 표현할 길이 없습니다.

❁ 중각은 가야 진가를 안다

제가 예전에 중국에 있는 화산이라는 산을 오른 적이 있습니다. 웬만한 산 같으면 중간쯤만 올라도 정상의 기분을 맛볼 수 있는데 화산은 정상에 가야만 뭔가를 알 수 있는 구조더군요. 중간에서는 아무것도 느낄 수 없었습니다. 위만 보고 갈 수밖에 없었습니다.

우리 수련도 이와 마찬가지여서, 중간에 있으면 답답할 뿐이며 정상에 올라가 봐야 진가를 압니다. 도중에서는 알아지지가 않습니다. 최소한 중각까지는 가야 정상이라고 볼 수 있습니다.

초각에서도 잘 모릅니다. 중각 즉 해탈을 해야 정상에 올라가듯이 분위기가 바뀌고 딴 세상이 펼쳐집니다. 차원이 달라지는데 그걸 말로 설명할 수는 없습니다. 모든 것이 확연히 달라지더군요. 모든 것이 달라진다는 것은 생각이 달라지는 것이 근본입니다. 마음이 달라지는데 해탈은 해야 그렇게 되더군요.

그러면서 상당히 조심스럽습니다. 해탈을 하면 알긴 아는데 좀 불완전합니다. 아예 입적(入籍, 선인으로 등극하여 그 이름이 선계의 선인 명부에 기록이 되는 것)을 해야 든든하게 정상에 선 기분이 듭니다.

팔문원으로 상징되는 우주의 기운을 독자적으로 받으려면 중각 2단계, 즉 습심단계의 중간 이상을 넘어야 합니다. 그때서부터 독자적으로 우주기를 받을 수 있습니다. 제 선생님도 제가 중각 2단계의 중간 이상을 넘고 나서 떠나셨습니다. 그때서야 안심하는 단계이며 그 전에는 안심을 못합니다. 초각을 했다 해도 안심을 못합니다. 허나 일단 그 단계만 넘으면 저는 쌍수를 들어 여러분을 분가시키고자 합니다. 하루 빨리 그날이 오기를 고대하고 있습니다.

❁ 종각의 경지

종각은 자신과 우주를 알고 다시 자신에게서 우주를 발견하게 되는 단계입니다. 수련의 완성기이며, 이 단계에서는 자신의 모든 판단이 우주의 판단과 일치하여 어떠한 생각을 해도 실수가 없습니다. 종각을 향해 나아가는 것이 우리 수련의 길입니다.

초각은 우주와 합일될 수 있는 가능성이 있는 상태이지 아직 합일된 상태는 아닙니다. 합일은 상대방을 확실히 알고 나서 됩니다. 우주가 마음이라는 것을 알고, 마음이 우주라는 것을 알고, 중각까지 하고 나서 상대방을 확실히 안 다음에 그때부터 합일이 되는 것입니다.

그리고 입적은 중각 이후에 종각으로 들어가고, 종각에서도 한참 있다가 허락이 됩니다. 입적을 하고 나서도 단계는 계속 올라갑니다. 계단 올라가듯이 한 계단 올라가면 조금 쉬고, 다시 올라가고, 조금 쉬고, 다시 올라가고……, 이러는 것입니다.

❁ 깨달으면 무엇이 달라지는가?

깨달으면 무엇이 달라지는가? '삶' 이 달라집니다. 사는 것과 살아지는 것의 차이를 아십니까? '산다'는 것은 자신의 의사가 개입된 적극적인 행동이고, '살아진다'는 것은 수동적으로 끌려가는 것입니다.

어떻게 삶이 달라지는가? 첫 번째로 앎이 생깁니다. 깨닫는다는 것은 '안다'는 뜻입니다.

무엇을 아는가? 우선 자신에 대해서 알게 됩니다. 자신이 누구인지, 어디서 왔는지, 뭘 하던 사람인지, 뭘 해야 하는지, 죽으면 어디로 가는지……. 이런 자신에 관한 정보를 알게 됩니다. 자신이 떠나온 곳이 어디인지, 지금 어떤 시점에 있는지, 앞으로 가야 할 곳이 어디인지 알게 됩니다. 시작과 끝이 분명해지기 때문에 그 과정에서 이탈하지 않게 됩니다.

항해를 할 때 떠나온 곳과 갈 곳이 분명하면 표류하지 않지 않습니까? 그것이 분명치 않을 때는 망망대해에 떠서 표류하다가 좌초하게 되고요. 이 경우 사는 것이라고 볼 수가 없습니다. 살아지는 것입니다.

그 다음으로는 세상에 대해서 알게 됩니다. 보통 사람들은 세상공부를 굉장히 밑천을 많이 들여 합니다. 시간과 노력과 돈을 들여가면서 어렵게 세상공부를 하는데, 그렇게 해서 세상을 다 아느냐 하면 그렇지도 않습니다. 겉모습은 알 수 있을지언정 어떤 원리와 구조에 의해 돌아가는지는 모릅니다. 그러니 안다고 볼 수가 없습니다.

마지막으로 내가 우주의 일원이라는 앎이 생깁니다. 내가 우주의 일원으로서 산다는 것을 알게 되어 의식의 범위가 넓어집니다.

이렇게 세 가지를 알면 그때는 도리를 알게 됩니다. 인간의 도리, 세상의 도리, 우주의 도리를 알게 됩니다. 그 도리는 우리가 보통 말하는 도리와는 달라서 따로 습득을 해야 하고요.

깨달으면 두 번째로 사랑이 생깁니다. 이때의 사랑은 우주의 사랑입니다. 『선계에 가고 싶다』를 보면 우주의 사랑에 대한 얘기가 나오지요? 인간들이 말하는 사랑은 사랑이 아니라고요. 너와 내가 하나라는 것, 같은 운명체라는 것, 같은 나무의 같은 뿌리에서 나온 열매라는 것을 알 때 진정 타인을 긍휼히 여기는 사랑이 나옵니다. 바로 우주의 사랑이지요.

그걸 모를 때는 사랑이라고 하지 않고 정情이라고 부릅니다. 정은 본능적인 것이지만 사랑은 승화된 감정입니다. 그래서 모든 생명체를 사랑하게 되고, 자연을 사랑하게 되고, 우주를 구성하고 있는 모든 것들에 대한 애정을 갖게 됩니다.

깨달으면 세 번째로 자신이 아는 것, 사랑하는 것을 실천할 수 있는 의지를 갖게 됩니다. 아는 데 그치지 않고, 또 사랑하는 데 그치지 않고, 알고 사랑하는 것을 끝내 실천할 수 있는 의지력이 생기는 것입니다.

그래서 처음에는 하단에서부터 위로 올라가는데, 일단 깨닫고 나면 다시 아래로 내려갑니다. 상단에서 앎이 시작되어, 중단에서 사랑이 싹트고, 다시 하단의 의지로써 자신의 사명을 이뤄내는 삶을 살게 됩니다. 그렇기 때문에 보통의 삶과는 다른 것입니다.

예전에 드라마 『허준』을 보니까 심금을 울리는 대사들이 있더군요. 드라마가 많은 호응을 얻을 수 있었던 것은 허준이라는 분이 그토록 감동적인 삶을 사셨기 때문일 것입니다. 그런데 한 번 생각해 보세요. 그분이 자신의 삶에 대한 앎이 없었다면 과연 그런 삶을 살 수 있었을까요?

드라마를 보면 임진왜란이 일어나서 피난을 가는데 목숨을 잃을 위험을 무릅쓰고 의서醫書들을 챙깁니다. 자신의 사명이 무엇인지 알았기에, 자손만대 백성들이 볼 수 있는 의서를 만드는 것이 사명임을 알았기에 가능한 행동이었습니다.

나중에는 또 광해군이 곁에서 안위를 돌봐달라고 하는 것을 거절합니다. 보통 사람 같으면 왕을 버리고 환자들을 택하지는 못했을 겁니다. 한때 어의를 지냈고 권력의 맛을 알았던 사람으로서 그 자리를 박차고 나오지는 못했을 것이지요.

환자들에 대한 사랑이 있었기에 가능한 일이었습니다. 마음속에 가난하고 불쌍한 환자들과 함께 여생을 보내고 싶다는 열망이 가득했습니다. 후배들에게 자리를 물려주겠다는 뜻도 있었고요. 내가 아니면 안 된다는 생각이 없었던 것이지요.

또 전염병이 창궐한 지역에서 환자들을 치료하던 중 자신은 굶어가면서까지 주먹밥을 어린아이가 대신 먹도록 주는데 자신의 명을 아는 선인의 마지막을 잘 표현했습니다. 보통 사람 같으면 '내가 우선 살아야 환자들을 살리지'라고 생각했을 텐데 이분은 그러지 않았습니다. 자신은 이미 명을 다 했음을 알았기 때문입니다. 하필이면 왜 어린아이에게 주먹밥을 줬는가? 어리다는 것은 대단한 가능성을 지닌 생명입니다. 그 어린 생명을 사랑하는 마음이 있었던 것이지요.

임종 장면도 참 감명 깊은데 침을 놓다가 앉은 채로 돌아가십니다. 그렇게 환자 옆에서 눈을 감는 모습이야말로 그분을 잘 표현한 거라는 생각이 듭니다.

평범하지 않은 삶을 사셨는데 깨닫지 못했다면 불가능한 일이었습니다. 그분은 공부를 하면서 자신이 선인임을 아셨고, 또 사명을 아셨기에 그렇게 멋진 삶을 살 수 있었던 것입니다.

나는 그동안 수련에 대해 짝사랑만 해온 심정이었다가 이즈음 나 자신과의 사랑을 뼈저리게 경험하고 있었다. 어느 날의 일기에서 옮겨본다. 나를 만났을 때의 감흥은 세상의 어떤 언어로도 표현이 되지 않았다. 나는 그저 울고 또 울었다.

"바보같이 어쩌려고 사랑을 안 해보고 컸어. 그건 사는 것이지 사랑이 아니었다고. 숨 막히고 가슴 저리는 사랑을 이제 경험하고 있는 거야. 없어도 되는 것인 줄 알았지…….

사랑은 그런 게 아니지. 내가 안달이 안 나봤으니 그 속을 몰랐던 거지. 나 잘난 것은 알아도 나보다 더 잘난 남의 존재는 인정하지 않았지. 그게 무슨 삶이야? 인생은 치여 봐야 제 맛을 안다고, 당하며 자라는 거지. 이기며 자라는 게 아닌 것이지.

앞만 보고 걸었던 거야. 뒤를 못 보고 왔던 거지. 뒤를 잘 봐야 다 아는데……. 산다는 게 어디 그리 간단한 것인가?

정수는 빼놓고 이제껏 허물만 보고 산 것 아닌가? 그래 결국 알맹이는 어디에 있던가? 내 가슴속 마음속에 있지 않던가? 이제 들여다보니 선계仙界가 어떻던가? 이미 들어와 있는 그곳이 내 자리인 줄 알고 나니 어떻던가? 선계의 문 앞에서 주저앉아 돌아보고 긁어모으는 그 맛이 어떻던가?"

또 어떤 때는 시詩가 절로 나왔다. 옮겨본다.

하늘을 들이쉬고 땅으로 내보내고
우주를 들이쉬고 아래로 내보내고
온몸으로 받아들이고 온몸으로 내보내고
한 번에 채우고 한 번에 비우고
단전을 의식하되 빠지지 말고
호흡에 실려 호흡에 실려
머나먼 그곳까지 갈 수 있도록 해야지
번뇌를 버려 평온을 얻고
평온을 버려 자유를 얻고
자유를 버려 해탈을 얻는다
해탈을 버려 영생을 구하고
영생을 버려 우주를 얻고
우주를 버려 자신을 얻는다

—『선계에 가고 싶다』 2권에서

4

자유,
수련이 가져다주는
선물

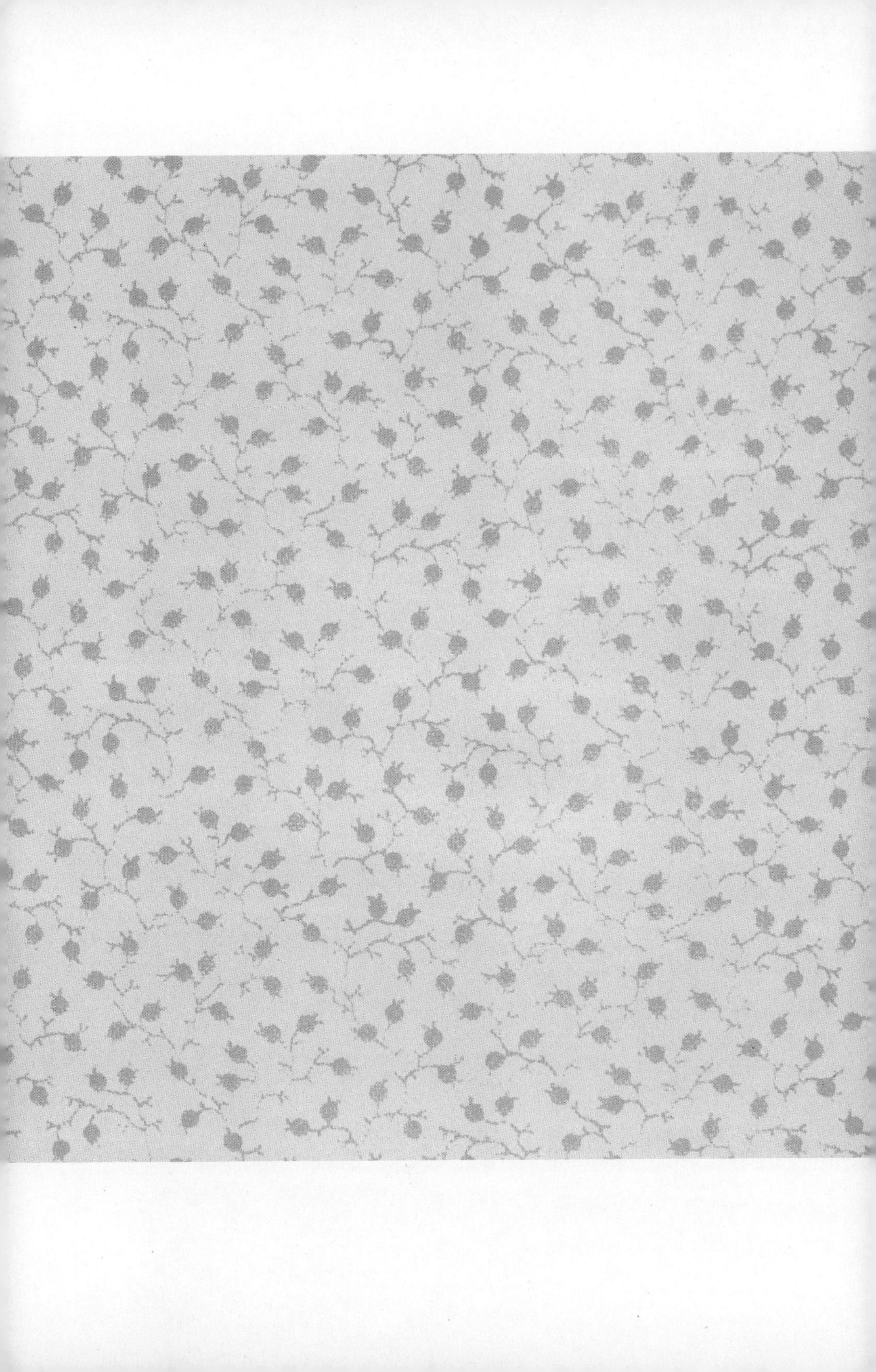

❁ 그리스인 조르바 이야기

『그리스인 조르바』라고 읽어보셨나요? 그리스의 작가 카잔차키스가 쓴 책입니다. 이분은 정신에 충실한 분이고 책에 나오는 조르바라는 분은 육체에 충실한 분이더군요.

크레타로 가는 배를 타는 항구에서 카잔차키스가 조르바를 발견합니다. 크레타라는 섬 아시죠? 그리스 사람들은 인류문명의 발상지라고까지 하는 곳입니다. 거기서 카잔차키스가 광산을 빌려서 갈탄을 채취하는데 조르바를 인부로 데려갑니다.

아침에 해가 뜨면 조르바는 광산에 갈탄을 캐러 가고, 카잔차키스는 작가니까 하루 종일 끼적거립니다. 그러다가 해가 져서 조르바가 돌아오면 같이 저녁을 지어서 먹고, 마시고, 노래하고, 춤추고……, 이렇게 시간을 보내는 이야기입니다.

별 애기가 아닌 것 같은데 알고 보면 별 애기입니다. 두 사람이 왜 그곳에 갔는가? 광산에서 갈탄을 캐는 것은 대외용 직업입니다. 그분들이 진짜로 하는 일은 노는 일입니다.

너무 재미있지 않나요? 우리가 인생에서 얼마나 그렇게 노닥거려 봤습니까? 어려서부터 공부하기 바빴지……. 현대인의 스케줄이 다 그렇지 않습니까? 몇 살에는 뭘 해야 하고, 몇 살에는 뭘 해야 하고, 이렇게 스케줄이 꽉 짜여 있습니다.

주인공은 서른다섯 살이고 조르바는 육십오 세입니다. 그런데 주인공이 조르바에게 자기가 이때까지 다녔던 학교를 졸업하고 이제 조르바 학교의 학생이 되었다고 표현합니다. 노는 걸 배우는 것이지요.

결국 말하고자 하는 바는 '자유'입니다. 사람들이 항상 어딘가 매여 있잖습니까? 매여 있어서 부자유스러운데 그렇게 노닥거리고 빈둥거리면서 자유가 무엇이라는 것을 아는 것입니다.

그러다가 조르바가 광산을 이러이러하게 개발하고 케이블카도 달고 산에 있는 나무도 팔고 하면 돈을 더 벌 수 있다고 꼬드깁니다. 그래서 주인공이 재산을 털어서 케이블카를 만드는데 결국 쫄딱 망합니다.

그런데 이 주인공이 털린 것이 아니라 그걸 구실로 일부러 다 턴 것 같습니다. 그러고 나서 둘이 바닷가에서 춤을 춥니다. 빈털터리가 되어서 하염없이 춤을 추면서 돌아갑니다. 그때 주인공이 '아, 자유구나!' 하고 깨닫습니다. 자기가 그때까지 찾아 헤매던 자유가 뭔지 아는 것이지요. 가진 것이 없을 때의 해방감,

가진 게 없을 때 비로소 자유로워진다는 것, 그걸 느낀 것 같습니다.

자유롭게 살고 싶다……

요즘 들어 제 화두가 '자유'입니다. 사실 수련도 자유를 얻으려고 한 것입니다. 대자유를 얻으려고 수련을 했는데 그 과정은 자유롭지가 않았습니다. 많이 매여 있었습니다. 말씀에 매여 있고, 조물주님에 매여 있고……. 그래서 벗어나고 싶어 한 적이 많았습니다.

자유롭게 살고 싶다……. 그동안은 이렇게 저렇게 살아왔지만 앞으로 남은 인생은 자유롭게 살고 싶습니다. 남은 인생에서 한 가지만 고르라 한다면, "뭐를 갖겠느냐?"고 묻는다면 저는 "나머지 인생은 자유롭게 사는 것이 소망입니다"라고 대답할 것입니다.

그런데 자유라는 것이 보통 때는 그 소중함을 모릅니다. 어딘가에 매여 있을 때는 자신이 자유를 그리워하는지도 모릅니다. '자유를 안다'는 것은 그만큼 대가를 치러야 하는 일이더군요. 저도 자유를 찾고 싶다는 마음이 절절하게 들기까지 엄청난 대가를 치렀습니다.

제 인생을 돌아보면 그렇게 허송세월한 것 같지는 않습니다. 참 바쁘게 살았거든요. 열심히 성실하게 살았습니다. 그럼에도 굉장히 허비한 것 같고 시간과 에너지를 많이 낭비한 것 같은 생각이 드는 것은 자유롭지 않았기 때문입니다.

이제는 대가를 치렀기 때문에 자유를 찾아도 될 것 같습니다. 자유는 그렇게 대가를 필요로 하고 또 책임을 다했을 때 오는 것이더군요. 그래서 저는 이제 자유를 찾아가는 여행을 떠납니다.

되돌려주고자 하는 것은 자유

예전에 어떤 분이 수련이라는 것이 인간의 자유를 억압하는 것은 아닌가라는 질문을 한 적이 있습니다.

내 맘대로 살고 싶은데 왜 수련에 매여야 하는가? 자신의 생사여탈권은 자신이 쥐고 있는 것이지 어떻게 하늘이 쥐고 있다고 말하는가? 자신과 별개로 존재하는 외부의 누군가에게 자유의지를 양도한 것은 아닌가? 이렇게 질문하셨습니다.

공부 과정상 일시적으로 자유를 억압하는 척할 수는 있습니다. 하지만 수련이 원래 되돌려주려고 하는 것은 자유입니다. 하늘이 인간들에게 되돌려주려고 하는 가장 큰 선물은 자유인 것이지요. 이래라저래라 하고 싶지 않은 것입니다.

'그 무엇'이 알아서 하게끔 자유로워져야 합니다. 명상법도 말씀도 자유로워지기 위해 필요한 것입니다.

공부 과정에서의 불문율

그런데 뭘 모르는 사람한테 자유를 되돌려주면 그건 자유가 아니라 방종이 되기 쉽습니다. 그러기에 무언의 지침 즉 불문율은 있습니다. "이렇게 하면 좋겠다" 하고 넌지시 일러줍니다. "하지 마라" 하는 금지사항이나 십계명 같은 율법은 없습니다. 다만 가르침으로 미루어 '이렇게 하는 것은 옳지 않다', '이렇게 하는 것이 낫다' 하고 스스로 판단하게 하는 것입니다.

최소한 지키라는 것이 백 일 금촉인데 그것도 안 하면 할 수 없는 것입니다. 따라다니면서 어떻게 할 수는 없잖습니까? 선배 선인들이 공부한 내용을 보고 '결국은 금촉을 하는 것이 빠르더라' 하고 판단하는 것이지 "꼭 해라" 하는 규율은 없습니다. 일부 선배들이 왜 수련에 매여서 돌아가는가 하면 스스로 '그것이 좋겠구나' 하고 생각했기 때문입니다.

필요 이상 주눅이 들고 매여 있는 점이 있다면 지금은 그럴 필요가 있어서 그러는 것입니다. 기를 좀 죽여야 하기 때문입니다. 어린 아이한테 양날이 선 칼을 쥐여 주면 어떻게 되겠습니까? 위험하지요? 천방지축 날뛰는 기운을 빼고 주눅이 드는 과정이 일시적으로 필요한 것입니다.

이런저런 방법으로 단련을 시킵니다. 결국은 그 사람이 자신의 자유의지를 가지고 무언가를 할 수 있도록 능력, 지혜, 기운 등 모든 것을 갖추게 하는 것이 목적이지만 그 전 단계에서는 자유를 제한하는 것 같은 제스처를 취할 수 있습니다.

공자와 노자

공자와 노자가 같은 시대 사람이었다고 합니다. 공자가 인의仁義를 내세웠다면 노자는 무위자연無爲自然을 내세웠습니다. 공자가 그것밖에 몰라서 인의만 얘기한 것은 아닙니다. 필요에 의해 당대에 그런 역할을 했을 뿐입니다.

선인이 그렇게 편중된 모습으로 나올 수 있습니다. 이쪽저쪽을 다 알아야 중용이므로 양쪽을 다 가르치기 위해 이 선인은 이쪽 역할을 맡고 저 선인을 저쪽 역할을 맡을 수 있습니다. 원균도 선인이었다고 하지 않습니까? 이순신의 선함을 드러내려면 악이 있어야 하니까 악역을 한 것입니다. 선인의 역할이 악역일 수도 있는 것이지요.

아무것도 안 하는 것이 인간의 도리라고 가르칠 수 있었는데도 공자는 굳이 이렇게 해라, 저렇게 해라, 절은 이렇게 해라, 하고 구체적으로 가르치셨습니다. 가고자 하는 곳은 결국 같은데 가는 방법이 다른 것입니다. 한 사람은 인의라는 지팡이를 짚고 가는 방법을 다른 한 사람은 "지팡이 없이 그냥 가라", "갈 것도 없다, 눈 떠보면 그 자리가 원래 자리다"라고 가르쳤습니다. 이런 방법 저런 방법을 다 쓰는 것입니다.

❁ 선인은 자유인

선인은 기본적으로 자유인입니다. 나로부터 자유롭고 남으로부터 자유롭습니다. 선인은 능합니다. 가지고자 할 때는 가지고, 비우고자 할 때는 비우고, 마음먹은 대로 자유자재로 할 수 있는 분입니다.

원하는 바를 할 수 있는 능력이 있는 것입니다. 알고 싶으면 알고, 가고 싶으면 가고, 하고 싶으면 하고, 안 하고 싶으면 안 하고……. 인간으로 태어나 이럴 수 있다는 것, 자기 마음대로 할 수 있다는 것 이상 통쾌한 일은 없더군요.

하고 싶어도 못하는 부분이 많잖습니까? 알고 싶어도 모르고요. 수련을 하면 그런 능력이 빠른 시일 내에 얻어집니다.

❁ 답답함이 사라진다

수련하기 전에는 그렇게 답답할 수가 없었습니다. 매일같이 주변에서 벌어지는 일들의 영문을 몰랐습니다. 남편이 왜 저러는지, 애들은 왜 그러는지 알 수가 없었습니다. 주변 사람들을 보면 자기도 모르게 계속 어떤 행동을 하는데 왜 그러는지를 몰랐습니다. 본인도 모르고 나도 모르니까 답답함의 연속이었지요.

나중에 꿰뚫고 보니까 다 필요해서 그러는 것이더군요. 자기 공부에 필요해서 그런 것이었고, 스케줄에 의해 그런 것이었습니다. '저렇게 되면 다음에는 어떻게 되겠다' 하는 것을 아니까 답답함이 없어졌습니다. 모든 걸 다 알게 되니까 답답함이 사라진 것입니다.

남한테 전해 듣는 것보다 자신이 직접 아는 것이 그렇게 좋을 수가 없더군요. 처음에는 저도 사후세계가 있는지 선계가 있는지도 몰랐습니다. 처음부터 아는 사람은 없습니다.

제 어머니가 돌아가셨지만 영이 가 계신 곳을 알기에 뵙고 싶으면 뵙고, 대화하고 싶으면 대화하고, 때로는 먼발치에서 보고 옵니다. 내 눈으로 확인이 되는 것입니다. 선인이 있는지 없는지도 몰랐는데 이제는 선인들과 만나서 대화합니다. 선계가 있는지 없는지도 몰랐는데 수시로 선계에 가서 보고 옵니다.

깨달음은 평상심

언젠가 어느 분이 왜 깨달아야 하는가라는 질문을 하시더군요. 저도 수련하면서 꼭 깨달을 필요가 있는가 하는 의문을 많이 가졌습니다. '대충 보통 사람으로 살면 되지 왜 깨달아야 하나?' 하고요. 그런데 공부를 하고 보니까 깨달음이란 게 특별한 게 아니더군요. 인간이 가지고 있는 평상심平常心이었습니다.

사람이 살면서 끊임없이 시달리고 불행하잖습니까? "인생은 고해"라고 하지요? 깨닫는다는 것은 이렇게 시달리는 데서 해방되는 것입니다. 편안해지는 겁니다.

깨달으면 편안합니다. 근본적으로 편안합니다. 살면서 늘 마음의 갈등이 있지 않습니까? 찌뿌드드하고, 기분도 들쭉날쭉하고……. 그런데 깨닫게 되면 늘 편안합니다.

편안함을 얻은 다음에는 자신의 발전을 위해 노력합니다. 그동안은 소모하기 위해 많은 노력을 했다면 이제는 창조하기 위해, 즐겁게 살기 위해 많은 노력을 합니다. 자신을 완성하는 것이 인생의 목적이 되는 것입니다. 공부하는 것도 사람을 만나는 것도 모두 배움의 일환으로서 나를 좀 더 완성시키는 쪽으로 바뀝니다.

웬만해서는 흔들리지 않는 마음의 평화

제가 수련하는 과정에서 확실히 찾아낸 것 하나는 웬만해서는 흔들리지 않는 마음의 평화였습니다.

우선 외로움에서 벗어나고자 몸부림치지 않게 됐습니다. 그냥 받아들이게 됐습니다. 인간에게 외로움은 당연한 것이라는 말씀드린 바 있는데 수련하기 전에는 외로움에서 벗어나려고 별짓을 다 합니다. 외로움이 엄습해 오면 영화도 보러 갔다가 책도 봤다가 친구에게 전화도 걸었다가 하면서 벗어나고자 몸부림칩니다.

그런데 수련을 계속 하다 보면 외로우면 외로운 대로 별 지장 없이 살아집니다. 외롭지 않은 것은 아닙니다. 인간은 원래 외로운 존재니까요. 외롭지만 그걸 당연한 것으로 받아들이는 것입니다. 외로움 때문에 다른 걸 하려고 하지 않고 견뎌내는 상태가 되는 것이고요.

또 수련하기 전에는 야한 영화 같은 걸 보면 영향을 받아 동요가 일어났다면, 점점 아무렇지 않아집니다. 바로 그런 차이가 있습니다. 똑같은 일인데 더 이상 나를 흔들어 놓지 않는 것입니다. 인간관계의 모든 것이 나를 흔들어 놓지 않게 됩니다.

보지 않는 것은 아닙니다. 살아 있는 인간이기에 볼 수밖에 없고, 봐야 하기도 합니다. 다만 그게 나를 좌지우지하지는 않는다는 것입니다.

부부간에도 집착하지 않게 됩니다. 공부를 하다 보면 '남편은 남편, 나는 나' 이렇게 됩니다. 배우자가 무슨 일을 하든 영향을 받지 않게 됩니다. 예를 들어 남편이 술을 많이 마시고 연락도 없이 외박을 했다면 보통 여자 같으면 아마 못 견딜 겁니다. 화가 나서 울그락불그락 어찌할 줄 모르고 에너지 소모를 많이 할 겁니다.

하지만 수련을 하여 무심이 되면 그 사람의 어떤 행동도 나에게 영향을 주지 못합니다. 그건 그 사람의 일이고, 나의 일은 따로 있고, 이렇게 분리가 됩니다. 마음에 안 들 수는 있으나 그것이 나를 흔들어 놓지는 못합니다.

왜 속이 상하는가? 남편이 남편이 아니고 나라고 생각하기 때문입니다. 내 일로 여기기 때문에 속이 상하는 것입니다. 남의 일이다, 내가 관여할 일이 아니다, 하면 아무렇지 않게 여겨집니다.

성이 가벼워진다

수련하다 보면 성性이 가벼워집니다. 아무리 미인을 봐도 경치 보듯 그냥 지나갑니다. 성이라는 것이 큰 것이 아닙니다. 도저히 넘을 수 없는 산맥으로, 거대한 괴물과 같은 존재로 성을 느끼는 분도 계시는데 수련하다 보면 점점 작아집니다.

성욕 때문에 죄의식을 느낀다고 하소연하는 분도 계시는데 수련하다 보면 성욕은 어디가 가려운 정도로 느껴지게 됩니다. 가려운 정도로 죄의식이 생기지는 않잖습니까? 어린아이를 보고 '예쁘다' 하면 그걸로 끝나는 것이지 그것 때문에 죄의식이 생기지는 않는 것과 같습니다.

수련하면서 기가 장해지고 단전이 커지고 맑은 기운으로 자신을 채우고 나면, 처음에는 여자가 크게 보였던 것이 개미같이 작게 보입니다. '아, 예쁘다' 하고 끝입니다.

성이 커 보이고 이성이 커 보인다면 그만큼 수련이 안 되었다는 얘기입니다. 점점 작아 보이다가 나중에는 그냥 환자로 보입니다. 어디가 아프다거나 정신적으로 굉장히 외롭다거나 하는 환자로 보입니다. 환자를 상대로 연정이 생기거나 성욕이 발동하지는 않지요? 아무리 예뻐도 결국에는 도와주고 보살펴줘야 하는 환자인 것입니다.

그게 수련으로 다 됩니다. 그전에는 반응을 일으키면서 봤던 야한 영화도, 수련하고 난 이후에는 '아, 저 사람들 힘들겠다' '애 쓴다' 하면서 봅니다. 차 타고 지나가면서 경치 보듯이 봅니다. 기억에 남지도 않고 그냥 지나가면 그만입니다. '아, 경치 좋다' 하고 지나가는 것입니다. 나중에는 '제발 야릇한 감정 좀 느껴봤으면 좋겠다' 하는 정도가 됩니다. 그 정도로 무색이 됩니다.

남에게 필요한 것이 없어진다

금촉을 해서 성욕을 벗으면 굉장히 자유로워집니다. 남에게 필요한 것, 바라는 것, 기대하는 바가 있을 때는 자유롭지 않습니다. 필요한 것이 없어지면 그때 비로소 자유롭습니다.

자유로워지면 얼마나 편안한지 모릅니다. 이른바 대자유인데 그 자유가 어디서 얻어지는가 하면 기본적으로 성욕으로부터입니다. 성욕을 넘지 못하면 도인이 될 수 없습니다. 성욕에서 벗어나지 못하면 눈 가리고 아웅 하는 것일 뿐입니다.

진짜 벗어나면 아무 생각이 안 납니다. 누굴 봐도 아무 생각이 안 날 뿐 아니라 혼자 있을 때도 안 납니다. 그게 금촉으로도 되지만 기운을 계속 보충하는 방법으로도 됩니다. 두 가지 방법을 다 씁니다. 금촉을 하면서 금해 보고 기운을 받아서 충만해지면 자기도 모르게 찾지 않게 됩니다.

그때의 성은 전에 가졌던 성과는 차원이 다릅니다. 인간으로 태어나서 끄달리지 않게 된다는 것, 자유로워진다는 것이 얼마나 멋진 일인지요…….

남녀가 서로 끌리는 것은 기적으로 필요해서입니다. 상대가 자신에게 부족한 기운을 가지고 있으면 끌리고, 영적으로도 자신에게 부족한 면을 가지고 있으면 끌립니다. 완전해지기 위해 끌리는 것인데 사람에게 끌리다 보면 수련이 안 됩니다. 사람한테서 찾으려면 끝이 없습니다.

그러기에 팔문원에서 직접 찾으라는 것입니다. 거기서 기도 찾고 영도 찾고 다 찾으십시오. 팔문원의 기운은 완전히 중화된 우주기이므로 계속 받다 보면 자기도 모르게 기운이 중화되어 기적으로 필요한 게 없어집니다.

필요한 게 없다는 것이 얼마나 편안한지 아십니까? 수련을 왜 하는가 하면 필요한 게 없어지기 위해서입니다. 남에게서 필요한 것도 없고 바깥에서 찾을 것도 없습니다. 그게 벗어난다는 것입니다. 자유로워집니다.

❁ 눈과 귀가 열린다

수련의 경지가 높아지면 눈과 귀가 열립니다. 열린다는 것의 진짜 뜻이 무엇인지 말씀드렸지요? 눈이 열린다는 것은 진리를 알아보는 눈이 열린다는 뜻이고, 귀가 열린다는 것은 진리를 알아듣는 귀가 열린다는 뜻입니다.

사람마다 수준에 따라 보이는 것이 다른데 1차원을 보는 사람이 있고, 2차원, 3차원, 4차원을 보는 사람이 있습니다. 1차원의 눈은 물체를 투시해서 보는 것이고, 2차원의 눈은 시간을 초월해서 보는 것입니다. 공간까지 초월하면 3차원이고, 시간과 공간을 다 초월하면 4차원입니다.

4차원부터 영계를 볼 수 있는데 영계는 시공을 초월한 세계이기 때문입니다. 영계 중에서도 낮은 영계를 보다가 점점 높이 보게 됩니다. 선계는 상당히 수준이 높아야 볼 수 있습니다. 눈이 열린다 해도 보는 수준은 제각각이라는 것입니다.

만약 200년 후, 500년 후, 1,000년 후 미국에서 일어나는 일을 알 수 있다 하면 비로소 5차원의 눈이 열린 것입니다. 5차원에서 더 넘어가면 6차원, 7차원, 8차원, 9차원, 10차원으로 갑니다. 그렇게 갈수록 차원이 다른 세계, 영적 진화의 레벨이 다른 세계의 일을 알 수 있습니다. 시작은 5차원부터 하는데 창조할 수 있는 극도로 진화한 분들, 조물주님의 의중까지 읽을 수 있는 단계는 10차원입니다.

이런 것이 바로 개안開眼입니다. 의도적으로 눈을 열고 닫고 하는 것은 그냥 기법상의 문제일 뿐이며, 진짜 눈이 열린다는 것은 그만큼 영성이 진화되어 다른 차원의 세계에 의식도 감각도 가 있다는 뜻입니다.

영들을 보고 귀신들을 보는 차원에서 계속 머물러 있는 분도 계십니다. 눈이 열렸다 하더라도 자꾸 쓰지 않고 일단 더 가야 합니다. 볼 줄 알더라도 일단 눈을 닫으면 다음 단계로 발전을 합니다. 그런데 대개는 재주 하나를 갖게 되면 거기 머물러서 자리를 펴더군요. 귀신을 보기 시작하면 계속 귀신만 보다가 거기서 끝나더군요.

❁ 사속 이동이 가능해진다

수련을 고도로 하여 집중도가 순식간에 어마어마하게 증가하면 이 증가한 집중력에 의해 본인이 원하는 곳으로 기운을 이동시킬 수 있습니다. 본인까지 이동시킬 수 있습니다. 이러한 이동에 걸리는 시간은 동시이므로 사속(思速, 생각의 속도) 비행이 가능합니다. 우주는 생각으로 다 조절이 되는 곳이기 때문에 생각과 동시에 갈 수 있는 것입니다.

사속은 광속보다 훨씬 앞 단계의 것입니다. 가령 광속으로 500억 년 떨어진 별이라 할지라도 사속으로는 순식간에 갈 수 있습니다. 사속의 1,000% 정도를 넘으면 시공을 초월할 수 있습니다. 인간의 능력으로는 1,000%가 최대치라고 할 수 있으며 몸을 가지고 있으면서 그 이상은 필요하지도 않습니다.

팔문원이 나오면서 거리가 많이 단축되었습니다. 팔문원으로 바로 들어가기 때문입니다. 그전에 저는 단전으로 바로 갔는데, 보면 상 · 중 · 하단이 터널처럼 되어 있습니다. 『콘택트』라는 영화를 보면 여주인공이 앉은 자리에서 어디에 갔다 오는데 사람들은 아무 데도 안 갔다고 하지요? 몸은 그 자리에 그대로 있으니까요. 그런데 터널을 통해 갔다 온 것입니다. 영화를 만든 사람이 어지간히 아는 것 같더군요. 파장을 받아서 만든 것 같았습니다.

보이지 않는 우주로 가는 방법은 그렇게 세 가지가 있습니다. 상단, 중단, 하단을 통해서 가는 것입니다. 제일 안전한 방법은 하단으로 바로 들어가는 것이고 두 번째 안전한 방법은 중단을 통해서 가는 것입니다. 제일 불완전한 방법이 상단을 통해서 가는 것이고요.

처음에는 호흡을 고르면서 20~30분 있어야 들어가는데, 나중에는 5분이면 들어갈 수 있습니다. 팔문원이 나오고 나서는 순간적으로 가운데 원으로 들어갑니다. 가운데 원으로 들어가면 블랙홀인데 거기서 사라집니다. 터널처럼 되어 있는데 처음에는 길을 잃을 위험이 있어서 못 들어가게 합니다. 문이 안 열리는 것이지요. 때가 되면 문이 열려서 들어갑니다.

팔문원이 나오기 전에는 태극심공이라는 것이 있었습니다. 『선계에 가고 싶다』를 보면 태극심공을 통해서 들어가는 얘기가 나오는데 태극의 나뉜 틈으로 들어간 것입니다. 의념을 하다가 파장이 맞으면 문이 열리고 들어갑니다.

자유자재로 은하를 오갈 수 있다

우주가 너무나 크다 보니까 우주인들도 오갈 수 있는 영역이 정해져 있습니다. 하천下天만 해도 하하천下下天, 하중천下中天, 하상천下上天, 이렇게 구분이 되어 있는데 이것도 대충 구분한 것입니다. 우주가 그렇게 광대하기 때문에 우주인들도 자기가 속해 있는 차원의 우주만 왕래할 수 있습니다. 영적으로 높지 못하면 그 수준에서 왔다 갔다 하면서 자기가 본 게 전부라고 생각합니다. 더 넓은 곳에 뭐가 있는지 모르기 때문입니다.

옛날에는 지구가 전부라고 생각했지 않습니까? 외국에 나가보지 않았을 때는 우리나라만 있는 줄 알았고요. 우주인들도 마찬가지입니다. 여기저기 사통팔달 다닐 수 있는 우주인은 차원이 높은 우주인입니다. 그중에서도 선계가 있다는 것을 아는 우주인은 헤로도토스인 정도입니다. 9등급 정도의 기인(氣人, 기의 세계의 인류)들만이 선계의 존재를 압니다.

다른 우주인들은 하늘이 끝인 줄 알고, 하늘에 있는 신들이 전부 좌지우지한다고 생각합니다. 우주인들이 잘못된 메시지를 주기도 하는데 자기들로서는 정답을 준 것입니다. 더 높은 차원은 모르고 자기들이 아는 수준에서 얘기하기 때문입니다.

수련하면서 눈이 열려도 끊임없이 영적으로 확장되고 의식이 확장되어야만 자유자재로 왔다 갔다 할 수 있습니다. 그렇지 못하면 거기서 거기입니다. 지구를 떠나서 북두칠성만 가도 크게 출세했다고 만족하면서 배 두드리고 삽니다. '나는 공부 끝났다' 하는데 거기까지밖에 모르니까 그러는 것이지요.

자기가 속한 은하를 벗어날 정도의 영성을 지녔다 하면 선인입니다. 선인은 자유자재로 은하를 왔다 갔다 할 수 있습니다. 그 아래 단계에서는 일정한 한계가 있습니다.

그러니 이 길이 얼마나 먼 길인지 상상이 안 되실 겁니다. 인간으로 태어나서 참 해볼 만한 공부입니다. 무슨 박사 학위 따는 것과는 비교가 안 되지요. 제가 박사 공부를 하다가 말았는데 3학기까지 하다가 '내가 박사가 되어서 뭐 하겠는가?' 하는 생각이 들더군요. 그런 데 바칠 에너지가 아까웠습니다.

반면 이 수련은 어디에도 비교할 수 없는 가치가 있었습니다. 제가 힘겹게 공부를 했고, 또 힘겹게 수련지도를 하면서도 붙들고 있는 것은 그만큼 가치가 있기 때문입니다. 대통령이 부럽지 않고 박사가 부럽지 않고 백만장자가 부럽지 않더군요. 인간으로 태어나서 그런 성취감을 맛볼 수 있다는 것, 그것도 자기 노력으로 그렇게 할 수 있다는 것이 다른 어떤 것과도 비교가 안 되더군요. 힘들지만 한번 해볼 만하지 않겠는지요?

저는 숲을 헤치면서 먼저 가느라고 힘들었지만 지금 수련하시는 분들은 길을 다 인도해 주는데 뭐가 힘들겠습니까? 하라는 대로만 하면 되는데…….

내 인생을 내 마음대로!

앞서 말씀드렸듯이 인간은 과거 생의 업에 따라 사주, 이름, 체질, 어떤 부모를 만날 것인가 등등을 모두 지정받습니다. 모든 것이 섭리에 의한 것이지 자신의 의사는 없습니다. 부여받은 대로 살아갈 수밖에 없는 피조물입니다.

허나 선인의 반열에 오르면 자신의 의사를 가질 수 있게 됩니다. 자기 스케줄을 자기 마음대로 조절할 수 있게 됩니다. 다음 생에 지구에서 태어나 공부를 할 것인가 아니면 다른 별에서 공부를 할 것인가부터, 누구를 부모로 할 것인가, 시기를 언제로 할 것인가, 장소를 어디로 할 것인가 등등 모든 스케줄을 자신의 의사대로 선택할 수 있는 권한이 주어집니다.

선인이 되기 전의 단계에서 재출생을 하면 그때는 피동적인 처지일 수밖에 없습니다. 자기 의사는 없이 그때까지 살아온 결과에 따라 스케줄을 부여받습니다. "다음 생에는 대한민국 어디에서 여자로 태어나서 고생 좀 해봐라"라든가 "몇 살까지 살면서 10년 동안은 병석에서 고생을 하고 주변 사람도 고생시켜 봐라" 하면 따라야 합니다.

선인이 되고자 노력하는 것은 바로 내 인생을 내 마음대로 하기 위해서입니다. 피동적인 관계가 아니라 자율적인 관계가 되기 위해서입니다. 피조물의 위치에서 스스로 창조할 수 있는 신의 반열로, 조물주의 반열로 가고자 하는 것입니다.

| 에필로그 |

인간에게 가장 중요한 일은 무엇인가?

하루 한 번 우리 사이트를 열람하고 있습니다. 주로 회원님들이 쓴 명상일기를 읽지요. 그중에서 가장 마음에 닿는 글에 대하여 생각을 합니다.

최근 어느 분이 올린 수련기 중 '과연 중요한 일이 뭘까요?'라는 독백이 있었습니다. 한꺼번에 많은 친구들을 잃은 그분이 외로워하는 모습이 떠오릅니다. 허나 유유상종이라고 했듯이 수련이 진전될수록 외로움이 남는 것은 필연입니다.

마라톤을 시작할 때는 언제나 엄청난 수의 사람들이 참여하다가 점점 탈락하여 최후에는 소수의 무리만이 남게 되지요. 본인은 전진하고 있는데 어느 시점에서 주저앉거나 오히려 반대 방향으로 가고 있는 분들과의 결별은 당연한 것입니다.

이분에게는 새로운 친구를 사귀라고 말씀드리고 싶군요. 나이

와는 상관없이 자신과 신념이나 수준이 맞는 분들을 친구라고 하지요. 자신으로서는 최선을 다했었다면 이미 지난 일에는 연연하지 말고 새로운 친구를 많이 사귀는 것이 짧은 인생길에는 더욱 도움이 된다고 봅니다. 친구도 어차피 서로 배움을 위해 필요한 관계이니까요.

아프리카 원주민의 주류인 줄루족의 생일 인사말이 '한없이 나아가십시오'라고 합니다. 우리의 인사말은 '건강하십시오. 편안하십시오. 소원 성취하십시오' 등임에 비하여 상당히 진화된 인사라고 봅니다.

이곳 도반 중에 '카냐'라는 줄루족 원주민이 있는데 빵 만드는 솜씨가 일품이어서 이제까지 제가 먹어본 빵 중에서 가장 맛있는 빵을 만들어 가끔 맛보게 해주더군요. 그뿐 아니라 자신을 다듬고 매력적으로 가꾸는 솜씨 또한 이곳에서 가장 돋보이는 분입니다. 조만간 이들 원주민들의 마을을 방문하여 한동안 같이 지내면서 이들의 생활방식을 배우려고 합니다.

제가 생각하는 인간에게 있어 가장 중요한 일의 첫 번째는
'삶을 즐기는 일'입니다.

삶을 살고, 즐기는 일은 생명을 부여받은 생명체인 인간으로서는 가장 중요한 일이지요. 삶을 살지 못하고 준비만 하는 사람

도 있다는 말씀을 언젠가 드린 바 있습니다. 항상 목표를 세우고 그 목표에 도달할 때까지 준비만 합니다. 현재는 없고 미래만 있는 삶으로서 그런 삶은 황폐하더군요. 목표에 도달하면 다른 목표를 세우고 또 그 목표에 도달할 때까지 준비합니다. 삶을 사는 일은 그 자체가 목적이고 과정인데 삶이 다른 목표의 수단이 되는 것이지요.

삶을 즐기려면,

가. 어떤 인생을 살 것인지를 정하는 인생의 목표를 세워야 합니다.

즉 자신의 그릇을 알고, 키우기 위해 원력願力을 세우는 일이지요. 원력만큼 기운이 들어온다는 말씀도 언젠가 드린 바 있지요. 예를 들어 수선재의 지도자가 되겠다는 원력을 세우고 노력하다 보면 그만큼의 기운이 조달이 되지요. 지도자는 완전한 덕목을 요구하므로 그 과정에서 한 가지 전공과목을 만들어야 합니다. 골고루 갖추되 한 가지에서는 타의 추종을 불허하는 전문성을 가져야 되는 것이지요.

초창기 수선인의 목표는 전문 수련인이 되는 것이어야 하므로 어떤 일(직업)을 통하여 그렇게 될 것인가를 정해야 합니다. 생계를 위해 현재는 그렇게 못하더라도 장차는 그런 계획을 세우고 준비해야 할 줄 압니다. 나아갈 목표가 없어 방향을 정하지 못하는 삶은 제자리에서 표류하다가 가라앉을 수밖에 없는 것이지요.

나. 주변을 정리해야 합니다.

수련을 시작하고, 수련이 곧 생활이 되어가면서 가장 먼저 해야 하는 일은 이것입니다. 가정이나 직장, 사회에서의 인간관계를 정리하고 자신이 관리하기가 가능한 수준에서 관계를 정리해야 하지요.

세상의 모든 사람과 다 관계를 맺고 또 이들 모두와 좋은 관계를 유지할 수는 없을뿐더러 그렇게 해야 할 필요도 없는 것입니다. 주변에 관계를 맺고 있는 사람이 없을수록 좋은 일이지요.

자신과 상대방의 신념이나 수준이 맞지 않을 때는 상생의 관계가 아니라 상극의 관계가 됩니다. 주변에 자신의 발목을 잡는 상대가 있다면 과감히 정리해야 하며 그렇게 하기 싫다면 최소한 자신의 편으로 만들어야 할 것입니다.

끝까지 주변정리가 어렵다면 차라리 수련을 포기할 것을 권합니다.

다. 무엇보다 자신을 사랑해야 합니다.

어떠한 신념이나 대상도 자신을 사랑하는 일보다 우위에 있을 수는 없습니다. 자신을 사랑한 후에 자연과도, 이웃과도, 신과도 사랑을 나눌 수 있는 것이지요.

자신을 사랑하는 일은 먼저 자신을 가꾸는 일입니다. 자신에게 좋은 음식을 먹게 하고, 좋은 옷을 입게 하며, 좋은 집에서 살게 하고, 좋은 놀이를 하며, 좋은 환경에서 심신이 자유를 누릴 수 있게 하는 것이지요. 좋다는 뜻은 간소하고, 깨끗하며, 자연친화적인 것임은 두말할 필요가 없습니다.

수련이란 먼 데 있는 것이 아니라 바로 자신을 다듬고 사랑해 주는 일입니다. 그 결과 자신뿐 아니라 바라보는 이들에게도 아름다움과 기쁨을 주는 일이고요.

라. 보람을 느끼는 일을 찾아야 합니다.

자신이 자신으로부터 사랑받아야 하는 존재임을 인식한 후에는 자신이 가장 하고 싶고, 보람을 느끼며, 해야 하는 일을 발견하는 일입니다. 그 일을 찾은 후에는 그 일을 하루 한 가지씩 실행해 나가면서 '한없이 나아가면' 되는 일이고요.

허나 그 일이 너무 중요해서 자신을 해치면서까지 해서는 안 되는 것이지요. 자신이 모시는 상사를 위해, 가족이나 이웃을 위해, 나라를 위해 중요한 일을 하는 일이 힘들어서 탁기를 풍기고, 찌푸리고, 심장이 식고 있다면 적정선에서 해결해야 할 것입니다.

맑음, 밝음, 따뜻함은 그 자체로 자신뿐 아니라 우주 전체에 힘이 되는 것입니다. 반대로 일을 하는 힘겨움으로 인하여 자신뿐 아니라 주변 사람들에게 부담을 준다면 그 자체로 자신뿐 아니라 우주 전체에 짐이 되는 것이지요. 선인은 반드시 일을 통해서가 아니라 존재하는 것만으로 우주에 힘이 된다고 하는 말은 바로 이런 뜻이지요.

그래서 어떠한 중요한 일도 자신이 지닌 에너지와 시간의 50%를 넘어서는 안 되는 것이며, 가장 이상적인 삶의 형태는 자신과 이웃을 사랑하는 일에 30%, 일에 30%, 수련에 30%를 할애하는 것입니다. 나머지 10%는 그중에서 자신이 더욱 중요하다고 생각하는 일에 보태면 되는 것이고요.

근면한 거둠은 매 30%에 자신의 기력(최선)을 다하라는 뜻이지 30%를 위해 나머지 70%를 버리라는 뜻이 아닙니다.

깨달음이라는 것은 다른 것이 아니라 하루하루 자신에게 다가오는 문제를 해결하는 능력을 말하는 것이라고 말씀드린 바 있습니다.

인생이라는 길을 따라 전개되는 수련이라는 운동(공부, 놀이, 풍류, 게임, 연극 등으로도 표현할 수 있는)은 장애물 경기의 연속이니까요.

자신의 수준이 높아질수록 장애물의 수준 또한 높아지는 것이며 매번 이것들을 가뿐히 뛰어넘을 때 선계의 문턱에 다다라 있을 것입니다.

오늘 하루 자신에게 닥친 문제를 주변 사람들에게 부담 주지 말고 혼자서, 깔끔하게 해결해 나가는 것이 현재의 수선인으로서는 가장 시급한 일로 여겨지는군요. 고통은 스스로 감당하고, 기쁨은 나누면서 말이지요. 수선인들의 명상일기를 읽으면서 느낀 점이었습니다.

그런 의미에서 저도 이제부터는 인사말을 바꾸어

'한없이 나아가십시오'

인간에게 있어 가장 중요한 일의 두 번째는
'살아 있는 동안 죽음(영생)을 준비하는 일'입니다.

삶은 시한적인 것이고 죽음은 영생으로 들어가는 또 하나의 탄생이기 때문이지요.

식물에도 한해살이, 여러해살이가 있듯이 인간은 여러해살이 동물일 뿐 아니라 폐기처분될 때까지 수없이 환생이 가능한 영성을 지닌 영장류靈長類입니다.

죽음을 준비하여 잘 죽기 위해서는, 영생으로 잘 태어나기 위해서는,

가. 나는 누구인가를 알아야 합니다.

나는 왜 태어났으며, 누구로부터, 어디로부터 왔는가를 아는 것은 나를 알기 위한 가장 근원적인 해답입니다.

부모로부터 태어났다고 하여도 내가 부모님의 소유물이 아님을 알 수 있는 것은 내가 부모님 마음대로 되지 않는다는 것이지요. 나로부터 태어난 자식도 결코 내 마음대로 되지 않습니다. 내가 부모님의 것이 아니고 내 자식이 나의 것이 아님은 그 사실만으로 간단히 알 수 있습니다.

생명을 주고받은 부모자식 간의 관계도 이러할진대 부부끼리 서로의 소유물로 착각하여 지나친 간섭을 하는 것은 미숙한 인간들의 횡포이지요.

하물며 나 자신조차도 나의 인생을 내 마음대로 이끌 수 없습니다. 내가 태어나고 싶어 태어난 것이 아니며, 늙고 싶어 늙는 것이 아니고, 병들고 싶어 병드는 것이 아니며, 죽고 싶어 죽는 것이 아니지요.

내가 내 것이고 부모의 것이라면 내 마음대로이거나 부모의 마음대로 될 수 있어야 하는데 나도, 부모도 알 수 없는 어떤 섭리에 의하여 내 인생이 전개되고 있는 것입니다.

또한 내가 내 것이라면 오늘 일과 내일 일 정도는 알아야 하는데 오늘 저녁이나 내일 아침에 어떤 일이 일어날지를 전혀 모르고 살고 있습니다. 내가 내 것이 아님은 분명한 것입니다.

나뿐 아니라 인간은 어디로부터, 누구로부터, 왜 왔을까 하는 것을 알아야 합니다.

인간은 하늘 어딘가에 영혼이 씨앗으로 존재하고 있다가, 조물주님으로부터, 조물주님을 도와 우주의 창조 목적인 우주 전체의 진화를 주도하기 위해, 우주의 법칙에 따라 창조된 피조물입니다.

그러므로 인간은 조물주님이 정해놓은 우주의 법칙 중 인간 창조의 법칙과, 각 인간의 진화의 사이클에 따라 그 인간의 금생의 스케줄이 프로그램된 룰을 벗어날 수 없습니다.

각 개인의 스케줄이 프로그램된 장부를 명부命簿라고 하며, 스케줄은 그 인간의 인과응보에 따라 정해지는 것이지요.

인간은 지구에 태어날 때는 자신의 의지가 5% 정도, 하늘의 뜻이 95% 정도 주어지다가 진화가 진행되면서 점차 비율이 바뀌어서 끝내는 95%의 자유의지대로 자신의 명을 이끌 수 있게 됩니다. 이것이 인간 진화의 법칙이지요.

100%는 조물주님만이 가능하다고 하나 조물주님조차도 자신이 정해놓은 우주의 법칙, 조물주님의 책임에서 벗어날 수 없는 것이고 자신이 창조해놓은 만물의 뜻도 살펴야 하므로 어느 누구도 완전 100%는 불가능한 것이지요.

이것을 아는 것이 깨달음의 시초이며, 우주 창조, 지구 창조, 인간 창조의 목적과 우주 진화에 동참하는 방법을 지구 최초로 알려주는 곳이 수선재입니다.

나. 죽음이 무엇인가를 알아야 합니다.

죽음에 대한 인식과 신념에 따라 인간의 죽음에 대한 태도는 천태만상입니다. 죽음은 갑작스럽게 다가오기 때문에 인간의 진화 정도와 품위는 그 인간의 죽음의 순간에 결정되지요.

인간에게서 가장 어리석고 이상한 점은 언제 다가올지 모르는 죽음에 대한 대비가 전혀 없다는 것입니다. 그러므로 기정사실화된 죽음을 맞이하면서 허둥대고, 망연자실하며, 뜻밖이라는 듯이 한이 맺히면서 가게 되지요.

인간은 진화의 정도에 따라 단순한 명命 또는 사명이나 소명, 역할을 부여받아 학교인 지구에 나옵니다. 즉 태어나면서 공부할 양과 역할에 따라 수명을 부여받고 나오지요.

정해진 기간 안에 자신이 해야 할 공부나 경험을 쌓아야 합니다. 수련에 드는 인간들은 모든 것이 수련 안에서 진행되므로 변수가 많지 않으나 수련할 기회를 얻지 못하는 인간들은 보호나 인도를 받지 못하여 뒤죽박죽 살다가 허둥지둥 가게 되지요.

삶은 영생을 위한 준비 기간으로서 필요한 것입니다. 꽃이 지면 열매가 남듯이 삶은 꽃이고, 죽음은 씨앗으로 남아 하늘 어딘가에 보관되는 것이지요. 보관되는 곳은 삶 동안의 결과를 보아 정해집니다.

진화의 수준이 높을수록 높고 좋은 곳에 보관될 뿐 아니라 이번에는 생명이 아닌 명命이 부여되지요. 아주 높은 영靈들은 죽자마자 사후의 역할이 주어집니다.

그들의 지상에서의 삶은 잠깐 동안 옷을 바꿔 입은 정도에 지나지 않는 것처럼 복귀하자마자 본래의 역할을 하게 되지요. 그러나 그들의 사후의 위치도 인간으로 있을 때의 공부 결과에 따라 바뀌거나 정해지는 것이지요. 이들을 선인仙人이라고 하며 선인들은 쉬는 일은 없습니다.

상천 수준의 영들은 영체靈體로서 상천에서 역할을 부여받거나 쉬거나 공부하면서 비교적 자유롭게 살아가지요.

중천 수준의 영들은 기인氣人 즉 기적인 생명체로서 사후세계에서 역할을 하거나 공부하면서 살아가게 됩니다. 기인들도 쉬는 일은 없습니다.

하천 수준의 영들은 그저 어두운 창고에 보관되어 차후 어딘가에서 태어나거나 갈 곳이 정해지지 않은 상태에서 있습니다. 이들을 영인靈人이라고 하며 몸체를 지니지 않은 영의 상태로 보관되어 있기 때문에 생전의 모습을 띠고 있습니다.

그러므로 명은 중천 이상의 인간들에게 주어지는 것으로서 지상의 종교가 지향하는 곳은 중천이며, 지상에서 특별히 역할을 잘한 분들은 상천까지 갈 수 있습니다. 원래는 선인이었으나 사명으로 인하여 종교지도자의 역할을 잘하셨던 분들은 선계로 복귀하지요.

수선재가 가고자 하는 곳은 선계이며 선계는 상천을 지나 또 하나의 관문인 팔문八門을 열고 들어가야만 갈 수 있는 곳입니다.

다. 비워야 합니다.

인간의 진화의 수준을 결정하는 잣대는 기운입니다. 선인이나 영체, 기인, 영인들 모두가 기운으로 둘러싸여 있기 때문에 우주에서 한 인간의 수준을 평가할 때는 기운의 모습을 보아 결정하지요.

숨길 수도 감출 수도 없이 있는 그대로 표현되는 것이 기운입니다. 기운의 맑음, 밝음, 따뜻함으로 한 인간의 격이 정해집니다. 기운이 맑고, 밝고, 따뜻하려면 몸이 그래야 하고, 생각이 그래야 하며, 마음이 그래야 하고, 마음이 그렇게 되려면 우주 원래의 상태인 공空의 상태로 되어야 합니다. 진공眞空 상태인 본성本性은 허공虛空 속에서만 빛을 발할 수 있기 때문이지요.

또한 마음이 비워져야만 기운이 가벼워져서 영이 가장 높은 곳까지 올라갈 수 있습니다. 짐이 없을수록 높이, 멀리 갈 수 있으니까요.

마음을 비우는 순서는 물질을 비우고, 감정을 비우며, 생각을 비우는 것입니다. 인간이 만들어 놓은 물질이 몸을 지배하고, 몸이 감정을 지배하며, 감정이 생각을 지배하고, 생각이 마음을 지배하기 때문입니다.

가장 이상적인 물질의 비움은 본래 왔던 상태대로 씨앗인 영靈 하나만 가지고 돌아가는 것이며, 감정은 희로애락애오욕을 죽는 순간까지 몽땅 버리고 가는 것이고, 생각의 비움은 본성本性으로 회귀한다는 근본 하나만 잊지 않고 돌아가는 것입니다. 목적지는 알아야 여행이 즐거울 수 있으니까요.

물질을 비우는 방법은 지상의 환경에 자신의 것을 하나도 남기지 않는 것입니다. 시신조차도 남기지 말고 화장하여 자연으로 곧바로 돌아가는 것이며, 무덤이나 비석이라고 표현되는 세상에서 가장 흉측한 모양인 죽은 자의 집을 자연과 후손에게 남기지 않는 것입니다.

감정感情을 비우는 방법은 무지에서 벗어나는 것입니다. 아무리 공부가 잘된 인간일지라도 죽을 때까지 놓지 못하는 감정은 두려움과 허무라는 두 가지입니다.

두려움은 사후세계나 우주의 법칙에 대한 무지에서 나오는 것이고, 허무 또한 한 번의 삶이 끝이라고 알고 있으므로 유한하고 변화하는 삶에 대한 애착에서 나오는 것이므로 이 또한 무지가 가장 큰 원인이지요.

변한다는 것은 낡은 것을 버리고 새것을 만날 수 있는 기회를 얻는 것이므로 오히려 반가운 일입니다. 죽음 또한 낡고 병든 몸을 버리고 새로운 생을 받는 일이므로 더없이 반가운 일이지요.

인간은 공부를 위해 태어나는 것이고, 지구는 학교라는 것을 인식한다면 자신에게 다가온 모든 것들이 경험을 통하여 자신을 풍부하게 만드는 교재였다는 것을 알고 오히려 기뻐할 것입니다.

'생'은 태어남이 즐겁고, '로'는 자신의 연륜이 쌓여가므로 즐거우며, '병'은 자체의 건강치 못한 부분을 알려줘 고맙고, '사'는 살아 있는 동안의 결실을 마감할 수 있게 해주니 고마운 것이 아닐지요. 세상은 온통 즐겁고 고마운 것들로 가득 차 있는 것입니다.

생각을 비우는 방법은 본성의 표현인 선서仙書의 상태로 자신을 일체화시키는 것이지요. 매 사안에 대하여 자신의 생각이 따로 없다는 것처럼 가볍고 편한 것은 없더군요.

비우는 연습이 놀이가 되어 죽는 순간에는 남김없이 비울 수 있게 되기를 바랍니다. 빈손으로 왔다가 경험이 축적된 알찬 영이 되어 돌아가니 남는 장사가 아닐지요.

라. 나눠야 합니다.

비우는 방법에는 버리는 방법과 나누는 방법이 있습니다. 남에게 베푸는 것은 자신의 것을 주는 것이 아니라 자신의 비움을 돕는 방편으로 남을 선택하는 것이지요.

자신에게서 비우는 것을 길가에 놓아둔다면 아무 소용이 없을 뿐더러 오히려 쓰레기가 되어 자연에게나 타인에게 장애물이 되는 것입니다. 가장 이상적인 비우는 방법은 자신에게서 남아도는 것을 모자라는 분들에게 나누는 것이지요.

그 방법의 하나로 뇌사 시 시신이라도 필요로 하는 분들에게 주고자 하는 것입니다. 살아 있는 동안의 장기 기증은 수련이라는 절체절명의 과제가 있는 수련생의 경우에는 조심스럽습니다.

기운은 흐르는 것이므로 주고받음이 원활할 때 유통이 원만해지지요. 물질도 기운이므로 물질을 주고받을 때 흐름이 원만해져서 더욱 풍요로워집니다.

버림과 나눔의 장소로서 믿음이 가는 곳을 활용할 수 있습니다. 자신이 혼자 해결하는 것보다는 그런 곳을 활용하는 것이 신경 덜 쓰는 일이지요. 버리는 일에도 힘이 드니까요.

하늘의 장부에는 대차대조표라는 것이 있어서 그 기록에는 한 치의 오차도 없습니다. 대부분의 인간들의 경우에는 하늘에, 자연에, 인간에, 세상에 빚을 지고 있습니다.

자신에게서 남아도는 것뿐 아니라 유용한 것을 아무 거리낌 없이 나누게 될 때 더욱 큰 축복이 내려지더군요. 하늘의 속성은 인간들에게 빚지고는 못 사는 성향이기 때문에 반드시 언젠가는 누구를 통해서든 기하급수로 돌려주시더군요. 좋은 것뿐 아니라 나쁜 것도 그러합니다.

하늘의 뜻은 물질의 흐름을 원활하게 하여 제대로 쓰일 곳에서 쓰이고자 하는 것입니다. 기운을 조절한다는 것은 이런 뜻이지요. 부의 분배와 유통은 하늘의 뜻을 잘 알 때에만 가능한 것입니다. 풍요와 빈곤이 현격하게 나뉘어 있는 지구에서 모든 물질에게 제자리를 찾아주려는 것이지요.

나눔에는 또한 정신적인 것과 물질적인 것이 있습니다. 정신을 나눌 때 명심해야 할 것은 고통을 나눔은 삼가야 하며, 기쁨을 나눔은 많을수록 좋다는 것입니다.

가장 좋은 정신의 나눔은 기쁨의 파장을 배가시키는 것입니다. 물질이나 정신이나 가진 것이 없어 타인과 나눌 것이 없다면 적어도 한숨만은 남과 나누지 않아 죄라도 짓지 않게 되기를 바랍니다.

착한데 어두운 분들이 좋은 곳에 가지 못하는 이유는 그들의 한숨 때문이지요. 한숨은 한 숨이지만 그 무게는 천근만근이랍니다.

수선인에게는 어느 누구도 지니지 못한 선서와 우주기운이 있지요. 그것을 나누는 것만큼 귀한 일은 없습니다. 수선재의 맑고, 밝고, 따뜻한 파장으로 세상의 무게를 한 줌이라도 덜어내기를 바랍니다.

이상 여덟 가지 가치태도 이외에는 이 세상에서 중요한 일은 더 이상 없습니다. 인간에게 있어 가장 중요하게 생각되는 건강이나 자유조차도 위와 같은 근본적인 가치태도가 확립되면 저절로 찾아오는 것이지 그 자체가 목적이 될 수는 없는 것이지요.

수선인들이 천지만물에 감사하는 모습을 보고 싶습니다. 매순간은 아닐지라도 감정의 끝은 언제나 감사함으로 회귀하는 것이 수선인들이 살아가는 태도일 것입니다.

자신은 우주의 크나큰 선물로 세상에 나온 것이고,

옆에 있는 분들도 그렇습니다.

명상학교 수선재

수선인의 건강지침

가. 수선인의 건강

정의: 건강이란 보람 있는 삶을 위해 몸과 마음이 조화된 상태를 말한다.

실천1. 자신의 건강을 스스로 돌볼 수 있는 능력을 갖춘다.

나. 수선인의 건강지침

A. 정의: 몸의 균형을 위해 노력한다.

실천2. 바른 자세로 하는 걷기나 절 명상을 생활화한다.

실천3. 체질 식사를 하려고 노력하되, 어떤 음식이든 감사한 마음으로 먹는다.

실천4. 근육과 골격을 바로잡는 교정운동, 마사지를 실천한다.

실천5. 필요시 침, 뜸, 뇌파훈련, 속청, 부비동 청소를 활용한다.

B. 정의: 좋은 감정 상태를 유지한다.

실천6. 매사에 긍정적인 자세를 갖는다.

실천7. 순화된 방법으로 감정을 표현한다.

실천8. 뇌의 깊은 잠을 위해 뇌의 잠 주기(밤 11시에서 새벽 1시) 전에 잠자리에 들어 숙면을 취한다.

C. 정의: 몸의 안과 밖을 맑고 밝고 따뜻하게 가꾸어 나간다.

실천9. 몸의 구규를 선스럽게 관리한다.

실천10. 명상을 통해 그날의 탁기는 그날 제거한다.

실천11. 하루를 감사한 마음으로 시작하고, 깊은 호흡을 통해 정리하는 습관을 갖는다.

수선인의 정체성과 행동지침

가. 수선인

정의: 마음은 넉넉하게, 물질은 소박하게 살고자 하는 사람들

실천1. 맑은 표정으로 밝게 웃으며 따뜻한 인사를 전한다.

나. 수선재

정의: 수선인을 길러내는 집

실천2. 수선재 본부나 지부 또는 수선인이 생활하는 가정은 맑은 표정으로 밝게 웃으며 따뜻한 인사를 전하는 사람들로 가득하다.

다. 수선인의 행동지침

A. 정의: 자신은 귀한 존재이며 우주의 일부로서 존재하는 사람임을 인식한다.

실천3. 거울을 볼 때마다 자신을 격려하며 타인뿐 아니라 하늘에, 땅에, 동

식물에게 다정한 인사를 전한다.

실천4. 거짓을 말하지 않는다.

실천5. 자신이 진정 하고 싶은 일을 알며 그 일을 하면서 산다.

실천6. 걷기를 생활화하며 걸을 때는 생각하지 않는다.

B정의: 자연에 폐를 끼치지 않는다.

실천7. 자연친화적인 자재로 지은 작은 집에서 살며 가전제품의 사용을 줄인다.

실천8. 사망 시에는 화장을 하고 재를 물이나 흙에 뿌림으로써 곧바로 자연으로 돌아간다.

실천9. 자신이 버린 쓰레기는 집 밖으로 내보내지 않으려고 노력한다.

실천10. 음식을 먹을 때마다 감사하는 마음을 갖는다.

C정의: 타인은 나만큼 소중하다.

실천11. 가족을 포함한 타인의 일에는 본인의 의견을 존중하며 자신의 의견을 강요하지 않는다.

실천12. 사후 장기기증을 약속한다.

실천13. 육식을 즐기지 않는다.

실천14. 어른과 모든 상처받은 이들을 존중하며 이들을 위하는 구체적인 활동을 실행한다.

D정의: 인간과 우주의 창조 목적은 진화이며 지구는 학교임을 인식한다.

실천15. 인간은 경험을 통해 배우는 것으로 충분하다는 생각을 가지므로 생로병사에 초연하며, 길흉화복에 연연하지 않는다.

실천16. 자신의 선악과를 발견하면 같은 과오를 되풀이하지 않는다.

실천17. 이와 관련한 선서의 내용을 관심 있는 이들에게 정성껏 전한다.

실천18. 우주의 기운으로 하는 깊은 호흡을 생활화한다.

• 명상학교 수선재에 대한 보다 상세한 내용은 홈페이지를 참조하세요.
www.suseonjae.org